U0840697

The Cloud Forest

云雾森林

〔美〕彼得·马修森 著　　陈颖子 贾思婷 译

人民文学出版社
PEOPLE'S LITERATURE PUBLISHING HOUSE

著作权合同登记号　图字 01-2017-6858

图书在版编目(CIP)数据

云雾森林/(美)彼得·马修森著;陈颖子,贾思婷译.—北京:人民文学出版社,2019
(远行译丛)
ISBN 978-7-02-014814-1

Ⅰ.①云…　Ⅱ.①彼…　②陈…　③贾…　Ⅲ.①游记-作品集-美国-现代　Ⅳ.①I712.65

中国版本图书馆 CIP 数据核字(2019)第 011327 号

出 品 人　黄育海
责任编辑　卜艳冰　潘丽萍
封面设计　汪佳诗

出版发行　人民文学出版社
社　　址　北京市朝内大街 166 号
邮政编码　100705
网　　址　http://www.rw-cn.com
印　　刷　上海利丰雅高印刷有限公司
经　　销　全国新华书店等
字　　数　162 千字
开　　本　890 毫米×1240 毫米　1/32
印　　张　8.375
插　　页　5
版　　次　2019 年 10 月北京第 1 版
印　　次　2019 年 10 月第 1 次印刷
书　　号　978-7-02-014814-1
定　　价　59.00 元

如有印装质量问题,请与本社图书销售中心调换。电话:010-65233595

目　录

致

安德烈斯·波拉斯·卡塞雷斯

我在乌鲁班巴的杰出的朋友和导师，他过人的智慧胜过一切

致

卢卡和阿尔弗雷多·波拉斯·卡塞雷斯

他们一月、三月和五月在利马及拉洪达的热情欢迎给了我莫大的帮助

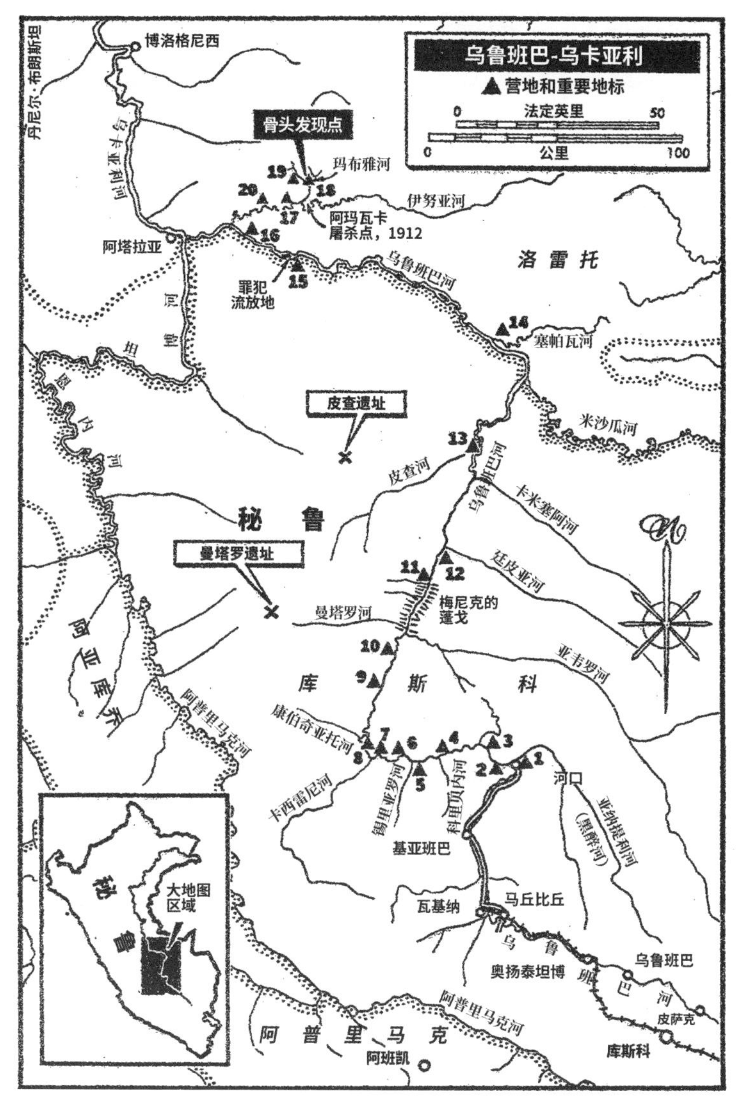

乌鲁班巴-乌卡亚利
营地和重要地标
法定英里
0
50
公里
0
100
博洛格尼西
丹尼尔·布朗斯坦
乌卡亚利河
骨头发现点
玛布雅河
伊努亚河
阿玛瓦卡
屠杀点，1912
阿塔拉亚
乌鲁班巴河
罪犯
流放地
洛雷托
塞帕瓦河
米沙瓜河
皮查遗址
皮查河
乌鲁班巴河
卡米塞阿河
秘鲁
曼塔罗遗址
廷皮亚河
梅尼克的
蓬戈
曼塔罗河
亚韦罗河
库斯科
阿普里马克河
康伯奇亚托河
卡西雷尼河
锡里亚罗河
科里贝内河
河口
亚纳提利河
（黑醉河）
基亚班巴
瓦基纳
马丘比丘
奥扬泰坦博
乌鲁班巴河
乌鲁班巴
皮萨克
库斯科
阿普里马克河
阿普里马克
阿班凯
秘鲁
大地图
区域

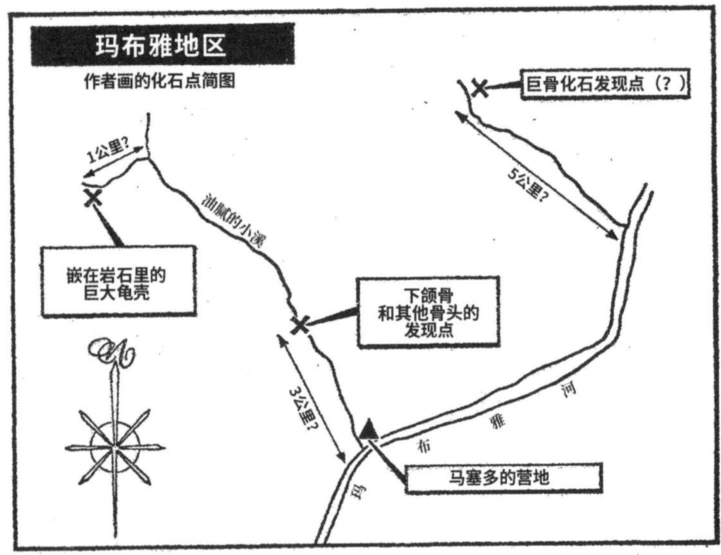

◀ 地图上数字表示的地点

1. 马科斯牧场
2. 卢卡特第一牧场
3. 河上营地
4. 科里贝内河传教站
5. 锡里亚罗河口
6. 罗德里格斯牧场
7. 卢卡特第二牧场
8. 奥拉特牧场
9. 菲德尔 · 佩雷拉牧场
10. 潘戈亚
11. 河上营地
12. 廷皮亚河口
13. 皮查河口
14. 塞帕瓦河口
15. 河上营地
16. 塞萨尔 · 克鲁兹的牧场
17. 因纽亚河营地
18. 维克托·马塞多的营地
19. 下颌骨化石所在地
20. 河上营地

第一部分

第一章
马尾藻海[①]，一路向南

11 月 20 日

十一月的夜晚，月色苍茫。按照计划，“瓦尼莫”号应于下午三点出发，不过世界上大概没有船会准时起航。船上的表显示现在是晚上八点三十二分，布鲁克林码头的水手终于把最后一根缆绳扔到了水里。“解缆绳！”他吼道，声音显得尤为突兀。外面刮着每小时九英里的西北风，冷得像冰一样。他戴了一顶软呢帽，把手插进兜里，然后头也不回地走了。“瓦尼莫”号在它的拖船旁边剧烈地晃动，它的拖船是“伊莎贝尔·麦卡利斯特”号，直到所有伊利港的船都开走，它都一直牢牢地拴在岸边。船的右侧是总督岛，后面则是灯火闪耀的曼哈顿，耸立在夜幕之下，就像传说中的希波拉城[②]一样。

---

① 神秘的象征，据说船只到了马尾藻海就会迷失方向，位于大西洋墨西哥湾的东部。哥伦布曾在这里被困，马尾藻海被称为“海洋上的坟墓”。

② 十六世纪，西班牙探险家称在北美发现了极其富有的城市，称其为希波拉七城，位于今天美国的新墨西哥一带。

现在我们终于摆脱拖船了，随之而来的是一种不确定感和一种迷失感，这不完全是因为离开了家乡，还因为随着与拖船的分离，我们似乎与过去说了再见，崭新的生活即将开始。在一段长长的旅行中，第一个经过的港口总是让人印象深刻。从船尾望去，明亮的纽约港越来越远，“瓦尼莫”号驶向纽约湾海峡[①]，疏离感一点点地放大。不远处的钟浮标轻轻地响着，穿透了城市的夜声，独树一帜。

斯坦登岛渐渐模糊，沿着格雷森湾的布鲁克林港海岸公路上，微光摇曳。绿色、红色和白色的港务船探照灯伴随着泽西州海岸夜晚的灯光。“瓦尼莫”号鸣了两声笛：一艘更大的船超过了它，率先到港。港口外围的其他船只也已上锚，正在离海岸不远的地方。

晚九点四十五分。布鲁克林的灯光在我们身后渐渐远去，取而代之的是泽西州绵延的亮光，与无尽的黑暗形成鲜明的对比。我们的下一站是桑迪胡克[②]。

纽约湾海峡、格雷森湾、桑迪胡克、大西洋，还有安布罗斯航道上的灯塔船，都是美妙的名词。笼罩在夜空下，晚风潮湿腥涩。在我上床睡觉之前，“瓦尼莫”号就开始了轻微的震动，意味着它已经把自己交给了广阔的海洋。“瓦尼莫”号会途经百慕大、马尾藻海、向风群岛和巴巴多斯、特立尼达、英属

---

① 纽约湾海峡连接上纽约湾以及下纽约湾，是哈德逊河流入大西洋的主要渠道，被称为通往纽约的大门，纽约港的重要入口。

② 障壁岛，位于新泽西州的泽西海岸。

圭亚那和巴西的一系列河港，最终到达秘鲁的亚马孙地区。我的目的地却没那么明确——雨林、安第斯山脉、马托格罗索和火地岛。这些名词在呼唤我，它们就是这段旅行最好的理由。如果还想看一眼地球上最后一块野性的土地，那就要抓紧了。除了无边的海洋和南极，最伟大的地方不在非洲，而在神秘的南美大陆。

11 月 21 日

早上八点，我们已经离陆地一百多英里了，仍然有十只银鸥跟着我们，等到了九点半，竟然增加到了三十多只。这些鸟儿借着船的气流，滑翔过前甲板上的货物，飞到了船尾，一直乖乖地跟在我们后面。有意思的是，这些鸟儿都是刚刚长大的雏鸟，只有两岁左右，羽翼还没有丰满，却已经知道在何时何地能讨到好生活。那些新来的小家伙肯定是被我们的早饭吸引过来的，不过它们到底从哪儿来的，这是个谜，除非是从别的过路船上来的，而且那艘船上的伙食不怎么好。但是，我在甲板上待了一早晨，根本没看到其他船。即使银鸥的视力比我的好很多，它们也不能看到地平线以外的东西啊。

虽然风力平稳，不过随着翻滚的波浪，海水渐渐变成深蓝色，我们似乎要进入墨西哥湾暖流了。空气还是很冷，而且还没有看到湾流上漂浮的海草。

“瓦尼莫”号在碧波上顺利前行，一切都证明这是艘经得起海洋考验的船。这是一艘小型货轮，总重一千三百零八吨，1956年在汉堡建造，注册在百慕大的汉密尔顿港①。总长二百六十五英尺，船体灰色，上层白色。船员一共二十五名：十三名巴西水手、三名秘鲁乘务、一名威尔士总工程师、两名苏格兰工程师（马来人和印度人好像在自己的住处密谋着什么黑暗的计划，像消失了一样——船上确实没有像样的生活区；他们挤在船尾的甲板下——不过苏格兰人肯定是遵循他们不列颠的航海传统，待在工程室里）、船长、三名大副、一名负责播音的（叫报务员），还有一名英格兰工程师。除了我，船上还有两名乘客：一个是新部落教会的传教士，他要回巴西；还有一个是黎巴嫩人，他拿的是土耳其护照，要去贝伦②做生意。他们两个是很好的伙伴，只不过后者基本上每天都在睡觉。天气好的时候，他会到甲板上走走，穿一双蓝色、黄色和黑色相间的女式拖鞋。他是个真正的黎凡特③商人，永远年轻，疲惫却又充满活力，他无家可归，听从天命，不怎么幸福地跟随着商队在世界探险。

一整天的海风都很清新，现在是时速超过二十五英里的东南风。这股风来自湾流，下午两三点，我们进入湾流，所以大

---

① 百慕大是英国在海外的领地，汉密尔顿为百慕大首府，因此这是一艘英国货轮。

② 巴西北部最大的城市，帕拉州的首府。

③ 泛指地中海东部的岛屿和国家，历史上在东西方贸易中扮演着重要角色。

海变得狂野起来。天空灰暗地笼罩着我们，地平线上坠着大块大块的云，严峻地预示着天气的变化——海上的天气变化，无一例外地让人印象深刻，在广阔天空的吞噬下，“瓦尼莫”号似乎在颤抖。有一些银鸥已经掉队了，不知道是去找家了还是跟别的船飞走了。我数了数剩下的，甲板上一共还有十九只，它们无声地掠过船尾或是低低地盘旋着，时不时发出凄冷的叫声，小而尖锐，完全不同于往日它们在夏日海岸边的聒噪。又来了两只海鸟，一直和我们保持着距离，它们是贼鸥，翱翔在波浪之上。

这才是我们的第一天，距离下一个目的地只剩下四十海里了，因为新来的无线电报要求“瓦尼莫”号更改航线：我们要重新向西行驶，去海地装一批货物，再去巴巴多斯。

11月22日

昨晚在湾流真是艰辛，雨下了一阵又一阵，大海的怒吼第一次引起了船内的骚动。我睡得非常不好，凌晨三点多，天空呈现出一种奇异的亮光。我在舷窗旁边站了一会儿，看着天上灰色的庞然大物缓缓前进。

到了早晨，银鸥都不见了，真正的海鸟出现，代替银鸥成为我们的清道夫。在小雨中，它们和我们的距离格外近，所以我能清楚地看到有两只小三趾鸥，还有一些被称为“海洋之鹰”的中贼鸥和一对比它们大一点的亲戚贼鸥。它们跟着我们的船飞了几个小时，到了上午就都消失了。我们正在接近贼鸥和三趾鸥分布区域的最南端，所以这些物种可能不会再出现了。其实，我已经看到了一种亚热带生物，是一条疯狂的飞鱼，它在湾流大片的海草上滑翔。

下午三点五十分，一只椋鸟从船尾盘旋到了后甲板上，并在救生船的吊杆上停下来。不管它是从哪儿来的，我都可以肯定我们离陆地不超过四百英里了（船长非常友好地帮我们测了一下坐标，下午三点五十分，我们位于北纬三十五度二十七分，西经六十七度五十八分）。我想给那只椋鸟拍照片，不过当我小心翼翼地接近它的时候，它立即向西飞走了，是朝着大陆的方向。很明显，它知道自己的家在哪儿。不过它到底是从哪儿来的这个问题一直困扰着我。我不相信它能真的飞到陆地上……

11 月 23 日—24 日　百慕大群岛

晚上，我们接近了一系列风暴的边缘。显而易见，这场风暴席卷了从东南的百慕大到北方的冰岛，并向东穿过欧洲。凌晨两点以后，风暴不断地加强，我就像一块蛋奶布丁一样被扔出我的床。终于，到了清晨，天空放晴了，海水形成一道道炫目的蓝色海墙，有些甚至超过三十英尺高，却让人无比兴奋，而非害怕。（比这还大的海浪当然让人激动，不过，哪怕是最好的水手，海浪都不仅令他激动，还令他恐惧。就像汤姆林森在《大海与丛林》中写的那样："它们低沉地呼啸着，从我们身旁掠过，如同高山一般，山顶如同白雪般耀眼，给人一种压倒式的感觉”；还有“海水如同镜子一样，不断地变化着，折射出天上瞬息的色彩。大海翻滚着，吞噬着，让我们的轮船徒增凄凉和绝望”。与他的描述相比，康拉德都逊色了。）

那只谜一样的椋鸟又突然出现，今天早上还不知疲倦地在货物中间孵了小鸟。当然，有这么一种可能，昨天其实飞来了两只鸟，有一只鸟蠢得飞走了，离开了我们的船；或者是这只鸟昨天飞走了，但是由于严峻的海上形势（如果鸟儿也有精明的类型，那一定是聒噪的椋鸟），重新赶回了“瓦尼莫”号。不管怎么说，现在这艘轮船值得它多逗留一会儿，它在船舱里飞上飞下，时不时钻到缆轴里歇一会儿。为了食物和水，我们今晚肯定是要在百慕大着陆了。一些年轻的水手在困境中自得其乐，或者是拿我的乐趣取乐——不知道到底是哪个让他们更加好奇。

今早十点三十分，一只孤独的银鸥飞来，又很快消失了，像一片纸一样翩然离去。我们现在距离陆地不到一百英里了。我一直注意着有没有稀少的圆尾鹱，或者百慕大海燕。据说后者灭绝了三百年，但是五十年前又发现了少量，现在它们仍然在城堡湾筑巢。它们说不定什么时候就会出现，不过我没抱太大的期望。

天黑以后我们到了百慕大，在南岸停泊到了清晨，然后一个水手把我们带到了圣乔治。

圣乔治是一个美丽而古老的小城。在圣彼得教堂，我饶有兴趣地记录下了一位斯特里奇先生留下的文字。他记述了大量关于繁盛一时的圆尾鹱被“灭杀”的事情（他的日记中记载了百慕大沉船“海上探险”号的事迹，据说这次沉船事件是莎士比亚创作《暴风雨》的灵感来源），这些圆尾鹱在1609年百慕大的第一次婚礼上曾大量出现。

上午我们离开百慕大。我在桥上逗留了好几个小时，看着大海，不过还是没有看到圆尾鹱。其实，百慕大的鸟连一只我都没看到。

明天就是感恩节了。

11月25日　马尾藻海

这艘货船又小又慢，不过优点是它的航线不仅包括亚马孙地区，还有那不见踪迹、素有“海上沙漠”之称的马尾藻海——不过我们又改变了航线，并且向着西南方向的海地驶去，这样就不用穿过那片迷宫，而只是经过马尾藻海西边的部分。

我们昨夜进入了马尾藻海，它大约呈长方形，至少宽四百英里，长一千英里，大概位置在百慕大群岛的南方，亚速尔群岛的西南。或者说得更加准确一点，马尾藻海在北纬二十五度至三十度，西经四十度至七十度。由于它在大西洋上保持着如此独特的隔离状态，有人会想象它是一座岛屿，四周被洋流环绕——湾流在其西侧和北侧，加纳利洋流在东，赤道洋流和安第斯群岛在南。受地球自转和盛行风的影响，这些洋流呈顺时针方向流动。北部的盛行风叫作盛行西风带，南部的则是终年不息的东北信风。

马尾藻海因马尾藻得名。马尾藻是一种棕色海藻，有一簇簇整齐的气囊。根据以前的记录，马尾藻密集得足以困住航行的船只。就像大部分记载一样，这个也是不真实的。这个区域名为马纬度[①]，显然，这个名字来源于这片蓝色海域上因为没有一丝风而无法航行的船只，它们被迫舍弃饥渴的牲畜，海面上因此常常漂满马的死尸。

其实，关于马尾藻海的一切都存在争议。比如哥伦布，他被认为是第一个发现马尾藻海的人，不过也有人说最先发现的其实是腓尼基人，我目前还不知道后者的理论出自哪里。马尾藻的来源也同样悬而未决：是从近海漂流过来的，还是马尾藻本身就是一种远洋独有的植物？（通常认为，无论马尾藻的原产地在哪儿，它都可以在海洋中繁殖。）还有人说马尾藻伴随沿海动物生长，甚至有一种螃蟹寄居在马尾藻上。这一观点被伟大的航海家约书亚·斯洛克姆所证实。他在《一个人环游世界》中写道："马尾藻原本一簇簇地散落在大海里，有的在风的作用下变成一缕一缕的，形成狭窄的水道。现在，它们聚集起来，一些大大小小的海洋生物在其间游进游出。在这些动物里面，最有趣的要数一种小小的海马，我抓了一只，然后带回家养在了瓶子里。"不过海洋生物学家倾向于相反的意见，他们认

---

① 又称副热带无风带。

为，马尾藻海是一片“死水”，缺少营养丰富的海盐，浮游生物无法生存，因此不能产生生物链。

根据我没什么价值的个人经验，我倾向于相信消极的观点。随着个人经验的增加，甚至还有些自相矛盾。我们的小船沿着无风带的边缘行驶，强劲的风和层峦一样的波涛撕扯着，实在让我们无法镇定下来。还有，即使这里到处都有马尾藻的种子，和墨西哥湾比起来，还是略逊一筹，而且我每次瞟到的马尾藻也不过一块毯子那么大。有一次，我一整天都待在甲板上，一种动物都没看到，不管大的还是小的，除了一种极其普遍的飞鱼和一只孤单的小帆水母（别名“顺风水手”）。帆水母是水母的一种，和它的亲戚僧帽水母（葡萄牙战舰水母）一样浮游在海洋表面。帆水母靠抬起的浮囊在海面上漂流，就像背上长了个帆一样。来自遥远北方的海鸟消失了，至于海马，我更是一只都没看到。

坐这艘左右摇摆的小货船真不算是一件幸运的事，不过唯一我觉得可以证实的科学发现就是马尾藻海的“深蓝”。那是一种粗犷、浓密、深不见底的蓝，像是一颗打磨过的蓝宝石（似乎可以说明这里浮游生物的相对缺失，就这一点而言，可以有各种合理的怀疑）。如果这片水域果真如此贫瘠，那么从这里发端的是一段最不寻常的自然历史。深藏在这艘船的下面，来自北美、北非和欧洲的淡水鳗鱼，不知道以什么样的比例，以哪种方式聚集起来繁衍生息。到了春天，不计其数的刀锋状的幼虫从卵中孵化出来，那些卵深藏在一百英寻以下的漆黑当中。

一年之后（小一点的欧洲品种则需要三年）它们会进入河口，溯流而上，这时它们已经长成了幼鳗。然后这些黄色的家伙一直待着，慢慢长大，度过一段缓慢的时光。伊萨克·沃顿对此十分熟悉，他总是找不到鳗鱼的卵或者幼鳗，在他的《钓客清谈》中，他对于鳗鱼的繁殖充满疑惑，不相信它们“从腐烂的土地中繁殖，并且以其他的方式潜入水中”，或者“在一种特殊的露水中繁殖，五月或者六月的一天掉落在某个池塘或者某条河水的岸边……几天之后，在太阳的温度下，变成了鳗鱼”。五到二十年之后，这些黄色的鳗鱼会在一个秋天变成银色。跟鲑鱼刚好相反，它们会回到大海，去几千英里以外的沉寂水域。现如今，在那一片水域上方，在一个大胡子巴西水手的带领下，我们泼下了一大桶营养丰富的垃圾，然后向前行进。

11 月 26 日　前往巴哈马

第一个好天气，大海湛蓝明亮，风平浪静，波光粼粼。破晓的时候还有朵朵浪花，不过已经消失殆尽。巴西水手正在后甲板的架子和船桥上升着遮阳的帆布。这些水手的肤色各不相同，不过大部分都是肤色较浅的莫里诺人①，留着舞男的胡子。他们穿着 G.I. 的上衣和李维斯的裤子，好像是规定一样，其中有一个人戴着剑麻做的传统墨西哥宽檐帽，看起来软塌塌的。

① 南美黑人的统称。

不过他的同伴则是一身热带装扮，戴着一副滑雪护目镜和一顶伐木工戴的帽子，还把耳朵包了起来。

一艘名叫玛格丽特·翁斯塔的挪威货船从我们船的右侧出现了，然后从靠近我们船头的地方穿了过去——这是一艘开往国外的船。从它目前的航线来看，是从杰克逊维尔或者费尔南迪那到南非去的。我们正处在北佛罗里达州以东几百海里外。

11 月 27 日　凯科斯群岛和英加纳群岛

第一眼看到的是安德烈斯暖流和凯克斯海峡，远方加勒比海上的白日很长，蓝色的海水由于东北部的贸易显得更加扎眼。再向东行驶大概二十英里，就是巴哈马群岛周围的凯科斯群岛，出现在银色的天边，小而朦胧。远离贸易和旅游航线的凯科斯群岛有多少人曾经注意过它们呢？我产生了一丝探索的感觉。

一个小时之后，岛屿到了我们面前，甚至比眼前明亮的朝阳还要近。首先是一座岛屿，接着两座，随着我们的船位置的变化，又出现了第三座和更多的岛屿——不过这只是海市蜃楼，海洋上极其常见的有趣景象。其实真正看到的岛屿只有一座，叫作普罗维登西亚莱斯。剩下的大部分岛屿神秘地浮现出来，晨光熹微之中呈半透明状，如同一团羊毛，最后直接出现在初升的朝阳下，如同身处火焰中一般。

西边没有可见的岛屿，只有一艘巨大的货轮向北行驶，这艘货轮搭载的货物太多了，从我们这个距离看起来，船头正在危险地向下沉。我们自己的货轮上货物不太多，十分优雅地在海上航行，除了优雅之外我想不出别的词了。

又过了一个小时，西凯科斯群岛出现在我们的东边，还有一张孤零零的黑色的帆。我可以把它想象成附近一座有着浓郁巴哈马风味的渔屋，或许在阿巴科岛的战舰海滩上。这些小船负责小龙虾和海螺的捕捉、运输和买卖，在危险、多风的安德烈斯暖流上随处可见，没有罗盘，也没有时间的流逝感。

船的右侧逐渐出现了低矮、贫瘠的小英加纳岛。到了中午，我们向大英加纳岛行进，它在古巴的东北部。云朵拂过太阳，海水变成了神奇的蓝黑色，和剑鱼的颜色一样。

还是没有海鸟。

快到傍晚的时候，我们接近向风海峡（它的名字和火地岛一样美丽），一只敏捷的黑色贼鸥，在我们附近徘徊了将近一个小时。两只奶咖色的鼠海豚从我们的左舷后方劈头出现，它们的颜色那么显眼，即使游到了几百码以外，在水下依然可以看到。它们在明亮海平面上溅起的水花是那么紧凑——突然、炫目、令人激动，似乎沉默的大海一下子活了。在南方暮色的云朵下面，海地慢慢浮现，群山高耸。

11 月 28 日

破晓之际，我们到达太子港。海湾两岸高山耸立，东边的山峰已经被太阳点燃，薄雾笼罩在港口和小镇上，在半暗半明间静默着。在薄雾中，当地单桅帆船的三角帆摇曳着，旋转着，在这微弱的光线中呈现出如同日本版画一般浓郁的黑色。

一艘小汽艇冲出了雾气，向着一艘船过分热情地鸣笛。传奇的军港映在艉板上，熙熙攘攘的海地人有超过一半穿着各式各样的华丽制服。一些达官显贵上了船，和我们船上优秀的乘务戈恩先生（他有望成为下一任船长）进行了简短的礼节和礼仪的交换，然后又一次回到了他们的小艇上，只留下港口引航船。引航船指引我们回到港湾，到达长长的装载槽的末端，那里停泊着一艘加勒比粮食公司的浮舟。我们计划在这里带上约四百五十吨谷子到巴巴多斯。

一个钟头以后，我和其他几名乘客坐在代理商的汽车里，沿着海岸公路向太子港驶去。我们左边横卧着低矮的山丘，右边是匍匐的甘蔗田和小沼泽，旁边点缀着海边的红树林。瘦得皮包骨的牛好像灾难过后的幸存者，在我们停车的时候三三两两地漫无目的地游荡着。跟牛相伴的是白鹭，一个古老世界的物种，短短三十年间，它们迅速繁衍，从原来的栖息地欧洲和北非去了美洲，甚至到了澳大利亚。它们在美国南部的几个州扎下根，有些还到了加拿大和百慕大。

在乡村，一些种类的鸟相对较多，有不同品种的白鹭、苍鹭、黄足鹬、红鹬，还有一群沟嘴犀鹃。除了鹃鸟，其他都是美国常见的鸟类，即使是鹃鸟，在南佛罗里达州也能看到它的身影。不过在这个小镇远一点的郊区，就是大片茂盛的热带植物，棕榈树、咖啡树、木槿、一品红、凤凰木，还有许多其他树种。一整天的旅途中，我看到的唯一鸟类是挂在枪管上的一串啄木鸟和老鹰。那是一把小口径的步枪，扛枪的是一个当地的小伙子，肩膀上的衣衫已被磨破。太子港的贫穷让人心生敬畏，这里的生命少得触目惊心，或许也是贫穷带来的。

太子港有种独特的魅力，这种魅力难以描述，因为确实没什么好说的。这里有各种各样的小木屋和不尽相同的现代建筑，不过弥漫着一种怡然、潇洒的氛围，乌黑的火山映衬着随处可见的明亮菘蓝。

11 月 29 日　**去往向风海峡**

今早六点我就起床看装载货物。这些谷子或者“麸子”是用来喂养巴巴多斯的动物的，不过我在想当地人是不是也吃这些……这想法让我情绪低落，过了一会儿我就去后甲板了，在那儿看了一个多小时桩子旁边的热带鱼类——可爱小巧的蓝色颊纹鼻鱼有着黄色的尾巴，随着水流浮动，敏捷的岩礁鱼鱼鳍像刀一样锋利，还有一支黑黄条纹的小分队。在更远的地方，漂浮着船上的垃圾，一条非常大的石斑鱼，有二十多磅，在那儿大快朵颐。它长得有点像鲤鱼，在静止的水面上笨拙地回旋。到处都是颌针鱼，长着蓝色的尾巴和长长的喙，如同古代的海生爬行动物，有一条近三英尺长。

离开码头一个钟头以后，“瓦尼莫”号掉转方向，重新向陆地驶去，向北偏西北方进发，穿过戈纳夫湾，目的是向风海峡。戈纳夫岛如同一头死了的鲸鱼，船的右舷是黑色连绵的山地海岸线，浓云遮盖住山峰，在与大海的柔滑形成的强烈对比中若隐若现。到处都是鱼，它们的行动打乱了平静的海面，海鸟却消失了，只有一只王凤头燕鸥，远处还有一对较大的棕色鼠海豚。

随着时间的推移，海岸线变得更加粗犷，孤山峭壁耸立，海湾空无一人。随处可见垂头丧气的船帆，一堆茅草房沿着又瘦又小的泥沙滩延伸向海角。

到了海角，我们就到了向风海峡，然后重新向东航行。海风清新强劲，各种白帽子都要被吹翻了。一艘小的单桅船出现在北方，正在向陆地驶去，被狂野的风吹得一边倒。我在船头待了一个下午，都很难判断出风向：系在凸起上的绳子顺着船的航线指向船尾，但是如果系到船舷下方就又向前吹，而那好像不是风的方向。

向风海峡中的这个海地北部的海角，一定是世界上最孤单的地方之一。疾风拍打着的悬崖直插入幽深的大海，岩石被海水冲刷掉了原来细腻的表现，崎岖不平的表面在几英里之外都能看到。

太阳落山的时候，我们从海角下通过。天色将晚，西方紫罗兰色的晚霞依偎在古巴的马埃斯特拉山脉。东北方匍匐着古老的海盗岛——龟岛，只有一丝模糊的影子。

11 月 30 日—12 月 2 日　伊斯帕尼奥拉岛，莫纳海峡和加勒比海

又是美丽晴热的一天。我们距离多米尼加共和国还有四五英里。伊斯帕尼奥拉的山极其多，早上八点，我看到了东南方有一座高高的山峰。如果要看鲸鱼、鼠海豚、海龟、鲨鱼和长嘴鱼，今天是绝佳的一天，但是一整天什么都没有，连只鸟都没有。

夜间我们的船进入伊斯帕尼奥拉和波多黎各之间的莫纳海峡。天还亮的时候伊斯帕尼奥拉就几乎看不到了，波多黎各在北方高耸着。现在我们其实已经在加勒比海上了，而且今早我看到了海鸟，目前为止都是一些红脚笨鸟，不过至少有十几只拍打着它们那弯曲的翅膀。一只成年的白色鸟儿猛冲到海里抓了一条飞鱼，然后往南飞走了，和我们北方的塘鹅很像——当然其实这些鸟也是塘鹅的热带亲戚。

后来这些鸟消失了，出现了一对军舰鸟，一只是红色嘴巴的雄鸟，一只是白色脑袋的幼鸟。它们倨傲地飞过我们的船，翅膀伸开以后有七英尺长，如同弯曲的薄刀片，它们分叉的尾巴很长。它们轻松自如的飞行证明了它们是最会飞行的鸟儿之一。后来又出现了贼鸥，六只左右或者更多，有一只非常黑，我以前从来没见过。

今天晚上星星很明亮——巨大的猎户座和红色的天狼星如同一掠而过的彗星，在它们上方是金牛座、御夫座和可爱的昴宿星。

十二月的第二天，天气一如既往的好。今天没看到任何陆地，只有一些贼鸥和一只遥远的鲣鸟。下午在船桥上发现了一头鲸鱼，不过我没有及时地收到通知出来看它。

12 月 3 日　向风群岛

多米尼加是向风群岛中最靠北的，它还包括圣卢西亚岛、圣文森特岛和格林纳达：法属群岛瓜德罗普岛和马提尼克在地理上包含在内，但是英国人不承认其属于向风群岛。不过，法国遗风在这里非常明显，不仅体现在他们对“多米尼加”的发音上，还体现在当地人的方言上，大多数人也会讲一口害羞的英语。

向风群岛的原住民是爱好和平的阿拉瓦克人，但是来自亚马孙的战争爱好者加勒比人入侵了这里。很显然，加勒比人把阿拉瓦克人赶跑了：他们杀死了阿拉瓦克的成年男子，将女性纳入了他们的文化。虽然有过反抗，但他们最后还是被西班牙人、法国人和英国人所取代。其实多米尼加很难被征服，自从哥伦布 1498 年发现它之后，它被遗忘了接近两个世纪。加勒比人的复兴在这里一直存在，不过很久以前加勒比人和黑人奴隶就混住在此，这个种族也渐渐消失了。

多米尼加的首都是罗索，一个背风的海港小镇，小镇上的房子都是红屋顶。这里没什么游客，因为在海地，像样的沙滩都离大海很远。距离大海近的都是高大的山脉（最大的是黑顶圆尾鹱山，名字取自近期灭绝的黑顶圆尾鹱，它们过去生活在这些山上)。现代宾馆和设施仅限于想象——即使普通的明信片也很难在罗索找到。最后，愿意接受这些缺点的游客还要面临天价。他似乎要为上千位未能到访的游客支付所有开销。

这一切都太糟糕了，因为背靠着深绿的山谷和嫩绿的峭壁(我用嫩绿来形容，是因为这里的一切都和断裂的火山峰相得益彰，法国画家普珊和华托一定会喜欢这里)，罗索这个明亮的尖尖的小镇还是很有魅力的。据说这座小岛上有三百六十五条河流，沿着其中一条河流走向内陆，就会发现一个富饶的热带山谷，那里种着供贸易的青柠、椰子、葡萄柚和香蕉树，在这些作物之上，是如同乌云一般的黑色山峰，还有两条高高的、美丽的瀑布。那里的植物还包括各个种类的棕榈树、咖啡树、面包果树、芒果树、桉树、榕树以及凤凰木——这是我见过的最美丽的树。听说小岛的北部海岸比别的地方更美，如果真是这样的话，那一定很美。不凑巧的是，虽然“瓦尼莫”号在向风群岛的每一个岛都有停留，但是根据我简短的印象，我们去过的四个岛都差不多，但是多米尼加是遭破坏最少的(虽然圣文森特岛也自称如此)，也是最令人震撼的。圣文森特岛可以说是这几个岛中面包果树长得最好的一个，那是邦蒂船长从太平洋带过来的。面包果树也是向风群岛蔚为壮观的景色之一，从首都金斯顿高高的夏洛特堡上就可以看到。这座城堡是众多久远的欧洲战争的遗迹之一，从那上面还可以看到长长的格林纳丁斯群岛，向南一直延伸到格林纳达。格林纳丁斯群岛仍然未被人染指。在一个可爱的下午，我们经过那里，使我好奇心大发。或许因为我们没有在那儿停留——那儿几乎没有人，我很肯定自己一定还会回去。

我对其他小岛也有温暖的回忆，比如卡斯特里（圣卢西亚）和圣乔治（格林纳达）的小海港，在这两地的热带海滩游泳的美妙体验，以及一群小型鲸鱼——巨头鲸或者黑鲸，它们上空是一群燕鸥和鲣鸟，在圣文森特群山的衬托下闪烁着耀眼的白色光芒。我还记得有一次我们在圣卢西亚，我与船上的广播员、工程师主任和三副一起在昏暗的海上出航。

自从我们到达加勒比海，这些伙计就叫我一起出去，这给船上带来了一种放松的全新氛围，可能是塞利娜所说热带太阳造成的“放荡不羁”的症状。长官们穿着白色的正规短裤，不一定总是整洁，下午停靠在港口的时候，大家在船舱里喝着朗姆酒。

12 月 5 日—7 日　**巴巴多斯**

从圣卢西亚出发三天，还没到达圣文森特岛的时候，我们的船被叫到了位于向风群岛以东一百英里处的巴巴多斯。像百慕大一样——不像向风群岛那样都是被海水淹没的山峰，巴巴多斯是一个真正的海岛，周围是珊瑚礁，从地质学角度上看，或多或少接近大陆。巴巴多斯的乡村里有一块一块的甘蔗田，低缓延绵，中间点缀着一些农场和漂亮的教堂，路边的树由于贸易风而永远弯着腰。当大海渐渐低于我们的视线，路上的风景让我想到了美国的大平原，远处的甘蔗磨坊高高的，如同一个长长的、蔚蓝的夏日午后北达科他州的谷物升降机。

12 月 10 日　特立尼达

我们昨晚到达西班牙港[①]，从格林纳达一路向南，穿过特立尼达和委内瑞拉的帕里亚半岛中间，这个开口也叫“龙之口”。今天灰蒙蒙的，这么长时间以来第一次这样，倒也令人愉快。锚地宽阔，船只的黑影散布在色泽暗沉的锚地放眼所及之处。今天能见的范围不大。笑鸥上上下下地飞。

西班牙港的名字是这个肮脏的小镇最美的一面。这里的引航员说，从这儿进进出出的大轮船比利物浦的还要多。这里有一种晦暗的现代感，一种不靠谱的氛围，就像被一帮吉卜赛人入侵，然后又被遗弃的市场。这里还有一种难闻的甜甜的味道，和其他同纬度的小镇一样，也不知道这味道是从哪里来的。这股味道现在入侵到了船上，像是一种会传染的抑郁症，徘徊在厨房附近。听说特立尼达岛十分美丽，我也想相信这一点，不过对它首都的印象不怎么好。经过这漫长的一天，一队秃鹫在这城市潮湿凝滞的空气中横扫了一遍，似乎也很正常。

当我回忆收集邮票的那些日子时，我才想起来这个地方的

---

① 特立尼达和多巴哥的首都。

名字其实是特立尼达和多巴哥。多巴格是东北部一座小得多的岛，绕过海角再次来到北部，我们于次日早晨八点离开了这里，前往东南方英属圭亚那的乔治敦。奥里诺科河有很多个入海口，河水也很脏。一只军舰鸟，一只遥远的鲣鸟，还有两只黑背白腹的海鸥，不知道是什么品种——有可能是灭绝了的黑顶圆尾鹱，不过应该还是奥氏鹱。

12 月 12 日　**英属圭亚那**

现在我们身处绿色的近岸海水之中，如同丰满的绸缎，不过看不到岸边的低地。中午，当我们缓缓经过一个浅滩时，“瓦尼莫”号的螺旋桨搅起大团黄沙，因为这里是许多河流汇聚的大陆架，宽阔低浅。

下午一点三十分，南美大陆映入眼帘，在阳光下的薄雾中有一条低低的黑线。王凤头燕鸥和笑鸥，这些在美国常见的鸟类，是我第一眼见到的南美野生动物。一小时之后，我们进入德默拉拉河，乔治敦是这里的港口，长长的码头满是货船。我看到了从蒙罗维亚出发的“克罗诺斯”号，一艘外表冷峻、锈迹斑斑的船，船身黑色和黄铜色相间，还有绿色的“安卡卡”号，来自利物浦，船尾栏杆旁都是一些浑身脏污的水手。一个虎背熊腰的大胖子冲着我们飞了一口痰，近距离观察后，我发现他的脸是我这几个月来见过的最刻薄的。他身旁有一个常见的瘦弱助理，不安地傻笑着。长长的黑色小舟在浑浊的浪花中上上下下，动力是船舷外的黑人，他们身材瘦高，声音尖厉。

仓库的房顶上泊着一只鸟，它有着明黄色的腹部。这是一只很大的霸鹟——我看到的第一只南美大陆独有的野生动物。

第二章
亚马孙

苏里南、帕拉马里博、锡纳马里、卡宴：圭亚那平坦的泥质海滩背后是低矮的群山，一望无际的浓云之下点缀着许多小岛。其中就有声名狼藉的魔岛[①]，它现在是一座灯塔。离开卡宴，在靠近巴西水域的地方，极目远望，有一艘小船放下了船帆，小船转向转得极其缓慢。不过当我们快要接近它的时候，它却突然离我们远去了——原来是打错了信号灯。明显是一艘走私船，是午夜贸易舰队中的一员，为了满足巴西巨大的走私欲而生。

我们的船来自英国，于是我们很克制地走了。“瓦尼莫”号已经出航将近一个月，船上载的货物也减少到了一辆运往贝伦的小拖拉机，送往玛瑙斯的石油机械，送往终点秘鲁伊基托斯的猎枪、步枪和蓄电池，以及它固定托运的普通货物和食物（包括送到向风群岛的圣诞树），大部分都已经卸下了。现在它几乎空空如也，得意洋洋地行驶在这橄榄绿色的孤独海洋上，

① 位于法属圭亚那，由于恶劣的气候使殖民者望而却步，故称魔岛。

迎着北赤道洋流，向着东南方行进。远处，西方沉沉的天际线就是阿拉瓜里河的野生动物区域。

12 月 18 日

夜间我们跨过赤道，于破晓时分经过小村庄萨利纳斯，引航员上了船。现在我们重新向西行驶了，冉冉升起的太阳位于我们的正后方，交错的洋流和潮水（泥浆色、绿色、灰色和银色）向我们迎来，在团团白云之下如同没有调色的杂乱画板。亚马孙河和一只陌生的热带燕鸥，是这里的瞩目标志。远处，船的两边有慵懒的鼠海豚。一些装着三角帆的渔船打破了这一带的平静，船体是蓝色的，船帆是少见的粉色、古铜色和祖母绿色。天幕下面分布着丛林，黝黑莫测。虽然马拉若岛已经渐渐可见，但是丛林距离我们依然很遥远，河水因为沉积物而变得浑浊。这里是帕拉河的河口，位于最南端，坐落着这条河上的一个重要城市：A Cidade de Nossa Senhora do Belém do Grão Pará——以前称为帕拉，现在叫作贝伦，在葡萄牙语中是 Bethlehem。

天色渐亮，云层膨胀起来，不计其数的小岛和入海口映入眼帘，虽然依旧离我们很远，但是随着我们的前行，终于缓缓地出现在了我们周围。一些小村庄在丛林中出现又消失，很快地，贝伦市出现了，在潮热的雾气发出一闪一闪的光亮。古旧的河船和小舟在市郊的河边留下很多垃圾，很快就堆积起来，船只就停在主城区东部这里等待海关的检查。

贝伦的海关就是个大笑话，因为这个小镇的经济主要靠走私，而且海关官员还指望着分一杯不大不小的羹。通过海关的伙计们把货物大批地卸下之后，过上一小会儿重新带着雪茄、威士忌和其他早已放在一旁的走私货上路了。他们欢喜得像小鸟一样去往下一艘船，一整个早上这艘船都跟在我们后面步步逼近。海关就在露天的停泊地。船只最终沿着码头停靠之后，恰巧官员们又不在，水手们和船上的人就把货物搬到岸上。一个水手从纽约带了四只全新的晶体管留声机，从这上面捞的钱比他在船上干活的薪水还要多。

“在这儿，”一个当地人后来告诉我说，“什么都不合法，什么都行得通。如果警察找你要执照，或者就算是找你要张纸，你都可以要求看他的证件，因为他其实啥都没有。”我们就坐在街边的咖啡馆，正当这个人跟我说话的时候，我欣赏着这里的鹅卵石街道和类现代的建筑。比起市中心的马德里，贝伦更像里斯本，干净整洁，令人愉悦，虽然这里的海滨充斥着海港里都有的乞丐和巨型老鼠，而且到处都是灰脑袋的乌鲁布，也叫黑秃鹫，它们摇摆着，细白的小腿在垃圾堆里跳来跳去，或者在涨潮线附近默默地捡垃圾。帕拉对面是丛林岛屿，你可以深切地感受到贝伦的渺小，以及它周围一望无际的辽阔。

船停在这儿的时候，我去了贝伦的动物园和植物园，这两个绝妙地展示了亚马孙地区的动植物，不像其他的小动物园，一股脑地把恒河猴、颤颤巍巍的马戏团成员和流浪动物塞进来。

这次参观算是反驳了关于亚马孙及其野生动植物的大量错误观点，虽说这些观点似乎很符合幅员辽阔的亚马孙。

亚马孙，人们有时候这么称呼整个盆地。它包括四个国家的大部分领土，属巴西占有的面积最大，这里的未知区域可以和19世纪初的北美西部相媲美。河岸深处的有些地方未被开发，也许人们仍能发现不为人知的城市和部落，以及陌生的动物。虽然这些全是真的，也足够动人心弦，但依然有无数的故事世代相传。早在1541年，弗朗西斯科第一次在奥比多发现了骁勇的女战士。传说越来越多，故事来源不仅有这里的印第安人和居民，还有在这个巨大的关口进进出出的来自全世界的探险者和不够严谨的作家，比如我，一边探索，一边听故事。

四百年间，这条大河鲜有变化。茫茫荒野和动物群系中潜在的致命因素让大部分地区都未曾被人染指。亚马孙的水域栖息着鳄鱼种群中的大块头凯门鳄、无比强大的水蟒、两种电鳗、黄貂鱼、臭名昭著的食人鱼，还有一种叫牙签鱼的十分柔软的银色小鱼。这种小鱼可以找到人体上最小的孔钻进去，用倒刺固定住自己，一旦进入人体，就只能靠做手术把它们取出来。陆地上的生物有豹子和各种各样的毒蛇，最为人所熟知的可能是蝮蛇和矛头蛇。除此之外还有塔兰图拉狼蛛、蝎子、蜇人的蚂蚁以及其他昆虫。螯蝇、蚊子和大黄蜂是低空中具有攻击性的昆虫，这一类还可以算上吸血蝙蝠。

脚气病、疟疾、麻风和黑水热是这里盛行的疾病，同时还有不怀好意的印第安人。听了亚马孙的故事之后就会得出一个结论：只有疯子才会出门。真相则是另外一回事，哪怕在这片未知的土地上，种种传说不仅有其道理，有时还会被加以证实。最后，当你和你的专家团队并未亲身体验时，你很难不去尊敬一个曾经踏足这蛮荒的老实人。

比如说，在贝伦，我认识了一个法裔加拿大人，他叫皮凯。他体型瘦长，衣着整洁，以前是一名油漆工，还做过航海生意，教育程度不高。他的行李就是他所有的东西——背包里的衣服；一把折刀；一个木质的小火柴盒，里面放着一把短手柄的保险剃须刀；还有一个防水袋，里面装着他的护照、皮夹和一套翻得很旧的地图，上面标记着他在南美大陆的足迹。我遇到他的时候，他的疟疾复发了，身体很虚弱，并且身无分文。不过他已经联系好了一艘走私船，带他到苏里南的帕拉马里博，他想在那儿打工，找一艘去往欧洲的货船。

皮凯三年前来到这片大陆，带着一把短枪和两个罗盘，只身一人开始了徒步旅行。他去了巴拿马运河区和哥伦比亚中部人迹罕至的丛林（这片丛林的一部分仍然是泛美公路上的天堑）[①]；在这之后，继续徒步、打工、搭便车，游历了除巴拉圭之外的每一个国家。我在他的叙述中没找到任何纰漏，也没有任何理由去怀疑他。（“我没必要编故事，”他有一次说道，“不管怎样都没人会相信我看到了什么；我看到的太多了。”他轻描淡写地回应了我的疑虑，又不失礼貌。或许全世界的皮凯都是

---

① 此地为达连隘口，位于巴拿马和哥伦比亚之间。

这样——像猫一样，安静而冷淡。就我看来，不管他面前是谁，他都是如此。这是流浪汉身上独有的特点，让我感到如此熟悉，似乎以前曾与他同行，可能是在西部的沙漠中，也或许是在阿拉斯加。这个特质有时令人困扰，就好像一个人在介绍自己的眼镜或者一条新的卡其裤子时过分自信。）在叙述过程中，不管是否有意，他对自己的故事认真地检查过。他带着少有的克制，对丛林生物的危险性表示不屑：他说毒蛇和其他动物在特殊情况下的确是个威胁，不过他认为，唯一会无缘无故攻击并且杀死人类的动物是水蟒。他最后向我描述了一种稀有的猫，这种猫身上有条纹，比豹子小，十分温顺，口中有两根凸出的牙齿，听到这里我的感受有些复杂。这种动物，他说，出没于哥伦比亚和厄瓜多尔的丛林之中，他亲眼瞥到过一次。（当然，这种猫还没有被发现，不过这类故事的一大好处就是，激起我这样的听众使它合理化的可怜欲望。假设我听到后很激动，就像美洲豹一样，剑齿虎很早就来到了亚马孙丛林，以一小支亚种存活下来，于是挨过了让北美大陆的祖先灭绝的冰川世纪；毕竟，美洲驼、羊驼、安第斯原驼不就是北方大陆灭绝驼类的后代吗？凭着我那点动物学的术语，某一时刻，我差点就做出了不起的发现。）不管皮凯是不是搞错了，我相信他是真心实意说那些话的，尽管是真是假似乎都跟他没什么关系。他接着跟我说他和另一个水手在二战期间的经历。当时他们的货船行驶到了特立尼达，海上波涛汹涌，船一个转向，甲板上的木材将他们打落到了海里——有趣的是，他又一次提到了一艘美国驱逐舰，八小时后这艘军舰把他救了上来。所以这个故事跟他说的其他故事一样，都是有迹可循的。他相信自己的人生充满传奇色彩，于是周游世界加以验证。“我不能安静地坐着。”他跟我说，这倒是真的。他略带忧郁的眼睛从来没有正视过我，就算在他满怀激情地讲话时也是一样。“我想我有十三条命，”他没有费心解释，“现在已经用了七条，还剩六条。”我点了点头，以为他会说，用完第十二条以后就回家，不再流浪了。然而他没有。“等我用完第十三条命，”他说，“我就死了。”

我们的船凌晨两点出航，为了借助潮水的力量。破晓时分，我们通过了托坎廷斯河的河口。北方高耸着马拉若岛，坐落在亚马孙河口，像一个巨大的瓶塞。虽然帕拉河流域面积十分宽广，河道却危险狭窄，几千英里的大河上只有曼迪黑大堤上一盏指航灯，两艘沉默的船凸出来，像腐烂的黑色树桩。

丛林很遥远，四面八方都散发着危险的气息。偶尔会出现一只白鹭，如同远处绿色墙面上的白色斑点，黄嘴河鸥追逐着河中翻滚的棕色鲦鱼，还有从河面上掠过的兀鹫，这些是我在这里看到的唯一生命迹象。

商人和传教士在贝伦下船了，我想我会想念他们的。接替他们的是一位年长的荷兰女士和五个荷兰天主教传教士，其中有一个传教士和我睡在一个舱里。他今天犯了痢疾，非常可怜地躺在自己的铺位上。他在这里生病还是幸运的，因为有人可以照顾他，他的任务地点在玛瑙斯上游六百英里处，最近的医生在那儿。为了加快工作进度，这些传教士还带来一艘小木船，在贝伦的时候运到了前甲板上：他们的教区有极大一片区域没有路，我“舱友”的传教范围比整个荷兰还大。

相比为人熟知的亚马孙数据，这个结论更让我惊讶。我们知道，这个盆地几乎跟美国的大陆面积一样大，超过两百万平方英里，涵盖了地球上五分之一的淡水资源，河口的马拉若岛比瑞士还大，亚马孙河的流量相当于十二个密西西比河，每年携带五十亿吨沉积物入海，带出的泥沙超出海岸线一百或两百英里，视水量而定。这些数字当然相当惊人，不过和人类做出的努力一比就显得空洞了。比如说，到月球的距离是238,857英里，这是一个更伟大的距离，因为它证明了一个人能跨越的可能性。

另外，对于亚马孙的敬畏是情感上，而非智力上的。H.M. 汤姆林森的《大海与丛林》是这一领域中为数不多的冷静作品，书中引用了这样一段关于在丛林中固执“等待”的描述：

> 我有一点害怕……但不是害怕眼前所见到的一切……我不知道。这儿真他妈诡异。有一些你永远弄不明白的事情。一种从一开始就存在的事物，那么大，那么强壮。它在等着它的时刻。我现在可以感受到。看窗外那些棕榈树。它们看起来难道不是在等待吗？它们在等待什么？在一个令人窒息的午后，你就会有这种感觉，积雨云在树林上方堆积，一切都静止了。

这段描述十分准确，不能更准确了。赤道地区可怕的温度使空气中有一种死寂，天既不晴朗，也没有下大雨，而是处于两者之间，银色的天空中有道道淤青，有一种焦虑。（但是后来天空呈现出一种淡蓝色，又过了一会儿，从北边刮来一场大风，驱散了潮湿的空气。突然，这突然的速度比我见过的任何天气变化都要快，气温一下子降了下来。自从我们离开百慕大，我第一次考虑穿毛衣。亚马孙的夜晚很凉。）

所以，这些丛林中的空气很诡异，显然它在预示着什么。人们在这里坐立不安。河岸上有一个棕榈树搭的小屋，小屋附近有一块临时的原始空地。不过这些都不长久，就跟贴在绿墙上一样，只要河水涨上来，小屋立刻就消失了。这里已经进入雨季，大片的热带草原和连根拔起的树沿着河水向东流去。这一河段的河堤十分低矮，丛林从来不会消失，只会暂时退后。在河堤高处有一片木屋，附近有车前草和几头瘦得皮包骨的灰牛，那是伐木人的临时居住地，他们砍伐白酸枝、大苦油楝、光鲍迪豆和许多其他热带树木。一些伐木人（森林混血儿，古铜肤色，被称为卡波克罗人）种植木薯和黄麻，还有一些采集野生橡胶，不过大部分伐木人都在雨季后出没，靠采摘野果和渔猎为生。丛林之墙下的一叶脆弱小舟，比海上一艘孤零零的船更加孤立无援。

“这里的商贸潜力无疑是巨大的，”威廉姆·赫恩登 1851 年这样写道，这是他在美国海军服役期间去亚马孙执行任务时写下的日记，“最让人惊叹的是这里的工业前景。有了蒸汽、居民和教化，这条翻滚的大河和它广阔的流域所产生的工业成果，会让亚马孙河谷成为地球上最令人着迷的地方。”之后来这里的人和赫恩登一样乐观，不过亚马孙河仍然同往常一样沉闷阴郁，不可捉摸。令人惊诧的是，其他同时代人，比如博物学家H.W.贝茨和植物学家理查德·斯布鲁斯，以及赫恩登所描述的亚马孙和今天的亚马孙竟然如此相同。除了一些较大的城镇之外，今天来到亚马孙的旅行者和一个世纪前的人们所看到的几乎完全相同。

不过，这是我来到亚马孙的第一天，气氛令人激动，而不是压抑。人类破坏了这个世界的表面，当船驶入时，它不断消退又出现（据记载，在大洪水期间，亚马孙河宽得让人看不到对岸——虽然这很可疑），在没有冬天的气候中它能很快复原。这一事实以及这里的景象让人感动，我甚至兴奋得想尖叫。很难想象地球上还有这样原始的地方，就算凭着飞机和机械，我们也不能真正进入其腹地，而只是在边缘打转。当然，它不会一直是这样，只不过会变化得十分缓慢。今天，如果我们这艘船停在任意一个地方，让一个人坐小船上岸，不管是黑人、白人还是黄种人，他很有可能是第一个见到岸上那片树林的人。

正午时分，树林依旧离我们很遥远。只有大片布满砾石的高地，沉寂河水中漂过的残骸，以及天空。一天中的这个时候，亚马孙是凝滞的、死寂的。但是午后，在一条支流的河口几百码以外，一条一百磅以上的大鱼弹出水面，像一条上了钩的海鲢一样在空中拍打着，然后又落了回去，溅起一大片水花，留下层层波纹。后来，随着风的到来，蛰伏了一整天的太阳和雨水同时现身，正面对峙。为了躲避主水流，我们正在靠近狭窄的边渠。不一会儿，一道令人不可思议的光在雨后突然不顾一切地直射到了丛林中，船头形成的波浪冲击着两岸的箭头芦苇，发出沙沙声，惊动了一只鸬鹚，它飞快地掠过我们，向开阔的河面飞去了。森林第一次向我们展示了它的面貌——巨大的棕榈树和橡胶树，高大如同伞盖的木棉树高高在上，超越了其他树木和藤本植物。这里的植物闪闪发光，鲜活无比，四处都是鸟儿，有白鹭、鲜艳的河燕、一只体型很大的啄木鸟、在树林中若隐若现的老鹰，更远处还有一些行动笨拙的奇怪的鸟，像是羽毛鲜亮的稚冠雉，脖颈上有白色条纹，长着松鸡的白色尾巴——这不会是古老的麝雉吧？它们表情阴郁，一边在岸边的芦苇中蹦蹦跳跳，一边大声地鸣叫。暮色四合的时候，很多鹦鹉成双成对地飞到树顶，动作轻盈而迅速。夜晚来得措手不及，丛林又变成了一堵墙，只能看到黑色的怪物在我们两旁高高地耸立，好像冥河的峡谷。此时此刻，我的呼吸似乎都停止了。时光匆匆，就算今后我再也不能与这丛林有如此亲密的接触，这次漫长的旅行也是值得的。

12 月 20 日

今早我们向欣古河的河口进发。从河口往南朝欣古河的源头走，就是 P.H. 福西特上校失踪的地方。他是最著名的在南美失踪的探险家，1925 年消失时仍然在寻找前印加文明遗址。“我从来没有怀疑过这些古老城市的存在……”他在 1924 年写道，“不幸的是，我甚至不能说服科学家们接受巴西有过古文明遗迹的假设。我去过很多其他探险家不熟悉的地方，粗犷的印第安人一次又一次跟我说起那里的建筑、人们的样貌，还有很多奇奇怪怪的事情。”

福西特上校从 1903 年到 1925 年一直在玻利维亚和巴西的丛林中探险，他的旅行日记中记载了很多耸人听闻的内容：谋杀、疾病、酗酒、印第安人或动物造成的暴毙遍布全书。他描写的大部分屠杀都是橡胶热带来的恶果，它在丛林中散播残暴和贪婪近一个世纪，直到 1912 年左右才沉寂下来。因为人们发现橡胶树种在东印度的种植园更为经济，于是帮助玛瑙斯和伊基托斯繁荣起来、希冀让亚马孙迅速发展的工业，就此沦为野生树林。

福西特说，只有少部分印第安部落是好战的，直到白人为了自己的利益而奴役、压榨和屠杀他们。这无疑是正确的。他的笔触大部分很细腻，富有同情心，却被夸张和一厢情愿的想象所破坏，实在太糟糕了。虽然我未曾和他一起在丛林中生活过，也无权质疑他的陈述，但我还是觉得他的一些说法令人惊诧，这还是说得轻了。他对于水蟒的体型和习性的描述就是一个很好的例子。他破坏了一个长六十八英尺的标本，让他的印第安朋友非常不安，“开火的一瞬间，我听到他们惊恐的声音，恳求我不要开枪，以防它毁坏我们的船，杀死船上的每一个人，因为这些蟒蛇受伤时不仅会攻击船只，还会引来同伴进行报复”。福西特声称“晚上可以听到它们诡异的叫声”，如果这是真的，那水蟒在蛇类中还真是够奇特的。他还写道，它们的呼吸能让猎物神志不清。（一条六十八英尺的蟒蛇的呼吸当然会让人丧失理智，不过就算它没有处于捕猎的状态，任何一种动物只要离它够近的话，都会处于一种非常危险的困境。）

福西特至今还有许多追随者，溯流而上的一路上，他们就像苍蝇一样跟着我。不过因为我尽了最大努力保持头脑清醒，我最好还是不要说出他们的故事。

“瓦尼莫”号在扎鲁巴河口离开帕拉河，进入亚马孙的主要航道。几乎同时，它进入阿拉约卢什，躲到小岛后面避开主水流。一小时后，我们遇到了我们的姐妹船“瓦杰莫”号，它要往下游去。我们船上的两名巴西船员去了它那儿，换来了两名秘鲁船员。

今天早上，我看到许多新的鸟儿（我分别做了记录，希望以后还能辨认出它们）和两条只露出背鳍的大鱼。那可能是巨骨舌鱼，鲑鱼在亚马孙地区的亲戚，重达几百磅。还有一种鱼是须鲶鱼，据说可以把人整个吞下去，不过据我所知，从未发生过这种事。除了岸边常见的亚马孙河豚之外，我没有看到其他哺乳动物。一天的大部分时间我都在舰桥顶上，那是被称为“猴岛”的最佳位置，这个早上最令我激动的是三只极其美丽的燕尾鸢出现的时候。在我印象中，它们是所有陆地鸟类中最为瞩目的，现已在北美大陆濒临灭绝。在今天之前，我记得我第一次也是唯一一次看到燕尾鸢的地点是佛罗里达州西南的那不勒斯以东，它在我的头顶盘旋着，我喜出望外地叫了出来——那时候我还年轻，还会尖叫。（从专业角度来说，我想，这只亚马孙鸢应该是燕尾鸢在亚马孙地区的一个独特的亚种或者种群，不过我没有能力细分；这一河段有大量我们称为黑秃鹫的乌鲁布、鱼鹰，以及这里常见的雪白的白鹭，都是老朋友了。）

下午，我们的北方坐落着低矮的胡塔伊山脉。丛林慢慢地变了模样，高大的棕榈树不见了。丝光木棉（也叫美洲木棉）是附近最高的树了，树上缠绕着藤蔓，它结的荚里就是木棉纤维。另一种较小的树多得到处都是，远处有一种伞树，开满了巨大的银色花朵。这是白毛砂纸桑木，是这里的居民最常用的药用树木，银色的花朵其实是树上蓬松的大叶子。我还看到了野生橡胶树和一种无花果树，还有一种紫葳属的植物，像是蓝花楹。这里的植物种类和数量之多，远甚于鸟类，大多数树木我只能辨出哪一科。除了植物学家，没有人能够辨认这里的植物，这也说明亚马孙盆地的植物群是地球上最复杂的。在这片广阔的森林里，能够找出人们已知的大部分植物。路易斯·阿加西斯曾在半平方英里内辨认出一百十七种不同的植物，包括棕榈树、桃金娘树、月桂树、金合欢树、紫葳、花梨木、伞树、木棉树、巴西胡桃木（也叫栗油果木）、橡胶树、无花果树和紫芯苏木。

这儿有一些茅屋，大部分颓败不堪，无人居住，周围的空地杂草丛生，鱼篓泡在水流中。更远处是草原，像公园草地那样绵延开来。很显然这些都是沼泽，因为没有人住。到处都是老鹰，种类多得惊人。黄昏，鹦鹉又出现了，还有一只孤独的美洲鸵鸟，特征比北美的品种更加鲜明，它拍打着双翼，滑过了河面。今晚比昨晚暖和了点，空气中散发着热带浓烈的香甜气息。

12 月 21 日

白天我们到了圣塔伦，从贝伦到玛瑙斯，圣塔伦是这一千英里航程中为数不多的城镇之一，低矮的群山一直绵延到南方。蓝色的塔帕若斯河在此处和亚马孙会合，就像是迎面撞上了一堵墙，然后被不着痕迹地吞了下去。塔帕若斯河远处是佛德兰迪亚，福特公司的大片废弃橡胶种植园就在这里，可以说是人类征服这片区域失败的典例。

开阔的草原越来越多，自从“瓦尼莫”号进入亚马孙以来，这是第一个明亮的日子，草原在日光的照耀下发出闪亮的绿色光芒——真是一个美妙的日子。三只美丽的鹦鹉盘旋在一棵高大的木棉树上空，白鹭四处可见，一只灰暗的燕鸥轻快地掠过河面。浓密的草地如同坎普斯热拉斯大草原的前哨，草原向北延伸，两百五十英里的丛林切断了人类和草原的联系。再过两百英里就到了图穆库马克高原，这里是巴西和圭亚那的交界处。曾经这里可能发展过畜牧业，面积有一万五千平方英里，在这茫茫林海之中如同海上一座未开发的孤岛。

从圣塔伦到奥比多斯，不到六十五英里的上游流域，人类的活动迹象颇为瞩目。这里的河堤更高，卡布罗克人的半圆形茅草屋更大。不管怎么说，在近三百年前，奥比多斯才建立起来，也没怎么变过，唯一的变化主要是因为腐蚀作用。奥比多斯虽然距离大海有六百英里，但是潮水仍然有一英尺高。奥比多斯是一个温柔的小镇，有着西班牙风情的红瓦屋顶，远远看去就像是画在粉色砂岩河堤上一样；河堤看起来像轮流嵌入丛林一样。小镇上有一座双塔教堂，我们的船向西驶去，教堂的塔尖也渐渐地沉到了绿色中去。

12 月 22 日

昨天将晚时分，我看到一只白头鸢一闪而过，落在一棵无花果树的顶上。几乎与此同时，两只巨大的金刚鹦鹉紧随其后，尾巴上的羽毛飘扬着，在河岸边的棕榈树中穿行，有种慵懒的优雅；第三只金刚鹦鹉用自己钩子一样的喙钩着一棵浅色树的树干，把自己挂在了上面。今天早上，我看到另外一只金刚鹦鹉的身影，还有一只亚马孙河豚，藏在河岸之下，还有很多之前没见过的鸟类。

船外的景色慢慢地变化着。草原越来越少，树木越来越高大，偶尔还会出现高高的红色和黄色土地的河岸。我们的船在岸与岸之间呈之字形穿梭，躲避水流的巨大力量，并且尽可能地靠近河岸，因为距离岸边几码的河水就有五十英尺深，所以有时候的确靠得很近，用一根长一点的鱼竿就可以碰到岸边的树枝。借助望远镜，或者用肉眼，可以看到树林中鸟类和植物的细节。（顺流而下的时候，我们的船保持在河中间行驶，虽然我们的船速可以快一倍，但是有些河段宽至数英里，离我们最近的丛林也很遥远。）自从法国地理学家康达明 1743 年第一次绘制地图之后，这条河上唯一能够指航的工具是曼迪黑大堤上的指航灯，从贝伦到伊基托斯二百三十英里的河段上的地标全都靠河上两名指航员的记忆。在他们神秘的指引下，我们的船除了大雨或者大雾的时候，都是全速前进。有时候会从水下传来砰的一声，是一块木头挡住了船的去路，不过其他时候我们没遇到任何问题。

中午，只有秃鹫和河鸥还在外面。那是一只土耳其秃鹫，我第一次看到，它挥动翅膀，飞过玻璃般的河面。河岸上有一个小平台，上面放着洗过的衣服，一个卡布罗克女人站在那儿向我们微笑致意，她戴着宽边帽，穿着粉红色的棉布衣服，棕色的河水没到她的髋部。

12 月 23 日

内格罗河是亚马孙河的主要支流，发源于委内瑞拉的广阔山脉。如同它的名字[①]，河水本身是黑色的。内格罗河与亚马孙

---

① 河的名字为 Río Negro，意为“黑人”。

河的分界线极其明显，有一瞬间我们的船航行在两条河流之上。当船首已经切入深不可测的黑色之中时，船尾还在浑浊的棕色河流上，只是带了几许沉积物到内格罗河中。

距离内格罗河口八千米处就是玛瑙斯，亚马孙州的首府。在玛瑙斯，河水的涨落可超过四十英尺，所以理论上这座城市的一部分是漂浮着的，很多木屋都建在竹筏之上，有些竹筏连在一起，一串串或者说一簇簇地浮在水面上。这儿还有一种独特的漂浮着的码头，距离河堤有一定的距离。我们把船停在浮动码头上，卸下货物——和巨大的黑色生胶球一起扔下来，再用缆车运到岸边的固定的码头上。这时候的码头还在水平线以上三十英尺的地方，虽然上游已经迎来雨季，但这里的水平线才开始上涨。

从河上可以看到全市最高的剧院，乌鲁布盘旋在金色穹顶上空。据说在十九世纪九十年代，这座剧院是全世界最大的剧院之一，有当时最好的歌唱家，不过现在已经破落了，丛林的触角攀上了它的缝隙和檐板。就像宽阔的街道、漂亮的房子和宏大的知更鸟蛋蓝色教堂，这座剧院也是橡胶热的产物。它坐落在玛瑙斯主干道的路口，仿佛一座纪念过去美好时光的纪念碑。

我们的船在玛瑙斯停留了一天一晚，快到中午的时候，我给和蔼可亲的德国人施瓦兹先生打了一个电话，他做野生动物、野生鸟类和当地观赏鱼的生意，比如美洲水族馆的骄傲——霓虹灯鱼。我们脚下有两只温顺的水獭，附近某处还有一条躲起来的水蟒。施瓦兹先生对于在亚马孙看到野生动物不抱希望。南美洲的哺乳动物大部分都小而温顺，人类把它们从干流的岸边赶走了。海牛被当成了盘中餐，除了在最原始的地方，已经找不到它们的身影了；巨大的凯门鳄正在消失；水獭变得相当值钱（一张皮值八十美元），以至于印第安人到处追杀它们，施瓦兹先生觉得它们在地球上活不了多久了。H.W. 贝茨 1848 年到 1859 年生活在亚马孙的时候，海牛还是一种很常见的动物。[顺便提一句，贝茨的所见所闻跟福西特、莱昂纳德·克拉克等其他现代探险家出入较大：他从来没见过二十一英尺以上的水蟒，在他居住在艾戈（特费支流一个拥有一千二百人口的小村庄）的四年中，从来没有一起蛇咬人的事件，虽然蛇在那里很常见。] 南美的保护法跟十九世纪的北美一样，就算强行实施，也无济于事，你能看到同样在这里生效的法律，在一个世纪前并没有让我们的野生动物逃过劫难。

下午，窥视了一个星期丛林的我抱着踏足森林的希望，在镇上叫了一辆出租车出发了。临行前的最后一刻，船上的一个乘客加入了我，就是那位令人心生敬畏的女士，我叫她 X 小姐。我们冲进了大自然，虽然没有那么原始，但是也非常有趣。

在新英格兰地区，我们通常会慢慢地走到树林中去，在丛林中却不是这么回事。踏进热带雨林之墙，就像爱丽丝穿过那面镜子；再往前走几步，墙就在身后合上了。第一感觉是柔软和黑暗的气氛，大概可以形容为“悬而未决”，因为叶子、蕨类植物和树干都交缠在一起，任何一种植物都不是孤立存在的；

凝重的空气中只能看到垂下来的藤蔓，好像跟土地失去了联系。这种感觉因为泥土本身而变得更加强烈，泥土与家里廉价的硬木地板很不相同；这里的树干像是从堆积的腐殖质中冲出来的，似乎地面在底下很深的地方。这里的树既纷乱又奇特，自成一体，没有一种可以让人分辨出来的特征，而是全部累积在一起。在一棵诡异地扭曲着的棕榈树树干旁蜷缩着一株巨大的蕨类植物；茂盛的寄生植物像长长的红色烟斗通条上长了橄榄核，纠缠着延伸到高高的枝头；丝光木棉的树干隐约可见，只有在树顶才能看清楚，它穿过绿色的华盖直冲天际。

“我们在游记中经常读到，”贝茨说，“巴西丛林的沉默与阴郁。这些都是真的，跟它接触得越久，这种印象就越深刻。偶尔的鸟鸣忧伤或神秘，使独处的感觉更为强烈，而不是赋予活力和欢快。”

的确，即使周围充斥着声音，丛林还是有着不同寻常的安静。那些声音似乎来自另一个意识层面，来自梦境，然后突然一个个在耳边响起：树蛙和蝉的声音、鹦鹉响亮的嘎嘎声（有时是两个，在头顶讨论着什么），以及行踪莫测的鸟儿古怪的长笛声。这一切声音伴随着我的同伴小声的尖叫和惊呼，她没有意识到自身的渺小，对这座大教堂也无应有的尊重。（我进入一种恍惚的状态，不完全是装的，全神贯注地祈祷；过了一会儿，在这样的氛围下，她也安静了下来。）这里的声音听起来很遥远，因为找不到声音的来源，只有寂静的丛林，以及偶尔从树顶渗漏下来的闪烁阳光。过了一小会儿，我的视线开始变得清晰，我看到了熟悉的更不起眼的生物：灰褐相间的木蝶、黑蚁（虽然它们都有我在国内见过的两倍大），还有一种迷你树蛙，颜色和雪松一样。在林间空地上，鸟儿现身了：霸鹟（就是我之前在英属圭亚那的乔治敦看见的那种。它们分布广泛，足智多谋。W.H. 哈德森在他的《拉普拉塔的鸟儿们》里面提到，它们会捕捉鱼、雏鸟、蛇和老鼠来犒劳自己）、与西美洲王霸鹟相似的鹟类、蓝色的唐纳雀、画眉，以及拟鹂（有着闪亮的黑黄相间的羽毛和象牙般的喙，叫声傲慢，那是黄头拟鹂）。丛林里处处有炫目的蝴蝶，干燥的灌木上还有不知名的蜥蜴。

一场热带大雨瓢泼而下，直冲到地上。顷刻间，小溪中的鱼儿就像太阳鱼那样跳跃着，翻滚着。一条祖母绿斑点的水蛇喉间鼓起，一定是一只还活着的青蛙。水蛇缓慢地游走了，随着小溪一起溜到了丛林的高墙之后。此时此刻，丛林第一次在我眼前清晰起来。我可以同时感受到它，听到它，闻到它，我相信自己真的来了。

12 月 24 日

随着我们溯流而上，丛林也茂密起来。空地越来越少，河堤上有几个卡布罗克人，他们冷漠地看着我们的大船弄出的水波拍打着他们脆弱的小舟。他们的肤色更深，更像印第安人——虽然仅仅在一个世纪之前，贝茨生活的那个年代，亚马孙干流上的部落已经灭绝，或者融入了白人和黑人。新的鸟儿不断出现，热带翠鸟就是其中一种。有一只翠鸟浑身乌黑，体型娇小，颈部雪白。河里漂浮的残骸越来越多，遍布整个区域，然而变化最大的还是丛林。很多树是我以前没注意到的，尤其是一种有紫红色光滑树干的树，同伴告诉我这是紫芯苏木。那些更大的树木像是架起了空中花园，有开着红花的凤梨科植物，奇异的银色圆柱体（那是马蜂窝）像是圣诞树上的装饰；另一种几乎随处可见、像水蛭一样挂在树干上的是白蚁的巢穴，黑压压的一大片。在这儿，最低的树枝也有五十英尺高；在夜光下，如同苍白的大理石横亘在绿色之中。亚马孙是真正美丽的存在，很难再在世界上找出比它更加可爱的丛林。

今晚是圣诞前夕了。

圣诞节

圣诞节的一大早就有两只色彩斑斓的金刚鹦鹉从我们的船前掠过河面。清晨笼罩着河岸，在一片茂盛的绿色中，我看到了一朵巨大的白色花朵，以前从未见过。

我们的船不是宗教性质的，而且荷兰的传教士在玛瑙斯就下船了，所以没有正式的仪式。为了缓解我们无聊的心情，船长用留声机给我们放了圣诞颂歌和各种世俗歌曲，比如恰恰舞曲和《风流寡妇》的插曲。卡布罗克人被我们的歌声吸引，聚集到乌鲁库河河口的岸上和小舟中，聚精会神地听着。中午时分，我们把船停在那里，以便在晚上和大家一起庆祝圣诞。

船长亲自布置了我们的小沙龙，很有节日的气氛，不免让人伤感。里面甚至还有一小棵云杉，是在圣文森特港落下的一只迷途羔羊。这棵树的味道在亚马孙潮湿的芳香中显得那么清凛、独特，勾起了我的思乡之情——我不禁贪婪地享受着每一个呼吸。走过云杉树，透过明亮的舷窗，可以看到雾汽中卡布罗克人热切的脸，他们的身后是海浪般翻滚着的丛林，好像要从后面吞噬他们一样。

船长亲自给乘客和船上的长官倒朗姆酒（这是船上的习惯，然后长官会给乘务上圣诞晚餐）。船长恭敬有礼，给我们倒酒的时候动作优雅，努力使它办得像个宴会，并且成功做到了，这让我有点吃惊。喝完朗姆酒，又就着葡萄酒和波特酒用餐，趁着酒劲，我们戴上纸做的圣诞帽，津津有味地吃着鲷鱼。总工程师指着波特酒的酒瓶说酒是他的，有人提出质疑，他就指着酒瓶上的名字喊道："老子就叫费尔南德斯，对吧？"工程师后面是我们的小奥尔特加，他是世界上动作最快的服务生，他拿出一个有红鼻子、小胡子和猫头鹰式眼镜的面具，画了个十字，猛地把面具戴到自己的脸上。

我们饱餐了一顿火腿和火鸡，还用葡萄和坚果代替了往日甜点。以前的甜点都是用木薯粉或者面粉捏的，厨师和乘务根据日常灵感，不仅把它们染成五颜六色，还取了各种听不懂的名字。随着船的颠簸，那些甜点就像活着的低等海洋生物水螅虫一样止不住地颤抖。在主日，这个"保留曲目"被禁止上演，不过我坚信那些素颜的小点心会在船上的某个角落继续颤抖着直到天亮。

接下来的事情我就记不太清了。中午的狂欢过后，也没有人值班了，接踵而至的就是潮湿的、醉醺醺的午后和清醒的乡愁。就连戴着小丑面具满船舱跳来跳去的总工程师，现在也开始愁眉苦脸地抱怨公司为什么连一封圣诞节电报都没有给船上发。“我这辈子第一次上这样的船，”他嘟囔着，“一句小小的问候都不给老伙计们发一个，真是不懂事。”三副一脸不高兴地大吼，接着，副工程师开始回想在远东当坦克手的美好经历，所以后来在“瓦尼莫”号上大家都不喜欢他了。（有一天下午，在海地，他忘了自己身处何处，开始用中文大骂码头上的工人。一个星期之后，我们在巴巴多斯遇到了两个中国人。副工程师庆祝了一番，并且，按他们的话来说是“消失了”——第二天他值班，却没能出现在船上。他们出海十二年来，这还是头一遭。）秘鲁水手和巴西水手每次航行都能回家，但是船上大部分长官几个月都不能回家，有的甚至有几年。虽然大多数时候，我们这艘船上的人都士气高涨，但是有两位长官一直不招人待见，在圣诞节这天，伴随着大家的乡愁和反常，他们更加被嫌弃。不过，船上的人都非常慷慨、聪明（最聪明的是斯巴克斯和三工程师，下象棋的时候我总是被打得落花流水），在这次长长的航行中——我们已经在外三十五天了，我和大伙结下了深厚的友谊。

到了傍晚，我们重振士气。吃晚饭的时候，船长发表了讲话，然后给我看了一堆滑稽、有趣又让人感动的礼物。晚饭之后，我们在后甲板上尽情唱歌。《伦敦德里小调》回荡在黑暗的丛林中，丛林用沉默回应着我们，远处传来了蝙蝠的叫声。头顶的星星点燃了整个热带的天空，在广袤的黑暗中闪烁着，遍布整个天际。有一些星星在极遥远的南方，在北美大陆的上空从来看不到。在那个寂静的夜晚，我第一次看到了那样遥远、那样无边无际的星河。

12 月 26 日

巴拉那德马尼考河是一条狭窄的水渠，横穿过胡鲁亚河东面一条悠长的弯道。今早下了场大雨，在雨中我看到三只象牙白色的苍鹭，紫红色的头，黑色的冠，鸟喙是非常明亮的蓝色。往西行驶的途中，每天都能看到新的鸟类——鹰每隔几英里就换一个品种，刚到河上的几天看见的黑秃鹫、大嘴燕鸥、河燕、白鹭和绿色鹦鹉到现在还能看到。哺乳动物还是不见踪影，只有蝙蝠和鼠海豚，鳄鱼也没有现身，但时不时有大鱼游过的痕迹。

一个年轻的土著乘小舟穿梭在箭头芦苇中，正用轻便的长矛捕猎。我们的船惊动了他盯着的一只白鹭，于是他把小舟掉转头，扭过头来悻悻地瞪着我们。这里有很多白色圣诞花和野生香蕉树的红花。最后，我终于看到一只猴子，它又黑又大，把自己从一棵高高的树上扔到下面的树荫里，然后消失在了层层树叶中。树枝断裂的声音让整个丛林瞬间活了过来。

12月27日

明天就该到秘鲁了。这里的花更多——有黄花，藤蔓上长的小小的红色和粉紫色花朵，还有一种新的长着黄色花朵的树，体型巨大。秘鲁有一种棕榈树，叫作乌布苏，叶子非常大，就像特大号的蕨类植物，在空中随风起舞。到处都是寄生植物和气生植物，有些开着花，十分可爱，有些却形象丑陋。有一棵树上长着很多圆球，像是串起来的椰子，从树干上垂下来。我觉得这应该是炮弹树。另一棵树，我今天才发现它的树皮是灰色的，透着淡淡的绿色，很光滑，特别像远古恐龙的皮肤。

沿着河岸，奇怪的旋涡和涡流越来越多，河面上涨得厉害。河岸边堆着很多障碍物和浮岛，在水里打转的木桩，随着涡流逆流而上，像是某种伪装起来的动物。有些树被连根拔起，在水流中不停地打转，有一些则沉到了水底，又在某一个地方诡异地浮上来。我们的船时不时地传来一声闷响——被某一棵树撞的。有一种大鸟，头像家禽，飞行的速度却像秃鹫，在两旁的河岸和漂浮的垃圾上很常见。那是叫鸭，跟天鹅是近亲，体型很大，呈黑灰色，翅膀上方有长长的刺或者角。

随着我们向上游前进，动物开始探出头来。今天早上，四五只红吼猴在一棵高高的树上看着我们，在初升的太阳下，它们的身体是铁锈红色的。下午，我看见一只树懒。这个胳膊长长的不讨人喜的家伙长着一张没有耳朵的脸，像一只剥了皮的椰子。很明显我们的船打扰了它的放空，于是它以最快的速度沿着光秃秃的树干向上爬，也就是一个老渔夫爬梯子的速度。它灰暗的毛皮泛着一点绿，是藻类和青苔，算是一种保护色。等到它终于找到一个树杈把自己放倒之后，我们的船早已经走远了。我通过望远镜观察它，它就像某种寄生植物。

12 月 28 日

连续两天，从夜晚到黎明，整条河流都被大雾笼罩着，使我们止步不前。天气昏沉沉的，整条船的士气也十分低。我们喝了更多的酒，总工程师承认自己很失落，却不失往日的神采。天气助长了疲倦和饮酒，让总工程师很想家，这样说可能并不过分。他准备这趟航行之后就退休了，他很想念布里斯托的家以及家里的小花园。他是个热爱生活的男人，或者曾经热爱生活，他现在把退休当作对失败的默认。

三副也很失落，对全世界充满了怨念。旅程刚开始的时候，他很想去秘鲁——我还记得我们在百慕大南部的时候，他对着蓝天下的大海激动不已。但是现在他尽情地咒骂着亚马孙、“发臭的乡巴佬”、树林，还有这潮湿的天气——一切都让他不高兴。三副二十出头的时候是个帅小伙，在英格兰娶了老婆，有个从未见过的儿子。不过，他身上的戾气多过爱意，还有一股挡不住的沮丧，因为大自然给他的只有责任。他说他真想乘着帆船去环游世界，远离一切。

早晨，一只红色孤鸟落在一根长长的树枝上。傍晚，一大群绿色和白色的长尾鹦鹉飞过，它们的叫声尖锐无比，很远都能听到。它们叽叽喳喳地盘旋在树丛中，从不消停。还有黑黄相间的大黄鹂，树上到处都是它们沉沉的窝，有些深三英尺。

12月29日

昨晚“瓦尼莫”号到了杰瓦里河上的巴西边境港口本杰明·康斯坦（我从别的地方看到，这里以前的名字是“罪恶之峰”）。在雅瓦里河上，秘鲁给我的第一印象是透过黑暗丛林的隐隐约约的光。然后我们来到军港塔巴廷加，最终到达秘鲁的边境村庄拉蒙·卡斯蒂略。有一刹那，闪电照亮了天际，之前隐藏着的巴西、秘鲁和哥伦比亚同时显现出来（我从我的铺位上起来看这短暂的奇迹，不过看得不太清楚）。

今早我们停泊在秘鲁的港口，右方是哥伦比亚。哥伦比亚在亚马孙河上的码头很小（玛瑙斯和塔巴廷加之间的河段叫作索利蒙伊斯，在秘鲁叫作马拉尼翁，不过都是亚马孙河的一段，统称“马尔河”），这儿的丛林低矮茂盛。上午，哥伦比亚被我们甩在了身后，它的特点就是一只珍珠灰色的老鹰，有黑白条纹的尾巴，优雅无比地盘旋在我们的船头上方，然后躲到了树林里。这个种类的鹰我也是第一次见，大概离开哥伦比亚后就再也看不到了。

12 月 30 日

天气还是阴沉沉的，在赤道地区，这样昏暗的天气非常凉爽——有时候才二十二度。没有了阳光，丛林显得乏味和压抑，连小鸟都不见了。今晚我们的船会到达伊基托斯。从纽约出发已经四十天了，虽然一路上舒服而又惬意，但是我不会对“瓦尼莫”号感到不舍。不过我会想念我的朋友们。今天早上，总工程师给了我他的联系地址，让我记得去找他。我当然希望能再见到他。

12 月 30 日—1 月 2 日

伊基托斯位于亚马孙河上游两千三百英里的地方，海拔不到三百英尺。它没有玛瑙斯那么大，保留了兴盛时期的痕迹。一些气派的房子现在看已经过时了，在泥泞的道路边显得格格不入。不管怎么说，伊基托斯位于亚马孙河的一个拐弯处，依然是秘鲁的一个主要港口。和玛瑙斯一样，伊基托斯的一部分也是浮在水面上的。

在伊基托斯，我连续四晚都跟船上的长官们一起庆祝到达秘鲁。其中一天是元旦，大部分时间我们都在四个非常年轻的秘鲁女孩家里，她们是我们一个船员的朋友（有些水手还在这里有非正式的印第安“夫人”。有一次，一个水手刚上岸，就发现自己有了个小女儿，据说是他上次航行时留下来的；他为自己做父亲感到自豪，直到后来有人建议他算一下日子）。这些女孩和她们的母亲、阿姨、弟弟、妹妹、一只小狗，身材都是肉眼可见的丰满，她们用啤酒、红酒和鸡肉米饭招待我们，不但放了鞭炮，还为我们跳舞，用质朴的热情欢迎我们，我会久久想念这一家子。

跟其他河边小城一样，伊基托斯也有很多流浪汉，其中有一个身份模糊的德国向导，他说他曾在北非给隆美尔将军当过司机——他的有些经历自相矛盾，但都是他自己说的。说起野生动物和印第安人，他倒值得信赖；他证实了水牛、水獭已经消失，凯门鳄会被当场射杀并剥皮。伊基托斯的商店里堆满了鳄鱼标本，虽然没有饰品卖得好，但是它们依然逃不脱被屠杀的命运。这是北美模式的另一面，为了一点点利益，把印第安人赖以生存的自然资源消耗殆尽。（我不得不说，有些自然资源的破坏是他们自己造成的。他们杀的鱼比吃的还多。他们把巴巴可鱼毒草磨碎，涂在小舟的底部，再把小舟放到湖中或者小溪里。巴巴可鱼毒草是制作鱼藤酮的原料，用于杀虫剂，由拉孔达明[①]首次描述。这种植物让水面漂满了已死亡或奄奄一息的生物。虽然这样做是违法的，但是法律在这里不起作用。）

赫尔·D等人反对将印第安人的残暴夸大其词。近些年，厄瓜多尔边境的奥卡人和马拉尼翁河上游的希瓦罗人之所以杀人，赫尔·D认为，是因为一位印第安妇女遭到强奸以及他们

---

① 拉孔达明（1701—1774），法国探险家，第一位勘探南美大陆的欧洲人。

对印第安人习俗的无视和傲慢。传教士曾经与希瓦罗人打过交道，这支长相英俊、身涂五颜六色的民族有很多绘画和艺术品都能轻易获取，比如犀鸟毛做的头饰、八英尺长的吹管、大弓箭。然而，就在几个月前，一个德国探险家被希瓦罗一个名叫穆拉托的支系杀害，这让赫尔·D很烦恼，因为他曾到那个地方游猎。可能他害怕他写的浮夸的宣传语（“跟察布拉猎头族一起捕鱼”）适得其反。赫尔·D觉得肯定是他的同胞对当地人做了什么错事或者先开了火，即使真相依然扑朔迷离。几年前奥卡人杀了五名美国传教士，在那之前他自己就和奥卡人相处了六个星期。他说，奥卡人很温和，除非感到权利受到侵犯。这个地区唯一危险的部落是马由鲁纳，简称“马由”，他们生活在巴西边境伊基托斯东南方不远的地方。（赫恩登中尉1851年在美国海军部门服役期间曾在日记中提到这个不为人知的马由鲁纳部落——“士兵们都很怕这些人”。1904年史密森学会出版的《南美印第安人手册》[①]中也可以看出马由人不仅对白人，对一切外来者都有一种愤恨——或者更确切地说，是恐惧）：

马由人曾经和他们的敌人做过生意。他们到河边吹响竹子做的喇叭，示意对面的人进行交易。后者乘着小舟过来，但是不登陆，而是用长矛挑着物品递到对面。马由人

① 史密森学会是美国一所半政府资助型的博物馆，由英国科学家詹姆斯·史密森捐赠。《南美印第安人手册》是由史密森学会出版社出版的一本介绍南美印第安人的读物。

用鹦鹉、野棉花织的吊床、羽毛头饰和各种各样的小东西换来刀和其他铁器。买卖结束后，他们回到两边，互相射箭。

近年来，马由人被不法之徒攻陷——巴西人说是秘鲁人干的，秘鲁人说是巴西人干的。离开南美之前，我曾经跟一个传教士聊天，他说一队不明国籍的士兵进攻并消灭了马由人最大的聚居地，虽然在巴西和秘鲁两国，杀害印第安人是违法的。

新年的第一天，C 船长代表该地区一家石油勘探公司，非常友好地带我和一些年轻的德国人（我老提到德国人是因为老在南美碰到）到穆鲁木和那依河上玩。这两条河流是黑色的，却十分清澈。这里的野生动物稀少——蓝色美洲黑杜鹃、河鸥、白鹭、尾巴像燕子的鹞子、一种以前没见过的黑色燕子，以及一群奇怪的小蝙蝠，倒挂在穆鲁木河上探出来的一根树枝上。但我庆幸自己能看到近在咫尺的鲜花和蝴蝶，尤其是天蓝色的闪蝶，数量可观。有些闪蝶是纯蓝色，有些的翅膀上有黑边，它们飞舞的方式很可爱，蹦蹦跳跳地像玩具一样。

归途中，我们在一个卡布罗克人的小木屋里短暂停留。住在那儿的孩子们从树上摘下古怪的白色“瓜瓦”和难吃的“卡洛米托”，还有一种像栗子的果实，印第安人拿它的红色种子作染剂。C 船长偶然跟我们聊起印第安人的药的药效。他信誓旦旦地说有一次他突然发高烧，就是印第安人的药把他治好的。当然，现在有很多药草都投入了广泛的应用，希瓦罗人涂在箭头上的叫作“奥奇”的毒药，就是美国镇静药片里的一种成分。

第二天，我去参观了伊基托斯的水族馆和自然历史博物馆，好好地观赏了一下食人鱼、巨骨舌鱼（pirarucu，在秘鲁写作 paiche；亚马孙的很多生物都有葡萄牙语和西班牙语两个名字，有时会让人分不清）、大河龟，以及枯叶龟，它的头非常不规则，酷似树叶。博物馆楼上还有很多有用的信息可以帮助区分。

1 月 3 日

离开伊基托斯后，我打算坐船去普卡尔帕[1]。普卡尔帕是乌卡亚利支流上的小城，在伊基托斯上流六百英里处。但是下一艘去普卡尔帕的船要在一星期以后才起航，等得不耐烦的我最终决定乘坐秘鲁空军运输服务的飞机。

今天天气晴朗，丛林上方挂着一小团一小团的雾气，然后逐渐变浓，整块陆地都消失在了云下。马拉尼翁河上游向西拐去，流向山脉，进入希瓦罗人的地盘——“该地区被马拉尼翁河上游切割，”“瓦尼莫”号上一个现役南美飞行员读到，“在约南纬五度三十分、西经七十八度三十分的地方，居住着许多好战、仇外的印第安部落：希瓦罗族、万比萨族、阿瓜鲁那族和赛提普族。”俯身向下看，我们飞越了许多长满水藻的沼泽，它们散发着幽幽的绿色。除此之外，还有奇形怪状的湖，要么长

① 秘鲁乌卡亚利区的首府。

着尖角，要么像回旋镖（这样的湖数不胜数），有些全都是泥巴，有些是乌黑乌黑的。我们还飞越了乌卡亚利河，它是亚马孙河上游最大的支流。乌卡亚利河很泥泞，河水渗到两旁的堤岸上，转弯处有许多被河水冲积而成的小岛。飞机下面是雷克那小城，红色的铁皮屋顶锈迹斑斑。雷克那辖区内住着危险的马由人。丛林被蜿蜒的黑色小河切割成一块一块的，沿岸没有任何生命的迹象。现在我们又经过了一大片沼泽，黑色的河流，机舱下面是低低的云层：从这个高度往下看，很难通过东部沿海的沼泽判断出这是哪个国家，像是纽芬兰，也像是育空三角洲。接着，景色又变了，出现一大片棕榈树，还有海市蜃楼，棕榈树似乎长在河流里，被河水冲刷着。突然，来了一场暴风雨。过了一小会儿，飞机倾斜着冲过厚厚的云层，擦着树梢，重重地砸在了普卡尔帕泥泞的跑道上。

1 月 3 日—1 月 7 日

从海边港口到利马，再到乌卡亚利河，有一条运输公路，普卡尔帕是这条路的终点。以前，秘鲁通过印第安人或者骡子运输高山上的森林产物，或者用船运送到三百英里以外的下游地区，送到南美的北部，穿过巴拿马运河，再向南送到卡亚俄。除了小部分可以用飞机运输之外，在雨季还有其他运输方式。公路的最后一段是从廷戈玛丽亚到普卡尔帕，从来没有完全浮出过水面，雨季根本无法通行。曾经用于修葺公路的钱以一种毫无痕迹的方式不翼而飞了，不过最终泛美公路还是会建成的。普卡尔帕将是这条路上的重要城市，而且可能会取代伊基托斯在丛林中的地位。当然，此时此刻，普卡尔帕只是一个小镇，摇摇欲坠，泥泞不堪，没有一条叫得出名字的柏油马路，大部分的房子都是草房。

即使如此，普卡尔帕仍然比伊基托斯或者玛瑙斯有趣得多。后两者和世界上所有的小镇一样，没什么特别之处。在普卡尔帕，丛林近在咫尺，印第安人会走到街上来——扁头、赤足的希皮博妇女，大部分都戴着鼻饰，垂在上唇上。她们穿着刺绣短裙，搭着披肩，脚踝上系着皮环。她们前额的齐刘海笔直，长长的头发垂到腰际。离普卡尔帕最近的希皮博村也要十五英里远，在亚里纳科查湖的另一端。亚里纳科查湖的这一端生活着秘鲁的传教士，他们都是虔诚的善男信女，大多数来自美国，致力于将《圣经》翻译成印第安人的方言。仅仅在秘鲁的丛林地区，就有多达三十一种不同的印第安方言。这个传教士团体目前已经向其中的二十九个印第安部落传播了福音——除了不太友好的马由人，以及另一个至今无法找到的部落。

在去亚里纳科查的路上，我从主要负责人杰克·亨德森先生那里得知了这些信息。这段旅程非常颠簸，不但要坐大巴，还要步行。夏季语言学研究所是他们这个组织的官方名称。他们在此处小有名气——查普拉斯部落的首领塔里里已经成为上帝的子民，这个故事还被好莱坞搬上了电视，不过在这里好像没什么好庆祝的。亨德森先生给我提供了很多当地的信息，我还向他证实了从下游听来的两个故事。第一个故事是传教士在丛林地区的传教工作被当地土著阻挠，因为那里的土著医生告诉他们印第安人的血肉会被白人用作飞机上的燃料。第二个故事则是关于研究所的一个女孩，她被巨蟒攻击了。福西特上校曾经证实过水蟒会伤人，我在贝伦的朋友皮克特也这么说过。事发地点就在查普拉斯村。显然，那个女孩正坐在河上的小舟中等她的护士同伴，水蟒突然从她身后腾起，咬住了她的手肘。她死命挣脱了水蟒，逃到岸边。但是她的胳膊和半边身子都被水蟒伤得很重。女孩的同伴和当地的印第安人都亲眼看到了这幕惨剧，女孩身上现在还有疤。

亨德森先生建议我去附近的村子找一位独立传教士了解野生动物的情况。他的夫人给我们做了非常不错的午饭，然后我走回丛林中的路。到处都是啼鸟和鸽子，还有一只黑雀，胸前长着绯红的羽毛；我还看到了两只鹞子，它们在普卡尔帕非常常见。

这位传教士是约瑟夫·霍克先生，曾是研究蛇毒和抗毒血清的专家，在沙东公司[①]工作。他非常热爱自然学，现在还和美国的一些博物馆和动物学家保持联系。霍克先生是个光头，性格开朗，家庭和睦。他在这里帮助当地人提升农业技术，自己有一个实验性的果园（给我吃了很多好吃的芒果），还养了很多

① 沙东公司原名为 Sharp & Dohme，位于费城。1953 年与从德国来到美国发展的默克公司合并，成为今天的默沙东公司。

肥美的鸡，是我在南美看到的最壮的鸡。鸡饲料是他自己研发的，营养丰富，里面还有一些碾碎的凯门鳄作为原料。他跟我说，以前在亚里纳科查一带，凯门鳄非常多，有时候研究所的飞机都很难找到地方降落。现在这些大家伙都不见了——他承认，部分原因是他倡议将凯门鳄作为鸡饲料。霍克先生说，无论哪种原因，凯门鳄都会在落入困境的时候攻击人类，比如说到了一个狭窄的地方或者遭到生命危险的时候。蛇才是比凯门鳄更危险的存在。福西特上校把蝮蛇称为“长着一对尖牙的鬼东西”，如果被蝮蛇咬了，那么毫无意外地会在几分钟之内死去。（蝮蛇一般长十二英尺，就算有足够多的抗毒血清在手边，一条巨大蝮蛇的毒液仍能送人归西。）不过蝮蛇昼伏夜出，和另外一种更常见的矛头蛇一样，这两种蛇跟大多数毒蛇一般都会远离人类。说到那身材虽小却臭名昭著的食人鱼时，霍克和大多数人的观点一样，即食人鱼只会在闻到血腥味的时候才群起攻击。食人鱼在亚里纳科查很常见，但是孩子们仍然下水游泳。霍克的孩子们养了一只宠物貘、一只枯叶龟和一条小蟒蛇，它们都生龙活虎，心情愉悦。如果我说霍克先生在当地非常受欢迎且备受尊重，希望他不会害羞。

霍克先生对鳄鱼、食人鱼和毒蛇的看法，都证实了我对亚马孙危险动物群的不科学研究的结论。我认真地咨询了许多专业人员，其中有些可以说非常资深。以下是对一些问题不太确定的结论：你觉得亚马孙最危险的动物是什么？（用西班牙语说是：Qué a su opinión，es el animal el más peligroso de

Amazonas？)，最常见的回答是蝮蛇（巴西人称“苏库鲁库”，秘鲁人称“舒舒柏”)，排名第二的是矛头蛇（巴西人称“加拉拉卡”,. 秘鲁人称“吉尔贡”)。其实，据很多人说，即使你在丛林地区待很多天，也可能一条蛇都看不见。因此，有人觉得世界上最大的两种毒蛇实际上并没有想象中的那么多。(不过，霍克跟我说了一个可怕的故事，他相信这是真的。不久之前，就在巴西，两个男人决定捉弄一下他们正在睡觉的朋友，他们用一根小木棍抽了一下那位朋友的胳膊。小木棍上有两根刺，之前碰到过地上的一条蝮蛇。这个人醒过来，看到蝮蛇和自己胳膊上的两个血印，他坚信自己死定了，不管朋友们怎么解释，怎么安慰他，十五分钟后他还是惊惧而死。)

其他动物一票都没得。很少有去过丛林的老兵见过大得足以造成伤害的水蟒（对于福西特来说，这可能证明了见过这种大蟒的人没几个能活下来）；三十英尺长的标本确实非常大，但是它们一般都在池塘或者沼泽之中，远离航道。(不过，我又听当地一个旅馆老板说了一个故事，他是有名的“丛林通”。有一天他坐船沿着胡拉瓜河从廷戈玛丽亚去伊基托斯，在路上看到了印第安人正在杀一条水蟒。印第安人说这条蛇已经老了，没什么危险。蛇长大约三十米，或者说超过了九十英尺。) 美洲豹倒是有几条伤人的记录，但是概率非常小，至少在亚马孙地区是这样：美洲豹跟其他具有危险性的动物一样，只有受伤的时候才会攻击人类，或者是因为太老或者太衰弱，人类成为它们唯一可以吃的食物。同样的动物还有电鳗、塔兰图拉毒蛛、蝎子、吸血蝙蝠等，只有在特殊情况下才会致命。阿塔拉亚[①]的传教士可能从来没见过毒蛇咬人，但是有些年轻的印第安人因为蝎子而一命呜呼。一般情况下，这种小东西都被认为是害虫：吸血蝙蝠是趁猎物沉睡时刺一个小伤口，注射毒液。到头来最被人厌恶的生物是昆虫和牙签鱼。这些动物都不是致命的，因此我们得出的结论是（去除肆意的猜测），人类被可怕的丛林居民伤害的可能性微乎其微，所以西奥多·罗斯福曾说这些动物的潜在危险“微不足道”。偶然的动物致命事件，加上疾病、溺水、饥饿以及更加偶然的野蛮印第安人所导致的死亡，提醒着人们，这个广袤的雨林世界仍然被许多力量主宰着。

上游的阿塔拉亚有一个叫瓦格里的人，当地人叫他 hombre muy serio，意思是“异想天开”。他说他在因纽亚河附近的丛林看到了一只下颌骨化石，又大又沉，“五六个男人”都抬不起来。我非常有礼貌地表达了我的疑问，为何在这附近的传教士从未听说过，也从未看到过它。他不屑地反驳说，传教士对丛林一无所知，他们的活动范围仅限于几个河边的小村庄。之后，我的朋友克鲁斯为他作证。劳尔·德·洛斯·里奥斯也是，霍克先生说他是一位优秀的自然学家和标本师，受过良好教育。虽然不像瓦格里描述的那么夸张，但是南美洲的确发现过猛犸象的化石。瓦格里讲的故事跟绝大多数亚马孙的传说一样，让人将信将疑，产生一股冲动，想立刻飞到那密不透风的绿墙当

① 阿塔拉亚位于巴拿马中西部，是该国的一个区。

中一探究竟。

我住在普卡尔帕的梅赛德斯大酒店，走几步就是丛林，远处就是乌卡亚利河。汤姆林森对贝伦的描述永远都是那么正确：丛林似乎在等待着我。但是在普卡尔帕就不一样了，游客是个新物种。如果一个游客说只想去丛林看一眼的话，没人会搭理他。没有秘鲁人会租船给你，我的新朋友（在西班牙语国家，交朋友就是几分钟的事，失去朋友也是几分钟的事）信誓旦旦地跟我说，计划好的事永远不会有完成的那天。总之，我明天就会离开亚马孙，心里满怀失望，觉得丛林好像在躲着我。

然而，不知为什么，我好像变得异常冷漠。我不能说我不沮丧，但是我亲眼看着自己的希望，用拉丁语讲就是一点点地被“阉割”。在这里无休无止的拖延对于我们爽快利索的北方佬来说，真是太陌生了。尤其是在这个被丛林和河流围绕着的与世隔绝的小村庄，这一天天的消磨实在让人没有安全感。一年当中的绝大多数时候，普卡尔帕的道路都是不通的。比如说，我对于过去几个月世界上发生了什么浑然不知，也毫无兴趣。我跟其他人坐在一起喝酒、休息，看着泥泞道路上的秃鹫和猪。有时候，我会跳上一辆去往别处的小巴士或者卡车，开始我的历险。我这个高大的白人坐在车厢里就像一个在蜂巢里捕猎的螳螂。等到车开出去几英里之后，我就会下车，然后掏出我带的摄影装备。不过我做这些更多的是出于兴趣，而不是作为一个严肃的观察者。我看到的丛林跟我想象中的不一样，不是参天的大树和遥不可及的秘密。要说我在这里看到的最有趣的东西，其实是一只我在镇中心看到的非常大的绿鬣蜥，它正在跟野猪一起逛街。我终于在南美的潮湿中败下阵来，逃回了宾馆。三个星期前我的皮肤还是深棕色的，现在慢慢变黄了。到了晚上，青蛙们在瓢泼大雨的掩护下冲到街上，用蛙声填补了夜的黑，它们的叫声很像中国的木鱼声。宾馆进来了一只蝙蝠，在大堂里飞来飞去的。第二天清晨，喝甘蔗酒喝得烂醉的男人深一脚浅一脚地走过，一个对着猪聊天，另一个没喝醉的男人弹着吉他，用清亮的声音重复地唱着一首歌，那是一首悲伤的秘鲁民谣。

最后一天，我放弃了去丛林的想法。酒吧里一个小男孩正在擦我脚上的靴子，街上有一头猪，不知是病了还是疯了，突然翻到阴沟里挣扎着。一些小孩围过去，对苟延残喘的猪表示哀悼，不过我们几个只是坐在那儿而已。一个印第安人穿着极其鲜艳的衣服，戴着高高的帽子，冲到了酒吧里面，随便找了个位子，然后开始自言自语，像一群苍蝇发出的声音。

经过内心的一番自言自语以后，朋友送我上了飞机。飞机沿着狭窄的帕提亚河经过山脚，慢慢地滑过小村庄托纳维斯塔，然后攀上高峰。在机翼下面，我看到了一只秃鹫，黑色的羽毛中掺杂着米色，这是一只王鹫。它是我在丛林看到的最后一只动物。厚重的雨云沉了下去，丛林摇曳在盘旋的雾气中，慢慢地消失了。飞机猛然飞到了有太阳的地方，像是从地狱里逃出来一样。翻过层层云海，西边就是雄壮的安第斯雪山。舷窗上积起冰霜，外面是一个湛蓝清冷的世界，阳光耀眼而强烈，和亚马孙那雾蒙蒙的太阳太不一样了，是来自黑暗中的一束光。

第三章
高山

跨越秘鲁的安第斯山脉，从丛林到海洋，飞机要飞到两万英尺的高空，所以人们第一眼看到的是雪山的壮观。河流渐渐地沉下去了，云雾森林变成了高山丛林，峭壁和黑色峡谷矗立在风中。刺眼的阳光闪耀在银色的机翼上，山脉的西边是一朵朵白胖胖的云，一直向西蔓延到雪峰，跟东边灰暗的乌云形成鲜明的对比。

安第斯山脉是南美洲在太平洋的大门，北起哥伦比亚，南至火地岛，包含了一系列平行的山脉，也叫作科迪勒拉山系。在这些山脉中间，坐落着宽阔的高原：阿尔蒂普拉诺高原。在秘鲁中部，阿尔蒂普拉诺是一个连绵起伏的盆地，被稀薄的灌木和黄沙所覆盖，高原上沟壑纵横，黑色的湖水点缀其间。雪峰之下是一系列蓝色的冰湖，给人的感觉像天上的湖一样。这里既辽阔又空旷，荒原中的一角偶尔会出现人烟，红色的岩石好像被人削下去一块。时不时地出现一个又一个小木屋，像是一串珠子挂在东西走向的路上。

飞机在西科迪勒拉的群峰中飞过，然后立刻俯冲下去，如此突然，以至于心都提到了嗓子眼。降落到海边时的角度非常陡峭，晴朗的天气里可以看到太平洋上的蓝色海浪，甚至是白色的浪花。飞机下，安第斯山脉的两侧迥然不同，东边的峭壁是绿色的海洋，西侧则是贫瘠荒芜的，不仅因为东侧的迎风带，还因为向北流去的秘鲁寒流导致西侧气候少雨。这里的太平洋是冰冷的、深不见底的——离利马不远的爱德华海岭南端深达三英里，而且北方的圣洛伦佐岛也清晰可见，是科迪勒塔山系绵延到海里的小山丘。

无论乘船还是坐飞机，一般旅游路线会避开安第斯山脉的沙漠地带。山脉西侧的海岸是阿塔卡马沙漠，绵延一千四百英里，从厄瓜多尔远达南部的智利。从利马驱车向南的一路上可以看到近在咫尺的沙漠——一个灰暗的、死气沉沉的、一丝风都没有的世界，全都是巨大的沙丘，一半是沙子，一半是尘土。海岸上蒙着一层薄薄的迷雾——冬天，四月到九月，就像一个无法打破的罩子，跟现实隔了开来。这个罩子的外面，在远处的大海上矗立着一座座奇形怪状的海鸟岛，上面全是白白的鸟粪。

路上经过前印加文明的帕查卡马克遗址。遗迹被黄沙吞没了一半，一条向西流的小河给这里带来了一点珍贵的绿色。这条小河一定是这里人们赖以生存的生命之源，说盖丘亚语的印第安人仍然在用这里面的水。这些高山上的原住民在山脉间游荡，栖息在一个个遗迹上盖起来的小房子里。

在一个叫作普库森的小渔村北边，有一片建筑群，俯瞰着两个海角之间的平静海域。这个地方叫作拉洪达，这个沙漠与岩石的世界里只有灰色的仙人掌，起初让人感到压抑，但此地的神秘感，还有大海、沙漠与一座接着一座直插云端的山脉并存的荒凉感，都十分美丽。一对秃鹫盘旋在峭壁上，在骄阳下不安分地搅动着空气，另一侧的海域里，灰色的鼠海豚悄无声息地浮上海面又沉了下去。有一天我看到一只鱼鹰在海边的岩石中觅食，另一天看到一只孤独的蛎鹬。在这样的海边，最蔚为壮观的就是成群的海鸟，它们在洪堡德寒流带来的海味中大快朵颐——小灰头鸥、黑背鸥、斑尾鸥、弗氏鸥（北美物种，唯一迁徙到南美大陆的种群）、洪堡德鹈鹕、红腿鸬鹚，尤其是著名的南美鸬鹚，以至于在鸟粪岛上，鸟粪行业十分发达。皮科洛鲣鸟更是这海滩上的一绝，它们是以上提到的鸟类中数量最多的，就像海上的蝗虫一样捕食海里的小银鱼，这种景象可以说是地球上仅存的为数不多的奇观之一。（近年来，洪堡德洋流的水温上升，浮游生物的生态被破坏，因此大量鱼类和鸟类都被牵连，连鸟粪产业也大不如前）。

我去了拉洪达好几次，一次是一月，一次是三月，去拜访我的朋友阿尔弗雷德。就算我睁大眼睛想要找到洪堡德企鹅、印加燕鸥和飞行鸟类中最大的安第斯神鹫，它们还是躲着我。不过我经常到两个海岬中的海滩上去走走，看到鹈鹕在峭壁下和平静的海面上滑翔，还有皮科洛鸬鹚和红腿鸬鹚密密麻麻地挤在海边的礁石上；红腿鸬鹚跟其他沉默的亲戚不一样，发出一阵阵悦耳的鸣叫，即使在海浪声中也清脆可闻。远处，几千只冠鸬鹚和皮科洛鸬鹚在海面上夕阳的倒影中飞上飞下。海边的峭壁由破碎的岩石堆积而成，镶嵌着无数贝壳化石（达尔文还在智利和阿根廷交界处的高峰上发现了贝壳），沿着连绵的峭壁，就是印加石墙，现在已为陈迹。有一次，我和一个朋友要回住的地方，晨光熹微时沿着陡峭的山坡爬了下来。一个星期后，在一英里以外的地方都能看到我们当时在山上留下的痕迹。在这无风无雨的神秘土地，似乎一切都到了尽头，而且永远都不会改变。

一月中旬，我离开利马，前往群山中的库斯科。飞机飞往内陆之前，会先往大海的方向飞，以缓解攀升的坡度。于是我又一次俯瞰了拉洪达的海岸线，看到棕色的山岩和覆盖着点点白雪的山峰。身下是一片荒原，涓涓细流从雪峰上流向贫瘠的山谷。一个印第安小村庄栖息在安第斯山脉中，古印加帝国时期的梯田现在还在耕种，是这个文明在此处留下的最著名的印迹。我没有看到任何通往这里的路，有人猜测现在这里人们的生活方式跟五百年前的祖先非常相似，依然种植一种有点发苦的土豆作为他们的主食。

库斯科是高原上的绿洲，富饶广袤。一到这里就立刻明白了它为什么是印加文明的中心。这个城市海拔在一千一百英尺以上，有一种很明显的意大利小山镇的风格，然而它的美丽不在于建筑，而在于山谷中的布局，在于清冷阳光照射的印加石墙和西班牙风情的尖塔，在于沉默的印第安人和傲娇的美洲驼，在于无休止的铃声。除了印加墙和一些地基，其他的建筑都是西班牙殖民时期留下来的，从外面看十分气派，内里却是乱糟糟的，把所有的富丽堂皇都打回了原形。这儿就像西班牙一样，你会被暴力和粗俗惊呆。一个在天主教堂的基督徒表情极其阴森，从头到脚都是溃烂和伤痕，只穿了一件布满污渍的廉价紫色短裙。

沧海桑田，印第安人仍然虔诚，就像他们的祖先在太阳庙前祭祀一样，令人震撼。基督徒双膝跪地，衣衫褴褛，弯腰匍匐在同样的金银之前，虽然这里早已变了样子。（基督徒把印加神庙拆得四分五裂，在异教的神庙废墟上建造了无数教堂。就连今天圣多明戈教堂也是用太阳神庙、月神庙和星神庙的石材建造的。还有一些沉默的地基，现在仍然可以在教堂庭院的杂草里找到。在所有我去过的教堂里，我只对小小的拉莫塞德教堂心生敬意。这座教堂的石头粉色和灰色相间，有着小巧的装饰和制作精巧的金线。）脸色苍白的神父在祭坛周围神龛的光线中挥舞着同样苍白的双手，印第安儿童的肤色和大地一样，他们匍匐在黑暗中，脑袋圆圆的影子随着烛火一同跳跃。异国风情的铃声回荡着。围绕着他们的，是秘密——栅栏后面昏暗的小教堂、古老的油画、被忘却的圣人和角落里堆积着的银质祭坛装饰。唱诗班的祈祷和铃声回荡在这座城里。尽管贫穷和堂皇对比鲜明，印第安人还是为之动容。但是一个小孩大哭起来，与其说感动，倒不如说是因为惊恐，痛苦的哭声和对耶和华的赞美混杂在一起：孩子本能的反应和父母的期寄相互掺杂，有一种加缪笔下的荒诞感。

不过我想记录的是高山，这些零碎的笔记似乎出现得不合时宜。对于库斯科的西班牙风情建筑，我既没有相关知识，也没有任何同情。关于印加文明和西班牙的侵略还有很多好书，比如普雷斯科特写的《征服秘鲁》。

库斯科附近有许多遗址——塔博玛凯浴场、普卡普卡拉以及带竞技场和中心巨石的肯科遗址（导游说这是活人献祭的地方，当然这是错的），巨大的竞技场和台阶都是西班牙殖民者留下的宏伟建筑萨克萨瓦曼城堡的一部分。

即使从现在的眼光来看，萨克萨瓦曼城堡依然壮观。"很多石头都非常大，"普雷斯科特这样描写太阳神庙，"有些长整整三十八英尺，宽十八英尺，厚六英尺。这些大石块……都是从四到十五里格[①]以外的采石场运过来的，而且没有借助任何动物来负载，想到这一点，我们都惊讶无比。"后来我们得知，印加人使用过钟表，冶炼过金属合金，种过梯田，养过水产，用过鸟粪肥，还有许许多多其他技术，却没有发现车轮，这让我们更加惊讶。一眼望去，印加的巨石严丝合缝，紧紧地贴合在一起，就像手表的零件一样。所有记录过印加石墙的人都一致认为，没有间隙能够插入刀片。有些地方，一块石头甚至镶嵌进了另一块，好像可塑的黏土一样被捏到一起。（探险家福西特上校认为，印加人有一种可以使石头变软的植物。这样一来就解释得通了，而且不止福西特上校一人这么想。）萨克萨瓦曼台阶

① 美国旧制距离单位，约为 3 英里。

的顶端有两张巨大的石桌，显然是用于动物祭祀的，还有一口水钟和几个石凳。站在此处往下看，可以看到一片亮晶晶的澳大利亚桉树林——这种树已经在南美洲分布广泛，以及库斯科尖尖的屋顶。远远的山脚下有一座基督教堂，似乎在和印加遗迹竞赛，在安第斯山脉的映衬下显得格格不入。除了桉树林之外，眼前的景象似乎从来都没有变过，高山上的草原长着鲜艳的野花，野雀与飞鸟一直飞向科迪勒拉与天相接的黑色天际线。

从库斯科到皮萨克村的公路先攀过高原，途经萨克萨瓦曼和普卡普卡拉，然后陡然向东。这个区域布满了陡峭的山峰和小溪，盖丘亚人的小房子点缀其中，蜿蜒的山谷里铺满了蓝色和白色的马铃薯花。今天是周日，印第安人到皮萨克去赶集。一路上，许多印第安人拉着他们的小滚轮车走得飞快，他们往前弯着腰，好像注定要走上坡路。我跟一位休假的传教士合租了一辆车，我们是在丛林里认识的。秘鲁的印第安人面无表情地看着我们的车，他们从来不笑也不怒，脸上的死寂与他们身上穿的喜气洋洋的衣服极不协调。不管男人还是女人都穿着条纹斗篷和披肩，随身物品都装在一个五颜六色的包里，斜挎在胸前。女人打赤足，穿着大部分为黑色的短裙，头饰各式各样，从白草帽到带流苏的黑羊毛圆盘；男人穿着凉鞋和黑色西班牙短裤（他们的服装有时候像极了西班牙殖民时期的衣服，从某种程度上来说也的确如此），戴着有流苏和耳罩的羊毛帽。哪怕在一天中最热的时候，他们也还是戴着这样的帽子。不戴帽子的盖丘亚人少之又少，跟会笑的盖丘亚人一样少。

小孩身上也有各种脏兮兮的颜色，他们就像戴着精灵帽的布娃娃，光着脚在冰凉的泥土里跑来跑去。跟大人不一样，他们至少还会笑，五官干净的脸笑起来很好看。但是到了青春期，他们就不再是孩子模样了，脸会变宽。（理论上说，盖丘亚不是某一个部落，而是一个庞大的语系，说这种语言的人多达两千万，覆盖了从哥伦比亚到阿根廷的高山土著和秘鲁北部的丛林部落，而且盖丘亚语还是秘鲁使用第二多的语言。在说盖丘亚语的人中，农业人口比丛林部落多得多，占玻利维亚人口的一半以上。高山上只有很少的部落，而且都说盖丘亚语，他们还穿着传统服装，叫作可罗斯。跟丛林里的印第安人一样，他们对政事不感兴趣，不受国界的限制，固守着自己的传统。）

皮萨克的桥上挤满了赶着去广场集市的印第安人。两棵刺桐树下，女人们坐在地上，一边露出下垂的棕色胸部给孩子喂奶，一边卖水果、蔬菜、药草、羊驼毛帽子、拖鞋、毯子、围巾、专门卖给游客的小饰品，还有新鲜的古柯叶，那是一种具有麻醉作用的叶子，可以提取出可卡因，帮助这里的人们对抗饥饿、寒冷以及艰苦的生活。与此同时，男人们靠着土坯墙站成一排，怀着新愁旧怨，沉醉在一种醇厚的叫作吉开酒的白色玉米酒中。他们好像在酒中找到了一丝快乐，然后变得更加悲伤和无助。

临近中午，我们离开皮萨克市场去了乌鲁班巴，道路两旁都是桉树。仙人掌和巨大的龙舌兰随处可见。在所有的村子里，我觉得最可爱的就是乌鲁班巴，因为这里最多的植物是金雀花，在这里叫“雷塔马”，司机说这个对心脏有好处：在所有路肩和河堤上都有这种黄色小花。我看到了鸽子和雀鸟，在河上还有一只孤独的安第斯鸥。很多村庄都能够看到印加石墙和不规则四边形的门廊，其中一些石墙用来支撑土坯茅屋。有些茅屋的门上有一根装饰着鲜花的桅杆，暗示吉开酒已经酿好了，可以来享用。

司机建议我们去乌鲁班巴的一个小馆子吃饭，在他调戏那家颇有几分姿色的老板娘的时候，我们狼吞虎咽地喝着啤酒，就着辣椒吃一种不知道是什么的肉。传教士没有喝酒，而且恹恹地拨弄着盘子里的食物，不仅仅是因为这个小馆子的脏乱差，还因为他们伤风败俗的行为。

回库斯科的路上，我们跨过乌鲁班巴河，朝安塔方向爬上高原。到了傍晚，世界上最大的寒冷高地被笼罩上了一层阴影，显得荒凉无比。在这如此空旷的地方，路上的一座教堂就有种孤独的美感，只在八月的冬天开放一次。再往远处走有一个浅浅的湖，阳光肆意地从云层后照射出来，湖面上映出云与孤山柔和的倒影。芦苇丛中躲着黑鸭子、[illegible]、鹬和田凫，它们一边觅食一边唱着歌。

晚上我们回到村子，印第安人喝得烂醉，直接躺在地上，依然没有一丝笑容。这里的印第安人似乎比别的印第安人更加冷酷，也更爱发呆。（一个美国精神病学家团队——为什么近几年美国人总喜欢“团队”，好像如果没有那种无趣的“团队”，一个人就什么事都做不了一样？这个团队去年对盖丘亚人做了罗夏测试[①]，“证明”这些人的内心普遍充满了仇恨和愤懑——想必是对秘鲁人。但他们受贫穷所困，还没有意识到自己有一个庞大的群体，所以翻身的一天哪怕终会到来，也仍然十分遥远。在和他们的交往中，很难看出他们到底是真愚蠢还是太任性。我有一个朋友在利马，他跟他的盖丘亚工人反复强调了很多次，不要在白天浇花，不然土壤会硬得像石头一样，但是这个工人仍然我行我素，非常有耐心地每天对花园进行破坏。直到有一天，老板又一次看到他在白天浇花，绝望地冲了出来，一边用力晃着他，一边大喊：“我跟你说了多少次！多少次！不要再在白天浇花了！”那个盖丘亚工人目瞪口呆地盯着他的老板，过了一会儿，难过地嘀咕着：“八次或者九次吧。”）

过了安塔，我们路过一个桉树林，一群人正在和着缓慢而悲伤的音乐跳舞，那是秘鲁一种叫作乌艾宜诺的民族音乐。我们驻足观看的时候，他们给我们送来了啤酒。一整天都没有喝水的司机、司机的朋友和我痛痛快快地喝了起来。

除了糟糕的计划，还有很多原因，导致我在五个月中来回穿越了九次安第斯山脉，从秘鲁北部一直到火地岛。我的旅程分为三个阶段，其中一段从玻利维亚的科恰班巴到秘鲁中南部的基亚班巴以南，最后一段是四月份从库斯科北部到马丘比丘

---

① 罗夏测试是著名的人格测试，通过墨迹在之上形成的毫无意义的图案，让被测试者自由说出所联想到的东西。测试者将被测试者说出的符号加以收集和分析，并对被测试者的人格做出判断。

和基亚班巴。饱览了山地风光后，我沿着乌鲁班巴河再次进入丛林，这一部分会放在另外一章说。

从库斯科到被高原环绕的马丘比丘，小小的柴油车沿之字形公路前行，两边都是桉树林，直到一片开阔的坡地。那天是四月九日，一个干爽的高地晴日，蓝紫色的鲁冰花、鹅黄的雏菊以及其他小花遍布整个草原，让我想起北美的高原上也有这样生长旺盛的植物，高到齐窗。在安塔附近，铁路和古老的印加石路相交——在一千两百英尺的高原上，有一条海拔最高的铁路，穿过贫瘠的苔原和幽深的帕察尔峡谷，最终到达乌鲁班巴河谷。峡谷里的花朵跟高原上的不同，有各种各样的红色花朵，其中一种是印加圣花，或称坎涂花，山脚下则是一片黄色的海洋。河岸陡降，河水汹涌地直冲而下，取代花朵的是苔藓、仙人掌和气生植物。乌鲁班巴河在奥扬泰坦博时还是平静从容的，等到了马丘比丘，就变成了怒吼的白练，冲刷出陡深的峡谷，一直到马丘比丘。河中的鹅卵石五颜六色：纯白的大理石、青灰的石灰岩、红色的斑岩以及夹杂着黑色的板岩。奥扬泰坦博的北部，一座雪白得发亮的高峰耸立在两条乌黑的山脊中间，虽然眼前有茂密的热带树丛，比如金合欢、绞杀榕，我们的视野却没有被影响。时不时拂过的绿色长尾小鹦鹉徜徉在山谷之中。峡谷上飘浮着一条一条的白云，高山不断攀升，然后火车突然驶进隧道，就像一只小蚂蚁爬进了深深的裂缝中一样。

走着走着，火车停了下来，铁路修到了头，旁边有一间小茅屋。黝黑的山峰被浓得散不开的雾气笼罩，只有清楚马丘比丘方位的人才能分辨出山峰的轮廓。

要想去往遗址，首先要走过急湍上的小桥，然后搭乘小巴士上山。从下面的河流到山顶的高度据说有三千英尺，这不难让人相信，因为几百码的路程我们就走了二十多分钟。山顶有现代旅馆，我个人觉得这些房屋离遗址太近了。马丘比丘遗址沿着山脊一直向上延伸到华纳比丘的顶峰。华纳比丘就像一个乌黑的圆锥，守护着这座无顶之城，周围草丛茂盛，鲜花盛开。遥远的下方，乌鲁班巴河蜿蜒流转，围绕着华纳比丘，像一枚棕色的戒指。北方簇拥着众多山峰，乌黑深绿，山谷间是团团的雾气。这是一片神奇的土地，其势不可小觑，其陡峭难以想象，给人压迫之感。（关于马丘比丘到底属于印加文明还是前印加文明的争辩似乎就没有意义了。当海勒姆·宾厄姆发现这座传说中的城市的时候，一户印第安家庭就在遗址上耕作，这就暗示着一个有趣的可能性：这座遗失在云雾中的城市一直以来都有人烟，从美国人和德国人的数量、他们光洁的胳膊带着闪闪发亮的仪器四处走动的架势判断，以后也将继续有人来住。）是华纳比丘、山峰中无休止的云雾和陡峭险峰下的激湍使遗址大放异彩。人们为何以及何时来到这里，又突然离开，这是个谜。如果将马丘比丘和它周围的环境及人们口中的神话分割开来，那么即使遗址面积广阔、修复完善，也不会像萨克萨瓦曼那么宏伟而令人震撼，后者可是在城市旁边有一座巨石建筑。五百年前的游客和今天的我们一样，跟随着羊驼踢踢踏踏的蹄声，一路下到库斯科，那座遥远的、孤独的红色城市，如同高山上的花朵，与贫瘠的山石相对。孤独的印第安牧羊人的笛声飘荡在山谷中，与寂寞的灵魂一同歌唱。

南下到的的喀喀湖和玻利维亚的火车早上七点三十分从库斯科出发，一点点攀升到高原之上。一路上的景色有点像怀俄明州和蒙大拿州，再往前走似乎到了麦金利山的山脚下——一样的蓝色鲁冰花、杂草、矮柳和赤杨木，和北美的高原植物如出一辙。不过我还看到了许多没见过的花朵，比如一种很可爱的银蓝色小花，一簇簇地生长着，丝兰仙人掌，像鼠尾草的“托拉”，以及一些在北美同等海拔处见不到的鸟类——黑鸭子、鹰、白鹭、安第斯鸥，最让人惊讶的是，还有四十多只火烈鸟，它们的身影倒映在雪峰下一个长长的、浅浅的湖中。当这些奇怪的火烈鸟振翅飞翔的时候，遥远的雪域映衬出它们的粉色，这其中的不和谐难以言表。

几乎一整天都在下雨，在寒冷的高原上，印第安人一动不动地坐在石头上，跟猫头鹰一样。每走一段路程就会看见一个红点，标志着印第安牧羊人的存在，就像印加时代的符号。这些牧羊人有的躲在山谷里，有的在山边踱步，一条全身乌黑的牧羊犬孤独地游荡着，野性未泯；牧羊犬一般都在最近的小木屋或者羊驼群附近几英里处。远处有一个骑马的人（马在这样的海拔不常见）、遥远的冰川，还有一只盘旋的大鸟……

火车停靠在胡利亚卡的时候，我看到一位双目失明的老乞丐，但是我没来得及打开车窗给她施舍。一个漂亮的印第安小姑娘拉着她，跟着我们的火车一直走，火车开走的时候，她脸上浮现出一丝凄惨的微笑，明白了我的无能为力。后来她停了下来，冲我一直挥手。接下来的那天里，她挥手的样子一直在我脑海中挥之不去。

天黑之后，火车抵达普诺，去往玻利维亚的乘客需要在搭乘印加湖轮前办好海关手续。为了在最大程度上使用舱房，乘客只能在夜间乘坐，可以说非常遗憾。的的喀喀湖位于海拔一万两千英尺处，被认为是世界上最高的湖泊，长一百三十八英里，宽六十九英里。日出时分，印加人会跨越湖泊，抵达神圣的太阳岛和月亮岛。我们在一个寒冷而晴朗的清晨到达，眼前是雪白的山峰和湛蓝的湖水。湖的东岸漂浮着一些印第安人的有趣的芦苇小舟。

我们在玻利维亚的瓜基下船，由于到得很早，一对热情的南美夫妇邀请我搭他们租的豪华轿车。到拉巴斯的路上，我们在蒂亚瓦纳科的前印加文明遗址前稍作逗留。蒂亚瓦纳科村距离瓜基只有几英里远，这个村的很多建筑材料都源于遗迹里面的大石头，这里的教堂就是用大石块堆砌的，前面有两个巨大的石雕，也是蒂亚瓦纳科遗址如此出名的原因，它们像两个哨兵一样屹立在神殿之前。

遗址分布在广阔的高原上，有许多坐落在村庄外。挖掘工作已经被禁止，可能还有大部分遗址等待发现。目前发现的有石墙、石屋、沟渠和一个宏伟的“太阳门”，还有一些石像，由于表情悲伤，也为了在考古学上有更具体的命名，被称作“哭泣的神灵”。大部分石像都被移到了拉巴斯，不过有一座留在了遗址中，另一座面朝下，半截埋在土里。根据我有限的知识，它们与复活节岛上的巨石有相像之处。这也许能证明那个普遍的说法，即创造和统治这些文明的人不是印第安人，而是生活在太平洋上的人，他们乘坐“康提基”号来到这里。遗址的一个区域据说是审判之处，如今有一堵土墙作保护；掉落的石块上有精美的雕刻，有一些规模可观。遗址中还发现了陶瓷、艺术品，比如铜器和青铜器。

从蒂亚瓦纳科到拉巴斯经过的高原比湖对岸的秘鲁南部萧瑟了许多，棕色取代绿色，海拔也更高。盖丘亚人的土房似乎比秘鲁的更加残破（其实这个区域的印第安人原本叫作艾马拉族人，只不过两个种族的学员非常相近，到了科恰班巴，他们又被当作盖丘亚人了），而且多了许多在高原上游荡的不知名的黑狗。可能由于玻利维亚的农业改革，他们提升了士气，脸上有了更多笑容，也更外向。跟他们在秘鲁的兄弟不同，他们不像秘鲁印第安人那样五颜六色，不过最大的区别在于，这里的妇女人人头上都有一顶棕色的大圆帽。我们的车曾经路过一队出殡的印第安人，他们蹒跚着走过，身影倒映在旁边的水洼中：逝者沉甸甸地躺在一块发亮的黑色布料上，在四个抬尸人中间沉沉地坠着。

拉巴斯坐落在一个山谷中间，出现得非常突兀：高原戛然而止，随即出现了城市，再往前又是陡峭的山坡，直直地向下。从这个城市的最高点到城市边缘，海拔相差接近两千英尺。这个城市漂亮、明亮、通风。远处高耸的伊利马尼上覆盖着皑皑白雪，比白云还要高。

从拉巴斯启程，我去了阿根廷、智利、火地岛，接着去了乌拉圭和巴西。三月，我又反向旅行回到了玻利维亚，经由马托格罗索省的科鲁巴抵达边境小城圣塔克鲁斯。安第斯山脉屹立于圣塔克鲁斯之后，这个小城的另一边则是低矮的丛林。我乘坐的飞机向西飞到科恰班巴，中途急剧上升，在红色的峭壁和植物密布的峡谷之间穿梭，飞过一个个高山上的村庄，这个区域名为“央葛斯”①。北方不远的地方住着野蛮的羽基人②，几个月前，他们杀害了两个猎人，并且恐吓了对他们很友好的传教士。清教徒的刊物《黑与金》上说，玻利维亚的殖民者委员会为了发展落后的内地，准备肃清这个部落。（至少秘鲁和巴西官方会反对这个做法，但是在玻利维亚这个赤贫的原始国家里，不能因为少数几个野蛮部落就让整个区域一直生活在贫困之中，所以不会对这种做法有什么龃龉。）

陡峭的山坡被云雾笼罩，山上有大小不一的瀑布。山谷中偶尔能够看到几株桉树，还有一些泥泞的池塘。拜二月的丰沛雨水所赐，池塘的边缘已经很难辨认了——人们可以通过被泥水浇灌的灌木来判断哪里是田地。从科恰班巴到拉巴斯的铁路很显然被滑坡冲毁了，所以我只好乘坐巴士。

科恰班巴是一个有着怡人气候的怡人小镇，炎热干爽，随

---

① 即高温湿润气候带。

② 羽基人，生活在玻利维亚的土著居民，住在圣塔克鲁斯和科恰班巴附近。

处可见棕榈树和开着花的大树。每条街的尽头都能够看到高山。两个绿树成荫的广场上，满是鲜花和长得像哀鸽的野鸽。傍晚，我抵达科恰班巴，温暖的夕光洒满了整条街道。

第二天清早，我很遗憾自己就要离开科恰班巴，但我差点没走成，因为当我到达车站时，贡多拉老爷车挤得快爆炸了。车站里人声鼎沸，每个人都在争抢空间，一个小男孩带了一些活乌龟，一个胖女人占了两个位子，虽然哪个位子都不是她买的，但是她不仅很胖，还很虚弱。按照时刻表，车应该在早上七点出发，但是南美的交通运输公司总是尽可能地卖更多的票，实际上根本坐不下那么多人。直到早上七点四十五分，人们才安静下来，所有三十八位乘客都被塞进了原本只能坐二十四人的汽车。带着乌龟的小男孩已经被挤到了车外，多出来的十四个人，包括八个买了票的人都只能站着。车上还有两个售票员，除了贡献体温之外没做什么事，有一家印第安人可能和其中一个售票员有点关系，挤在车的一角，躲在了汽车公司经理的视线之外；经理对于多卖票的指责愤愤不平，扬言要取消班车。戴着德比帽、裹着披肩的印第安女人坐在地上，照顾她的孩子，她的丈夫在车门口一连站了十三个小时，一句抱怨都没有。我跟在玻利维亚人后面，粗暴地抢了一个位子：印第安人在这方面很能忍，而且我可以证明他们能够站着睡觉，就跟马一样。坐在我旁边的女人大部分时间都靠在我身上睡觉，而且时不时地让身上挂着的孩子歪到过道上去，那个孩子表情严肃冷峻，一整天都没有发出过声音。

我坐在前排靠右的位置，那是唯一可以放下我的腿的位置，因为人们要从这里挤上车。所以我的腿就夹在挤来挤去的身体中间，一整天我都没怎么看见我的腿，只能偶尔从缝中看见前方的路。在挡风玻璃和座位前一共挤了六个男人：司机、坐在旁边的司机的朋友，还有这位朋友的四个朋友。虽然能够挤上车值得高兴，但这很危险，尤其是车在高处拐弯的时候。这些国家的山路非常出名（实在太出名，有一瞬间，我都犹豫要不要为众多相关题材的游记再添上一笔），一路上的景观惊心动魄，公路既没有护栏，也没有屏障，来来往往的车和公路一样破，还有一些人扒在车头，简直无所畏惧，也没有常识。这条公路在科恰班巴西部陡峭的山谷里上上下下，基本上就是一道悬崖。有些地方已经崩塌了，有的断悬几乎呈直角，而且超过一英里。当司机被拿瓶子、扔果核或抓纸袋呕吐的手挡住视线时，可想而知我有多着急。我的座位下面是油箱，通过过道的一个油桶输送汽油，我想漏出来的汽油是我难受的主要原因。

无论如何，我们的司机没有因为路况而受到任何干扰，一直往前冲。他在拐弯的时候对着摇摇晃晃的、车顶上载满货物的汽车大吼，在外围横冲直撞保持不减速，而且在下一个转弯的地方直冲下去，似乎要把任何可能从对面迎上来的车撞个稀巴烂；对面的人只能打方向让路，因为我们的司机放不下身段这么做。在这一段旅程中，我至少没有意识到身体的不适。

最终我们抵达阿尔蒂普拉诺，接下来的旅程虽然有趣，却很平淡。玻利维亚高原海拔十分高，即使在阳光下，它仍然呈深棕色。印第安人的村落也是用这种土建成的，散布在公路两旁；茅屋似乎是从地上长出来的，低矮得像露出脑袋的土拨鼠。茅屋用泥巴和稻草搭建，墙上的小洞就是窗户。这些印第安人仍然用传统的挖棍和锄头，吃的仍然是和祖先一样的块茎和坚硬的蔬菜，现在他们又多了面粉和大麦。男人拿着长长的棍子，小孩绑在女人的身上——玻利维亚中部的盖丘亚女人戴的是白色的高草帽，但是到了拉巴斯，白色草帽变成了棕色呢帽，盖丘亚人变成了艾马拉人。他们在街上游荡，或者呆呆地望着土地。这里的羊驼似乎也是从地上长出来的。一个印第安小孩戴着棕色的帽子，像一块石头一样，瞪着山间过往的货车。离这个小孩最近的房子也有几英里远，这些房子就像长在高原上的伞菌一样。不过很多小孩已经尝到了乞讨的甜头：巴士快到站时，他们像骆马一样蹦跳到路边，在地上缩成一团，扭曲着腿，嘴巴微张，表现出畸形的样子。他们挥舞着他们的蠢帽子祈求施舍，用凄惨的叫声撕裂高原的空气。

在南美旅游的人迟早要碰到动乱，尤其在玻利维亚待很久的话。玻利维亚的政府一直以来四分五裂，很不稳定，几乎很难称其为政府。本来就不怎么稳定的局面被几年前的革命和农业改革搞得更糟，虽然在原则上值得赞扬，包括极富价值的锡矿和银矿的国有化，但是国家资源给了不懂行的人来开发，让本来就虚弱的国民经济被彻底掏空。开发资源的人意见不一，谁都说服不了谁。我在玻利维亚的时候，圣塔克鲁斯和周围区域正在被反对方实际占据，而且在公开械斗。这种情况在任何地方都可以被称为内战。

3月19日星期六早上，我在拉巴斯。清晨五点左右，我被一阵枪声惊醒——步枪的声音，接着是机关枪，最后是迫击炮的闷响。我那时候跟朋友多利和泰德·布拉克在一起，他们的房子很漂亮，俯视着楚克雅普河[①]陡峭的深谷，而且位于两军交战的中心线上；这个房子的外面现在还有弹孔，是在1952年的暴乱中留下的。我翻身起床，去了楼下，女仆非常紧张不安，一边挥舞着手，一边跟我说："他们杀人了，他们杀人了。"

枪斗还在继续，声音渐渐到了峡谷里。两个小时后，玻利维亚的空军，就是两架古老的美国海军SN1训练器，嗡嗡地在低空盘旋着。一声巨大的闷响之后，飞机就栽到峡谷中去了。显然，飞机投下了一种爆炸性物质，大概是从驾驶舱后面扔的；同样显然的是，有人朝他们开枪了，因为飞机没有再投爆炸物。接下来的一天里，飞机都处于谨慎的高度，几乎看不到了，而收音机里兴奋地播报着空军的侦察。

收音机里一直滔滔不绝地说，光荣的人民革命正受到军事警察领导的卑鄙的反革命组织威胁；很显然，这些卑鄙的人跟圣塔克鲁斯的反对派是一伙的。反革命组织正在试图控制首都附近的高原区域。不知道是哪一方抛下了一个迫击炮，击中了

---

① 楚克雅普河，有时被称为帕拉兹河。该河自北向南流经拉帕兹城，发源于5 395米高的科迪勒拉山系上的一处泉水，流向亚马孙盆地。

一个无辜的古巴家庭，将该地区几乎夷为平地，死伤人数急剧上升。军事警察的领导被判死刑，一万名武装农场工从乡村召集起来协助军队士兵，国家宣告进入紧急状态。

持续的步枪声混杂着咚咚的声音和撞击声——是八十一毫米迫击炮和点五〇口径的机关枪。到了上午，由于海拔高，枪声越来越小。我冒了个险，带着望远镜和相机在一个非常安全的距离观望了一下，看到了爆炸的迫击炮弹壳和成排的士兵。很难分辨出交战的双方，也无法确定械斗是否变成了大乱斗。明媚的阳光下，宽阔的街道变得空空荡荡，几个不安的人站在门口，焦虑盘旋在城市上方。角落里时不时能看见几队士兵，或者一些民兵（他们倒是很清楚自己的身份，并且尽量表现得热爱和平），还有些警卫队的散兵游勇，戴着袖章，背着老式步枪。我跟警卫队的人聊了聊，他们有点兴奋，微醺，告诉我战争很近、很近了。当然他们说的不是真的。

远处的山上，人群聚集在一个小医院的外面，那儿张贴着伤亡人员名单。爆炸过后到现在，这附近已经有一人死亡，二十三人受伤，蹩脚枪法可见一斑。医院的氛围很严肃，但是其他地方的人越来越多，顶多摇摇头，还有的在大笑；警卫队尤其享受当下，因为随后的收音机里报道说：“我们光荣的妇女已经为男人献上了食物、酒和香烟。”从他们的表现来看，最棒的是有酒喝。一群士兵扛着迫击炮和无线电话机匆忙路过，看到我给他们拍照片的时候，他们非常紧张，还亲切地对着镜头摆了几个动作。不过一个年级较大的士兵感到十分羞愧，他借了我的望远镜，说“很丑”，说了好几次“很丑——太丑了”。然后他忧伤地说：“现在像阿根廷那样的国家，每隔二十年才会发生一次动乱——为什么我们每隔一年就这样。”

回住处的路上，我遇到了一卡车民兵，大部分都是印第安人。光荣的妇女已经给他们装满了吉开酒。大部分的破坏都是醉酒的农民和小孩造成的，他们不知道怎么用步枪，城市被弄成了大花脸。革命过后的问题让所有武装的人们都从小镇蜂拥而出。

中午，基本上已经停火了。我看到山上有一队人一边下山，一边挥舞着白旗。不过中午的安静可能只是因为午饭和午憩，大约两点，枪战又一次开始了。一队士兵穿过我住的房子，爬上一座没有墙的建筑物残骸，然后趴在房顶上。他们的敌人并没有发现他们，于是过了一会儿，他们又从楼上爬了下来。

这场炮火慢慢停下来之后，夜里还时不时地能听到打斗的声音。次日早晨又听到了一次短暂的枪声，我猜可能是在执行死刑。那日下午五点左右，收音机里宣布人民政府已经“完美地控制了局面”，但是仍有一些不确定因素，城市的战斗状态不会解除。晚些时候，我们开车出门，希望鲁索-匈牙利芭蕾舞剧能够如期上映，不过剧院又黑又冷，清冷、明亮的街道有点可怕；只有一些烂醉的民兵在街上的角落里徘徊着，看起来既凶狠又迷茫。跟我们一样，他们也不清楚状况。还有的人讨论说，政府只用了几个印第安人的头，把反对派的人请上台，就巩固了自己的政权。

第二天，这里恢复了平静，我向西穿越科迪勒拉山系，到达海岸，并向北去往利马。

第四章
火地岛

南美大陆南端，位于阿根廷西部安第斯山麓的巴里洛切，以及科科瓦多湾的蒙特港，是一般旅游航线的尽头。这些触手可及的小镇被两个国家可爱的群山和湖泊围绕，组成了一条与众不同的旅游线路，可以去往圣地亚哥和布宜诺斯艾利斯。另一方面，南美大陆的尽头是火地群岛中一块叫作合恩角的巨大海岩，距离上述区域超过一千英里。去往蒙特港以南，别人或许有比我更充分的理由，因为我只是单纯想去看看自古至今都存在的巴塔哥尼亚、麦哲伦海峡和火地岛。

沿着科科瓦多湾向南，从蒙特港到蓬塔阿雷纳斯的飞机越过群岛中的第一个岛。与群岛中其他岛屿不同，蓬塔阿雷纳斯有着深深的海湾、漂亮的农场和广阔的灰色海滩。其他岛屿面积较小，而且西边就是奇洛埃海峡和太平洋。虽然天气晴朗，面积最大的奇洛埃岛却在云层下若隐若现。东部安第斯山脉的顶端披着亮晶晶的雪，在晨光熹微中，山坡和群岛在白云的衬托下有一种沉重的黑色。西部的岛屿则呈现出棕色和绿色。这附近有数百座岛屿，然而只有最小的岛屿上才有农场，周围的海面平坦空旷，偶尔能看到几张渔民的白帆，在海岸边连接在一起。

更远的南方，岛屿上的丛林绵延不绝，鲜有人迹。岛屿长度从几百码到十五英里不等，其中一个简直就是一块平整的孤石，在海面上异军突起，像是海面上的墓碑。

现在飞机又飞往大陆，穿梭在科科瓦多的群峰之中。这些垂直而立的山峰被达尔文称作“高峰科科瓦多”，“完全对得起这个称呼”。俯视之下，蓝色的冰川在太阳下如同钻石，是峭壁上与世隔绝的冰湖的源头。茂密森林沿峭壁而上，阳光照射的一侧山壁闪闪发亮，孤独的小河蜿蜒其中，蓝天、白雪和黑岩构成了整幅图画。峭立的群山上镶嵌着点点明亮的冰湖；白练从山上呼啸而下，可能是一条小溪，或者是一条没有名字的河流。遥远的南方，蓝色的宝石点缀在森林中，不过其中有一座小湖与众不同，像一碗绿豌豆汤。

太平洋已消失在视线之外。我们穿过贫瘠的高山草甸，这里被左一条右一条的小河分割得支离破碎，偶尔看到一簇树林，以及新奇的地貌和山岩。风咆哮着席卷这个褐色的世界，一个小山村的周围耸立着高高的山峰；然后我们这架双引擎飞机就如同风筝一样落了地，伴随着震耳欲聋的轰鸣和颠簸。我们的飞机被山峰困住了，南部又是一条河，飞机又晃又摇，经过一段短暂却极度痛苦的时光，终于冲到了一块斜坡上——这地方叫作恰哈克。

于我而言，一段跋涉的旅程中最令人难以忍受的就是山地飞行，即使在少见的无风也无下沉气流的日子里有惊心动魄的美景。今天乘客极度恐慌，落地后，我们推开机舱门，像受惊的羊一样四散奔逃，过了将近一个小时，乘客才又集合在了一起。要不是飞机是离开这里的唯一方式，我估计没什么人会再坐飞机了。

我自认为是一名飞行鉴定专家（虽然没有什么权威认证），我衷心地认为，飞机的起飞比着陆还要可怕。对着迎面而来的安第斯山，飞行员不得不在风中盘旋，导致一段时间里，飞机的右翼都快垂直了：一阵大风差点把飞机像乌龟四脚朝天那样掀翻在地。飞行员估计也被颠簸得不轻，因为接下来的一个小时里，我们的飞机似乎失去了控制。我们一会儿上升，一会儿跌下去，时不时地还在空中翻转半圈，为了躲避看不见的阻碍物突然加速，然后在山峰间极其疯狂地飞行。

依我看，自驾驶舱中坐了个高大的德国女孩后，这趟飞行就增加了风险。在恰哈克时，她赢得了只有她一半块头的智利飞行员的青睐，他们邀请她在驾驶舱里度过余下的旅程。我不知道她是否真的驾驶过，不过他们也许会为了炫耀而做出大胆的尝试，这动摇了我对拉美飞行员本就不坚定的信心。

当我们飞越布宜诺斯艾利斯湖的时候，我尤其变得不安。布宜诺斯艾利斯坐落在智利和阿根廷之间安第斯山脉的山坳处，东西绵延超过一百英里。在呼啸的云层中，可以看到两块蓝色的土地，一块是高一点的蓝色天空，另一块（倒不一定比天空低）就是布宜诺斯艾利斯湖。可我没法专心看湖，因为风力强劲，飞机又开始在高空中做起了高难度动作。突然，飞机开始摇晃，或者说被大风吹到了东边，以接近垂直的角度下降。乘务员在机舱中间大喊：“禁止吸烟！禁止吸烟！”在我看来，此时降落并不正常，因为一百英里内我们都没有一处可降落的地方，但是我不敢提出质疑。过了一会儿，大风、飞机和飞行员都稍稍淡定了下来，我们重新向南飞过阿根廷部分的巴塔哥尼亚荒原。我们没有回到正常的高度，而是很多次在几百英尺的高度滑行，我刚好借这个机会好好看了看我跋涉万里也要来的荒原。

巴塔哥尼亚（意为“巨足之地”）这个西班牙名字由印第安人的大脚印而来[①]；特维尔切人尤其身材高大，很多男人身高都在六英尺四英寸或者更高。巴塔哥尼亚有时候也指南纬三十九度以南的南美地区，包括安第斯山脉和智利群岛，不过巴塔哥尼亚更意味着安第斯山脉以东，面向大西洋这一侧的无树荒原，从潘帕斯到安第斯山谷，直到麦哲伦海峡和火地岛。

巴塔哥尼亚位于麦哲伦海峡以北，其荒凉远非常人可以想象。位于布宜诺斯艾利斯湖和卡迪尔湖的中间，科迪勒拉山系的东部，这一片贫瘠的高原只能够滋养一层薄薄的草坪和最可怜的灌木。一路向南，逐渐出现了一些冻原冰湖和裸露的山峰，偶尔可见一汪病恹恹的绿。在这个大风狂扫的日子，乌云低垂，太阳无光，一望无际的荒原和远处的山系给人压迫的美感。皑皑雪峰之下就是广阔的阿根廷湖，绵延一方。此处，地貌的起伏和缓了许多，单调而毫无生气，让人觉得它像海床——从地理学上来说未必不准确。

---

① 在西班牙语中，patagon 意为大脚之人，因此该地的名字就成了 patagonia。

圣塔克鲁斯河呈银绿色，如同蛇一般蜿蜒，从东部发源，流入大西洋，途经高海拔草原、荒岛。河边时不时地有几匹黑色的野马，但是从来不超过八匹；当一匹马飞奔起来的时候，马鬃便随风飞扬。早在十六世纪，阿根廷就有了野马的踪迹，而北美的野马大部分都被农场主猎杀了，如今只有在荒无人烟的地方才会出现它们的身影。除了野马，还有一些颜色较浅、数量更少的动物：小型野骆驼，也叫骆马，即使我用望远镜也难以确定那真的是骆马。但是它们远离公路和人迹，不管是它们的颜色（浅棕）还是它们的数量，都让人很难认作是羊。

大陆的坡度逐渐变得和缓，土地也柔软了许多。我们到达布兰科湖，名字很准确[①]。我们又一次穿越边境，到达智利境内的巴塔哥尼亚。西边绵延的似乎是又一个安第斯山脉的冰川湖，但是湖水更蓝、更冰冷。这是奥特韦湾，从麦哲伦海峡的太平洋出海口延伸过来的狭长水域。东边的海峡清晰可见，过不了一会儿，飞机就飞过了水域。蓬塔阿雷纳斯这个世界上最南端的城市，在熹微的阳光下微微发亮。穿过这片水域，二十英里以外的地方，那一片紫色的暗影就是火地岛。

2月2日至2月4日

这片区域包括巴塔哥尼亚南部、麦哲伦海峡、群岛和海峡，

---

① 布兰科意为“白色”。

火地岛有时候被称作麦哲伦群岛，而且被许多作家生动地描写过，比如约书亚·斯洛克姆船长、理查德·亨利·达纳、达尔文这些最为人所熟知的探险家。达纳在他的《两年航行》的序言中写道："……关于海上生活，已经有了无数的故事，我实在没有正当理由再添上无谓的一笔。"对于描绘这恶名在外的海峡，我本人也有同感。斯洛克姆船长在1896年的这个时候也曾到过此地，他花了将近两个月才穿越麦哲伦海峡。他孤身一人，在小帆船"浪花"号上，他的视角和我这样的探险家不太相似，我是从宇宙酒店的房间毫无畏惧地盯着海面的——它此时很平静，与昨天如出一辙。我想，这就是我的正当理由，即我的视角有所不同。

蓬塔阿雷纳斯首先是个靠石油、煤炭和畜牧业发展经济的地区，正在经营一个银狐农场，同时还是个自由港，这些都说明它为何有如此惊人的规模和相当的繁荣。这里土地贫瘠，空气流通（常年刮西南风），夏天气候还算宜人。除非有人来做生意，不然没有什么值得推荐的了。不过，跟南美的其他城镇一样，这里也有一个非常有意思的地方博物馆，所以我抵达的当天下午，就去参观了。这个博物馆由西西里的传教士维护，馆内有许多保存很好的动物标本，比如现在已经灭绝的因纽特杓鹬；这种鸟从它的原生地加拿大迁徙到了遥远的巴塔哥尼亚（蓬塔阿雷纳斯的标本一开始很吓人，直到标本师给它们安上明亮的蓝眼睛）。我还看到了两只巨大的美洲狮的标本，跟母狮的体型一样大，就我个人印象而言，南美的美洲狮比我们那边的要小得多。不过最有趣的展品要数火地岛印第安部落的工艺品，现在仅存的只有阿拉卡卢夫部落，生活在智利西南方，靠近麦哲伦海峡。如同曾生活在东部海峡和火地岛南部海岸的雅甘部落，腿短的阿拉卡卢夫人大部分时间在独木舟上度过，在海洋环绕、沙砾遍地、终日被寒风裹挟的世界里赤身裸体地生活。达尔文认为雅甘人是地球上最原始的人，他的描述体现了这一点：

> 有一天，当我们快到达沃拉斯顿岛的时候，我们的船和一艘独木舟停在了一起，那上面有六个火地岛的岛民。这些人是我见过的最不幸、最可怜的生物。东海岸居民（奥纳人）……有骆马皮做的斗篷，西海岸居民（阿拉卡卢夫人）有海豹皮……但是这些独木舟上的岛民却赤身露体……贫穷影响了他们的发育，丑陋的脸上涂着黏黏的白色颜料，皮肤又油腻又肮脏，头发缠成一团，嗓音尖锐，行为野蛮。不见到他们，你都无法想象原来在这个世界上，我们竟然还有这样的同类。

根据达尔文所说，雅甘人以贝类、腐肉、菌类为生，只有在特殊场合才会吃俘获的敌人或者本族年老妇女的肉。跟大多数印第安人不同，他们生来残忍狡诈，在有文字记载的简短历史中，他们对盗窃和屠杀大加鼓励。达尔文一行曾经将三名火地岛人带回英国皇室接受熏陶，然而三年后，其中两个立刻现出原形，偷了另一个同伴杰米·巴顿的所有东西，逃跑了。无论如何，人们仍然对这第三个人有一定的期望："每个人都诚挚地希望菲茨船长崇高的愿望成真，他为这些岛民付出了慷慨的牺牲，希望可以得到杰米·巴顿的子孙及其部落的保护。"然而，不幸的是，根据我在火地岛上了解到的信息，这一微不足道的愿望也没能成真。

在蓬塔阿雷纳斯的时候，坎普斯·曼德斯家族的成员曾带我到海岸边观赏神奇的岩石花园，这个花园也是曼德斯家族培育的。我在蓬塔阿雷纳斯和火地岛的时候，他们都待我十分友好。岩石花园里有五光十色的花朵，在当地的气候下竟然有如此多不同种类的鲜花盛开，令人不可思议。原因是它们生长在陡峭的背风坡，躲过了盛行西风。花园旁边还有一些当地的植被，更添一份趣味和美丽，比如巴塔哥尼亚常见的带刺灌木卡拉法特，还有另外两种山毛榉（这两种树分别叫作假山毛榉和山楂，可以叫它们栎树或者橡树。假山毛榉看起来很像北美的常绿橡树，却跟澳大利亚的山毛榉如出一辙。这种树是火地岛雨林的常见树种，不过只生长在火地岛和澳大利亚，让我们更能强烈地感受到地球另一面的不同）。其他植物还有野生海葵、马鞭草，各种各样的蕨类植物、倒挂金钟，以及忠贞的"狮子的牙齿"——蒲公英。

今天的天气回归正常——也就是说，开始刮大风了（与常见的描述相反，这里的风夏天刮得最盛。这点可以说很幸运，如果这种风混合着冬天的极寒，那么这个地区的生物将没法存活）。海峡呈现出大片的白色，单桅帆船“海鸥”不打算冒险出海，我本打算今天乘坐它前往火地岛。于是，今早我到沙滩上走了走，这个村庄名叫桑迪角，因沙滩而得名，是斯洛科姆船长随意起的。沙滩黑黝黝的，碎石嶙峋，垃圾遍地。从这个角度看，再加上冬季的严寒和夏日的狂风，桑迪角跟北半球的巴罗角十分相似。从双目望远镜里向远处眺望，可以看到海峡上的飞鸟：大白胸鸬鹚、黑背鸥、褐头鸥、有着红色鸟喙的南美燕鸥，还有块头很大的贼鸥；我上一次看到贼鸥或者它的近亲，还是去年十一月在北大西洋上的时候。一小群白色的麦哲伦岩鹅踱过海滩，远处还有一群鸭子摇摇摆摆地漫步。更远处，挥舞着长长的、坚硬的翅膀的是信天翁；这么大的信天翁我还是第一次看到。我睁大眼睛寻找麦哲伦企鹅和会潜水的小海燕，但是仍然没找到。

沙滩后面有一摊湖水，更多的燕鸥、海鸥、贼鸥直面大风，岸边还有一大群白尾矶鹬和一些环颈鸻；这两种鸟就像因纽特杓鹬和其他岸禽类一样，从它们原来栖息的北美洲迁徙到了这里。沙滩上还有很多种海洋生物的残骸，有贻贝和帽贝的壳，它们的体形都出乎寻常的大，一只很好看的条纹蜗牛，一只白色的圆蚌，一些死的等足目动物，一堆大海带，几块发霉的木头，一只死猫和一只死狗。临近中午，一队灰色的大海豚出现了，它们游行迅速，在海岸边捕食。在鱼群中穿梭的时候，这些海豚会将半个身子探出海面。它们的学名是康氏矮海豚，我相信在它们的背部以下是白色的椭圆形。

这里的风一如既往的强劲，但是海峡比之前平静了很多（或许是海浪的方向不再与风的方向相反的缘故），我继续极目远眺，寻找“海鸥”的倩影。然而，我还是没找到它，所以我得在这里再待一天。当然了，这也是不走寻常路的缺点之一。旅行最迷人的地方就在于它的不确定性，而且经常会因为计划无法实施而滞留好几天。

2月5日

麦哲伦海峡的风实在让人猜不透。早晨天蒙蒙亮的时候，海峡还是平静的，没什么风，但是突然间，没有一点预兆，一阵大风刮过码头，直击正在卸羊毛的“海鸥”。短短几分钟内，码头就如同翻滚的沸水。我们往船上搬了几桶酒和腌制的食物，在这样的天气里出发前往波维涅尔，这个位于火地岛海边的智利小城。我们的“海鸥”动力不足，但是一旦清空船舱，它棕色的主帆便缓缓升起了。有了大风助阵，船帆立刻鼓了起来，时速提高到了可观的八海里，并且保持着这样的成绩。前两个小时，它就像美洲杯[①]的冠军那样勇往直前，后来风渐渐小了；过了一个小时，等我们快到波维涅尔的时候，又起了风，而且比之前更强劲，不过等到我们开始登岸的时候，风又停止了。

一过麦哲伦海峡，便看见布伦威克半岛上的雪峰矗立在

① 美洲杯，美国六年举办一次的帆船比赛。

西方，南方是道森岛和乌斯里斯海湾。信天翁在风中翱翔，双翅像回旋镖一样，还有奇怪的潜水海燕在我们的船舷附近盘旋，扑腾过我们粮食的上方。我们的头顶传来了燕鸥隐约的叫声，原来是在被贼鸥追赶；这样乌黑的、体型庞大的贼鸥竟然如此敏捷，让人觉得饶有趣味（与大多数品种不同，贼鸥的命名极富科学性：Megalestris chilensis，可以意译为“智利大海盗船”）。行动迅速的燕鸥无法挣脱贼鸥的桎梏，被抓到更高的半空，叫声消失了，之前捕到的小鱼也掉了下来。贼鸥收起翅膀，像石头一样直坠下来，但是在快接近水面时突然展翅，猎物就这样掉到了波涛汹涌的海里。

昨天，“海鸥”被一群发光的海豚团团围住，它们直冲船首，钻进水里，跳跃，旋转，上下翻滚——我这辈子从来没看到过这样的海豚秀，而且它们的速度极快，掀起一片片波浪形的水花。这群海豚陪了我们二十多分钟，在船舱附近从容行进：它们轻松地绕着船，即使近距离看它们的尾巴，也丝毫看不出它们在游动。它们的动作行云流水，像子弹头一样。

火地岛上的大雨如同一面冰冷的白墙，在这面墙的后面，则是火地岛的黑色海岸；很显然，这是在特定季节才会出现的独特画面。岛上的雨下得很分散，像阵阵烟雾，但这并不是火地岛名字的由来。费迪南德·麦哲伦1520年在这座岛上看到的烟火，实际上是阿拉卡卢夫人在土堆上用空心木做的独木舟里点燃的。

一队鸬鹚在海边上下纷飞，还有一群聚集在波维涅尔的海口。该来的德国人总算上岸了，这个人其实出生于智利，他说几分钟前还看到过五只麦哲伦企鹅。我没有用望远镜看到企鹅，但我必须承认，他说这些的时候，我为了抽烟躲雨去了。麦哲伦群岛的大雨跟风一样让人捉摸不透，明明还有大太阳的时候就下了起来。

波维涅尔港是一个天然海港，在周围贫瘠的景色映衬下也很漂亮。这里的海滩低矮平缓，远处可以看到山峰。水面上偶尔可见鸬鹚和鸭子，还有体型庞大且笨重的"汽船鸭"，它不能飞，但是在水面上移动迅速，拿翅膀当作踏板。（这里有三种不会飞的鸟，汽船鸭可能是其中最不出名的了，另外两种是企鹅和美洲鸵。）"海鸥"的船员拿着点二二步枪打鸟，不过他们的水平不怎么样；过了一会儿，其中一个开始射击海豚，这时我十分庆幸他们的水平不怎么样。端着点二二射击活的生物（这些动物能不能吃，能不能带走都不重要）在南美被认为是一项极棒的运动，而且，随着南美大陆上野生动物数量的减少，也助长了不可抑制的动物灭绝。

我背着行囊走到山上的村庄，在一家小店吃了午饭，并且找到了一张床。虽然这里没有自来水，看起来特别像后院一个阴暗的厕所，但是跟其他地方相比已经很干净了，而且女主人非常友善，所以她应该为此感到骄傲。无论她跟我聊什么，对于远行者来说都很有帮助，胜过杰米巴顿和他的队伍。下午我发现大批的羊毛在甲板上等待装载，于是就在港口边走了走。这里到处都是海鸟，矶鹬、蛎鹬、哈德逊杓鹬、可爱的红胸冬啄木鸟，还有随处可见的麦鸡。麦鸡的羽毛和身上的图案都非常帅气，不过它们的叫声既高亢又持久，我觉得是我听到过的鸟叫声中非常富有攻击性的——其实是因为它们的叫声我才回去的。我爬上一个低缓的、长满灌木丛的堤岸，发现自己身处一个村庄。我穿过海边细密的灌木，去了巴塔哥尼亚高原。

在这种荒凉之地的花朵看起来总是那么温馨，今天它们的颜色跟单调的橄榄绿形成了鲜明的对比，一直绵延到天际。一朵黄色的花独立在高大厚重的灌木丛中，其间有像紫菀的白色和浅蓝色的小花、熟悉的蒲公英、长势良好的蕨类植物和地衣，还有一种红色的岩高兰。这些植物都隐藏在低矮的灌木从里，这里最多的就是带刺的卡拉法特。在灌木丛中四处雀跃的是长着橘红色鸟喙的歌雀，还有一种黑色和棕红色相间的小鸟，它的性情很温和，却是地面上的霸主，是南美捕捉昆虫的主力之一。

麦鸡一直在荒原上跟随着我，它们刺耳的叫声混合着黑脸朱鹭的低沉的声音，在我视线之外的山谷中。这些鸟儿合唱着，特别像一个百无聊赖的小孩玩着玩具车的喇叭，而且它们的声音很古怪，随着风飘荡在大地上，就像是巴塔哥尼亚的背景音乐一样。羊群咩咩地叫着，像是在回应朱鹭，在天色逐渐昏暗的远处，一匹黑色的马缓缓地跟着羊群，偶尔停下来吃点草。突然，马把头仰向空中，向前奔跑。

第二天上午，我跟一队智利人一起乘车前往阿根廷的里奥格兰德看球赛。（火地岛的主岛被阿根廷和智利之间的南北线一分为二。隐士岛和合恩角等一直到比格尔海峡的南边小岛属于智利。东南方无人居住的斯塔顿属于阿根廷，东边的一些小岛和群岛仍然在争议中。）我们坐在一辆大卡车的车斗里，只有破旧帆布用来遮风挡雨。旅程上什么防护措施都没有，路上的颠簸、灰尘和浓重的一氧化碳都是十小时路程中的深刻印象。两个年轻的姑娘很快就受不住了，虽然她们就在后挡门旁边，却从来没下去过，在车里吐了一路。这就是农村人奇怪的被动性。车上的西班牙人对苦难总是置之一笑，于是车上的环境是欢乐的，女孩的可怜让她的朋友和家人乐不可支。

在大风中，太阳和雨水来来去去。从波涅瓦尔出发，我们一路向南，经过一个长满荆棘的小山村，到了乌斯里斯湾后再向东出发。之后看到的便是平坦、干燥的土地和低矮的草丛。不过我们的卡车似乎永远都笼罩在尘土之下，好像被风推着走一样。南边是空荡荡的海湾，白色的海浪就是堤岸；更远的南边就是安第斯的山峰，一直绵延岛世界的尽头，高耸入云。最高的山峰是萨米恩多峰和东边更远的达尔文峰，它们的海拔都超过七千英尺。

这里最多的鸟是坎昆鸟，也叫作斑胁草雁。雄雁身体大部分呈白色，雌雁的羽毛却是富有光泽的棕色。在火地岛的巴塔哥尼亚上，这些鸟出奇的多——我们一天中看到了上万只。不过，野鸭的数量则相对较少，黑背鸥、麦鸡也不多，体型较小的卡拉卡拉鹰在空旷的土地上逆风盘旋着。

白天风力愈加强劲，夹杂着扑面而来的雨水。中午，车顶的帆布不停鼓动，我们便停下来鼓励车上的女士。现在我们接近无用湾的港口，周围是牧场的建筑。以这里为起点，我们即将进入内陆地区，乡村的样貌也逐渐改观，快到国界线的时候我们还看到了一个放羊的大牧场。下午，我们穿过牧场，沿着大西洋上的圣塞巴斯蒂安湾去往阿根廷。到了这里，风力似乎到达顶峰，我跟海关的小破屋的门斗争了好一段时间——几乎是我刚到门前，它就开始被风吹得疯狂旋转。不过快日落的时候，风力渐渐地变小了。我们走到羊群中间，路的两边，羊缓慢地走开，在摇曳的草地上缓慢地、斯文地小跑。一大群鹅摇摇摆摆地出现了，又优雅地消失在我们的视线外，一只体型庞大、胸前乌黑的智利鹰神气活现地在天上巡航了一会儿，给它的动物朋友带来一片骚动就又飞走了，并把骚动带到了海边的峭壁上。我们现在在去里奥格兰德的路上，东边的大海宛如一摊易碎的泡沫。从两峰之间的缝隙中可以看到砾石海滩，还有潮水无法触及的岩石和水洼。和在波涅瓦尔一样，海鸟是稀松平常的动物，一大群矶鹬在我们前方飞舞着，洁白的腹部在阳光下闪闪发亮，它们着陆的时候就像雪花飘落一般。远处的多明戈海角在众多岩石中挺立，暮色熹微下的建筑散发着闪闪光亮，喧闹的阿根廷号叫着、吹着号角。我们进入格兰德河的入海口，然后到达同名的小镇。

格兰德这座小城应该感谢这里的畜牧业，感谢周围的牧场。很多季节性来这里工作的牧羊人就住在城里，给这里带来了可观的收入。小型货船拉来了食物、石油和其他供给品，带走了羊毛和棉花。退潮的时候，货船停泊在入海口冰冷干燥的泥地里。火地岛近期石油业的发展当然还会使格兰德的城市规模进一步扩大，不过就目前来说，可以供游客食宿的地方少得可怜。这里的小“宾馆”实在不足以被称为宾馆，在波涅瓦尔和乌斯怀亚也是同样的情况。在南海岸，一个有着良好住宿环境的牧场已经被游客淹没，如果想在这里逗留一晚也不是不可以，但是不会受到热情的欢迎，这也是可以理解的。如果能够提前安排好行程的话，或许情况会有所不同。

幸好在布宜诺斯艾利斯时，彼得把我介绍给了卡罗·梅诺兹·比希提先生。梅诺兹先生十分友好地邀请我去他家作客，等我到达的时候天都已经黑了。由于在麦哲伦海峡上航行不便，我晚到了四天。提着脏乎乎的大包小包站在门口，我跟拜访者形象相差了十万八千里。

牧场上的房子既宽敞又漂亮，周围是可爱的花园。这个绿色海洋上的小岛四周是高大的白色木桩，用来保护房屋不受大风的摧残。山脚下有很多各式各样的建筑，晚饭过后，梅诺兹先生的外甥杰米向我做了一番介绍。他们的牧场上有给种羊和马设的窝棚、围栏、宽敞的剪毛棚、仓库、发电站、牧羊人和剪毛工的食堂及宿舍，给老大或者工头住的房子。这些建筑在明亮的夜空下闪闪发光。在这样的纬度，这样接近南极的地方，夏日的夜晚总是有亮光；只有远方一抹深沉的暗影，南方的天空上是令人炫目的银河。我凝视着陌生的星星，最亮的星群形成了一个瘦弱的形状，像是一个立体的十字架。这是南十字星。

比希提牧场占地五万公顷，或者十万英亩以上，建于十九世纪后半叶，那时它的名字叫作“阿根廷第二”，跟它旁边的梅诺兹牧场（“阿根廷第一”）拥有阿根廷在火地岛上最大的家族牧场。面积位于其次的怀蒙特牧场在梅诺兹牧场的南边。怀蒙特牧场建立于二十世纪初，为布列捷特·雷诺兹佳作所有，这个家族在比格尔海峡那边的赫伯顿还有一大片资产。布列捷特家族负载着使命从北方迁徙到了南方，梅诺兹家族原籍则是智利。两个家族在对待印第安人的态度上有所不同——据说梅诺兹的祖先出了大笔的赏金屠杀印第安人，很多年后印第安人却成了怀蒙特牧场的左膀右臂。除此之外，双方都表现出了足够的尊重，于是后来他们参与了格兰德河上第一座大桥的修建。当然，卢卡斯·布里奇斯写的《地球的极限》和阿曼多·布朗·梅诺兹博士的《幼时火地岛记事》仍然是记述火地岛历史中最经典的两部作品。

格兰德河位于玛利亚·比希提牧场以南几英里的地方，在一个陡峭干枯的峡谷下面。我到达的第二天早晨，就和杰姆·司波若里一起前往格兰德河，在马背上翻越了起起伏伏的平原。那天天气晴朗，温度很低，大风席卷着这块贫瘠的土地，风力强劲得快要把我从马鞍上刮下来。这里到处都是坎昆鸟，还有被剪了毛的可怜兮兮的羊，屁股上印着脏脏的红色印记。点二二步枪无处不在，绵羊、野鹅、海鸥和坎昆鸟的尸体随处可见，羽毛在风中飘荡。（那天下午，梅诺兹家的孩子们和他们的堂表兄弟姐妹都十分热情，带我在海岸边走了一圈。除了之前所说的动物，我还看到了一只麦哲伦企鹅，遗憾的是，我还没来得及在望远镜里好好地欣赏一下这美丽的鸟儿，它就被点二二的乱枪扫射了。同时牺牲的还有三只坎昆鸟，它们也一起曝尸荒野了。不过，坎昆鸟的存在对于羊群来说是毁灭性的打击——卡罗·梅诺兹跟我说，五只坎昆鸟的食量相当于一只羊。而且坎昆鸟的粪便就足以“烧焦”很大面积的草坪。但是无论如何，无止境的射杀并不是一个好办法，还可以有别的解决方式。坎昆鸟如此泛滥的原因可能跟之前人们对火地岛本岛红狐的猎杀有关，这种跟北美丛林狼体型相似的小狐狸，对羊群造成的危害跟坎昆鸟差不多。不过猎杀红狐的副作用是否比过多的坎昆鸟所造成的危害更加明显还有待商榷。对大自然平衡的破坏和毫无顾忌的捕杀是北美野生动物数量急剧下降的主要原因，半个世纪以后，同样的事情又发生在了这里。但是，梅诺兹先生跟我说，快要消失的骆马已经受到了比希提家族的全面保护，他们真是非常具有先见之明。）

跟火地岛的其他河流一样，格兰德河里也满是褐鳟和彩虹鳟。这里的彩虹鳟跟鲑鱼的大小差不多，十五磅以上的鱼在这里并不罕见，体型更大的鱼都被捕走了。今天的格兰德河水流湍急，激荡着两边的河岸，前方的碎石滩上有两只黑颈的天鹅正缓慢而有力地迎着风逆流而上。它们是巴塔哥尼亚本土的鸟，近几年的数量明显减少了。

下游的岸边有一棵孤零零的山毛榉，是牧场上唯一的本土树木。这块土地比较单调，却绝不贫瘠。在阳光下，它的单调更加令人瞩目。以前，空旷的土地被栉鼠钻成了马蜂窝，这是种像豚鼠的没有尾巴的啮齿类动物，不过这些小家伙已经消失在马和羊的铁蹄下——比希提家族有六万只羊，以及数量不小的马和骆马，现在这里就是骑马的理想场地。牧草茂盛，生机勃勃，在回去的路上，我们乘着风，很轻易地就驰骋了数英里。这次骑行简直让人身心愉悦，有一个瞬间我觉得，如果在巴塔哥尼亚没有骑过马，就没有触摸到它的灵魂。

火地岛既没有火车，也没有巴士，只有零星的飞机往返于格兰德河和乌斯怀亚，游客必须通过旅馆才能乘坐。在我看来，这是乔治·布莱克威尔和田纳西阿根廷石油公司的朋友们对我的关照，在我乘坐卡车启程南下乌斯怀亚前，我和他们度过了一个美好的早上。智利在其火地岛的领土上勘探到了大量的石油，田纳西-阿根廷公司跟阿根廷签订了为期二十五年的合约，在这里驻扎了许多油井。这里的工人不拘小节，热情洋溢，虽然我很想在旅行途中避免遇到本国人（毫无疑问这是受了毛姆对游客的厌恶的影响，虽然这些石油工人和建筑工人都不能算是游客），但美国人有种特别的诚实和"坦诚"，一种自嘲的能力，与家乡阔别许久之后，这种自嘲令人神清气爽。

下午，我们的卡车启程，穿过格兰德河，几乎立刻驶离了农场上的制冷设备和工厂。耸立在东边的是佩尼亚角，很久以前，被称作"格兰德河之王"的强悍的苏格兰人，带领一支小分队在海滩上杀死了十四只海豹。（佩尼亚角曾经有很多海豹，但是它们的命运和南美水獭一样，在火地岛上现在已经很难看到它们的身影了。）天色昏暗，我们在布满车辙的路上向南颠簸前行，山脚下一丛丛矮山毛榉打破了压抑的气氛，比亚蒙特后面有小片林地。山峰间坐落着被称作“维加斯”的蜿蜒峡谷，有些峡谷中还有湍急的小溪。棕色的隼不见了，取而代之的它体型较大、浑身乌黑的表亲卡拉卡拉鹰。随着环境的变化，屍鹰的出现很好地衬托了这一不祥之地。

我们进入连绵的森林，在大风的摧残和松萝地衣的重压下，树枝几乎要垂到地上，上面的寄生植物与槲寄生十分相似。然后我们进入法尼亚诺湖的东面，坐落在安第斯山脚下的它向西延伸至智利，超过四十英里长。法尼亚诺湖周围有许多枯树林，它们都是地震和洪水的受害者。今天的风力只减弱了一点点，湖水显得既荒凉又遥远。从这里到一百英里以外的火地岛东端，还有大片的冰川和高山没有被探索过，火地岛西南一些大的群岛也同样人迹罕至。

在法尼亚诺湖的南岸，我们遇到了奥利弗和贝齐·布里奇斯，他们要回家乡乌斯怀亚。他们为我们点了欢迎篝火，还烧了热水。在这个陌生的地方，我为玻利维亚的朋友泰德和多利·布拉克递了口信。在一位智利司机和一位阿根廷乘客的劝说下，我欣然答应了他们在我回程中停下来喝杯茶的邀请。

我们的卡车沿着伐木道上山，经过了很多工人的木屋和营帐。每当遇到房屋，司机总要按按喇叭，好像要告诉这些孤独的人森林外还有另外一个世界。我们的海拔越高，路两旁的树木就越高大，有些高度甚至超过了一百英尺。一个有趣的现象是，这里有许多朽木，让人几乎无法踏足森林。达尔文就被这里的景象深深地震撼了：

> 这里到处都是不规则形状的石头和死亡的树木，虽然仍然直立着，但是树干都已经干枯，摇摇欲坠。枝叶繁茂的树木和枯木相互纠缠在一起，让我想到了热带森林——但是有所不同：在这样隐秘的地方，生命不是主旋律，死亡才是。

傍晚，峭壁在黯淡的云中渐渐隐藏起来。黑夜迅速降临，山峰上的雪和远处的冰川变得模糊不清。峡谷中的卡车在陡峭崎岖的路上跌跌撞撞地前行，经过数小时在水坑里的挣扎，我们又开始了刺激的滑行——这里的山虽然不高，但是十分陡峭。直到后半夜，我都已经有点麻木的时候，我们终于冲到了乌斯怀亚。格林帕克酒店（其实是一个招待所，而且在这里小有名气）潮湿拥挤，不过他们在餐厅为我和阿根廷同伴搭了行军床。（第二天，我幸运地有了自己的房间和床，不过仅仅是一块木板和一个只能装下一人的小房间，没有窗户，没有新鲜的空气，跟我想象中的差别有点大，不过我仍然很感激。）

1869年，白人首次在火地岛南部成功地定居下来，就是在比格尔海峡旁边的乌斯怀亚小城。在此之前，所有的尝试都无一例外地失败了，要么因为饥荒，要么因为雅甘人的屠杀，或两个原因都有。最惨烈的一次是十年前的乌拉雅港屠杀，除了船上的厨师，其他人员无一幸免。这次屠杀的始作俑者是杰米·巴顿，菲茨·罗伊船长和达尔文先生将他从比格尔带到英国，又在第二年将他带了回来。他们的初衷是改善白人和印第安人的关系，然而巴顿可能觉得自己作为一名翻译和环游世界的人，回到故土后没有感受到传教士对他的重视，于是挑唆了当地的土著将他们屠杀殆尽[①]。1871年，狄肯·托马斯·布里奇斯带着他年轻的妻子来到乌斯怀亚，自此，这个小镇就变成了阿根廷火地岛的政府所在地。

以上所有的事迹都可以在卢卡斯·布里奇斯写的《地球的极限》中读到，他是托马斯·布里奇斯的儿子，奥利弗·布里奇斯的叔叔。我之前在法尼亚诺湖的时候见到过奥利弗·布里奇斯。《地球的极限》中有很多雅甘人和奥纳人的照片，在之后的半个世纪中，他们几乎灭绝；北方的奥纳人生性好战，爱找麻烦，由于格兰德河一带牧场主对他们的迫害和他们自己部族间的内斗，人数一度锐减。但是对于印第安人最致命的打击是麻疹。白人到乌斯怀亚定居的时候，生活在火地岛的印第安人有七千至九千人，然而八年后，纯种血统的印第安人只剩下不

---

① 1830年，英国船长菲茨·罗伊第一次前往火地岛探险，返程时带回了四个火地岛土著，其中就有杰米·巴顿。杰米·巴顿到达英国之后，一度小有名气。在英国生活了一年之后，杰米·巴顿返回火地岛生活。1859年，一队传教士来到火地岛，在此建立教堂。其间，传教士与当地土著时有摩擦。1859年11月6日，除了厨师以外的所有传教士都参与了教堂竣工后的第一次祷告，但是祷告很快就被屠杀终止，杰米·巴顿的哥哥就是凶手之一。

到两百名。今天，智利所辖的岛屿上还有不到一百名阿拉卡卢夫人，以及少数垂垂老矣的雅甘人和奥纳人。

托马斯·布里奇斯幼年时期曾经跟雅甘人一起生活，他记述的雅甘人与达尔文的描述颇有冲突——比如，他们言语粗鲁。达尔文准是把雅甘人跟奥纳人混淆了。雅甘人的语言流利而且复杂，布里奇斯还编了一本非常棒的雅甘语–英语词典，之后却被可恶的弗雷德里克·库克"博士"以"借鉴"之名盗用。弗雷德里克·库克更为臭名昭著的是他发现北极的假声明。他曾试图将布里奇斯的词典以自己的署名出版，但是被逮捕了。另外，关于雅甘人以自己同类为食这一点显然也不是真的。在一些情况下，他们会结束部落里年长成员的性命，这个仪式叫作塔巴卡纳，可以说是一种安乐死，或者叫无痛死亡。因为他们恶劣的生存环境，以及他们表现出的残忍和背叛，塔巴卡纳用在出生的时候可能更为恰当。

乌斯怀亚原先的传教士建筑现在已经变成了商店和房屋——跟蓬塔阿雷纳斯一样，乌斯怀亚也是一个非常繁荣的自由港。政府在这里建了很多高楼，还有一个海军航空兵基地；现在这里还是一个重要的罪犯流放地。乌斯怀亚有火地岛上最完好、最美丽的港口，位于绝美的奥利维亚和五兄弟峰下——村子东边的五座高峰。海峡对面的纳瓦林岛渐渐模糊，西边奥斯特岛的安第斯山脉上的白雪也渐渐隐入夜色。不过乌斯怀亚最引人注目的是它的地理位置：如果蓬塔阿雷纳斯是世界上最南边的城市，比蓬塔阿雷纳斯离南极还要近一百英里的乌斯怀亚就是世界上最南边的宜居地。（智利人居住的地方是威廉斯港，就在海峡对面的纳瓦林岛上，或许这里将代替乌斯怀亚成为地球上有人类活动的最南端。）乌斯怀亚南方五十英里远的地方就是合恩角。

世界上很难找到第二个合恩角，或者说甚至没人能够看到合恩角的样子，除了捕鲸队、偶尔飞到南极的飞机，或者追杀最后一只海獭的猎人。这里的大海和风叫作“咆哮四十度”（南纬四十度到六十度的地区），永远不可捉摸；加上与风向相搏的洋流，使得合恩角成为地球上最不宜居的地区之一。“地狱的味道”，一位老水手如是说。我在乌斯怀亚的时候没有找到可以乘坐的船，突如其来的大风也会让乘坐小飞机的旅行变得异常凶险，但是说到底还是因为智利在东部一系列岛屿的国界划分上与阿根廷有龃龉，所以导致边境问题比较复杂。总而言之，我在乌斯怀亚没能找到能带我出海、满足我小小好奇心的船只。

潜意识里想到最南边的我，沿着一个类似长廊的地方散步，经过石滩，走到了海港。海鸭子、鸬鹚、冬珩鸟蹁跹而来，翩跹而去。在众多海鸥中，我发现了一个以前没看到过的种类：小小的灰色头部，殷红的喙，是我见过的最漂亮的海鸥。面对巍峨的高山，看着港口悠闲而笨拙的信天翁，一只水鸟突然从海中飞了出来，又是一个新的品种。它周身灰色，是一只体型庞大的管鼻鹱。以后回想起乌斯怀亚的时候，这只严峻的大鸟一定会浮现在我的脑海中。

第二天，我重新向北出发，这次的旅伴是一对姓梅诺的夫妇。我们是在总督和厄内斯托·坎普斯船长的介绍下认识的。天气逐渐晴朗，这次北上的山地旅程与两天前的夜行有相当大的不同。坎普斯船长的孩子与我们同行，我们的行程非常悠闲，在法格纳诺湖旁用了午餐。梅诺先生和坎普斯家的孩子们拿出了点二二步枪。但是我们没有射击活物，而是拿了几个罐头当靶子。途中我们还经过了哈珀河，我突然意识到第一次踏足这块大陆的人竟然给这个地方起了那么多不堪的名字。[①]。除了饥饿河，我能想起来的还有饥饿港、悲惨山、愤怒岛、无用湾、绝望湾、欺骗角和荒芜岛。但是在这个晴朗无风的夏日，实在没有什么可抱怨的地方：我们走走停停，掬一捧清澈的湖水或者溪水来喝，或者采点野蘑菇和莓果吃。这里酷似阿拉斯加的青苔沼泽，那里茂密的云杉也与这里的景象相似，一些植群让我也想起了蒙大拿州。然而这些地方竟然没有人烟。法格纳诺湖畔周围是皑皑雪山，湖中游满了鱼儿，在这美好的仲夏日，如此美丽的地方竟然人迹罕至，着实不可思议。

通往怀蒙特的公路大致与铁路平行，最初由奥纳人在卢卡斯·布里奇斯的带领下修建。1899 年，卢卡斯·布里奇斯成为第一个从南海岸旅行到格兰德河的白人。和他父亲托马斯·布里奇斯与雅甘人一起生活的经历一样，卢卡斯也与奥纳人有着特殊的缘分。从人类学的角度来说，这些流淌着牧民血液的奥纳人并不是原生的火地岛人，跟潘帕族有着千丝万缕的联系，

① 哈珀河原文为 Río Hambre，意思是“饥饿的河”。

尤其是在巴塔哥尼亚生活的高大的特维尔切人。和矮小的、近乎赤身露体的雅甘人和阿拉卡卢夫人不同，奥纳人身材高大，体型优美，穿的是骆马皮做的袍子，戴骆马头部柔软的灰色毛皮做的尖帽。他们是技艺高超的猎人和伐木工，随身带着巨大的弓和精美的箭，而且他们的习俗有印第安人可贵的美德。但是，跟雅甘人一样（这点与北美印第安人不同），他们身上有不可逆转的不堪的基因，即使布里奇斯对他们足够宽容，也不能对他们的缺点置之不理。早期，奥纳人仍然对布里奇斯的人身安全造成威胁，他一直清醒地认识到，就算是跟他关系最好的奥纳朋友，也会毫不犹豫地杀掉他。和北美的印第安部落一样，他们杀人如砍瓜切菜，无利可图，而且奥纳人（北方平原上的居民、山民和东南部的阿什人）没有团结的精神，没有团结一致地抵抗白人。他们中的很多人被杀害，还有的被关进监狱或者被流放到离智利群岛很远的地方，死在那儿，还有人死于不断爆发的瘟疫。最后留下来的是在怀蒙特建设大牧场的人。

今天的怀蒙特跟 1907 年主屋落成时十分相似，卢卡斯的妹妹柏莎，现在的雷蒙德夫人，仍会去小住。房子非常漂亮，可以眺望一大片雪松林，雪松林的另一边就是大海。我很高兴能在返回格兰德河的时候在那里度过美好的几天。每天早上，我都骑着马到山毛榉丛中和草原上漫步。草原上有一个很大但并不深的湖，周围有许多坎昆鸟、棕色的针尾鸭和白尾鹬。一小队凶猛的野马信步而过，甩着高高的尾巴，走过开阔的山脊。这里随处可见的是沉默阴鸷的屌鹰：“它们吃腐肉的习性跟秃鹫没有什么不同，”达尔文写道，“尤其当有人在巴塔哥尼亚的荒原上睡着又醒来之后，会发现这些家伙围绕着你蹲在一个个小土包上，其中一只屁鹰眯着一只邪恶的眼睛看着你。它们是这一带的特色，所有到过这里的人都可以认出它们来。”兔子在这里也很常见，它们自从被放任在草原上之后就开始泛滥。有天下午，我帮布里奇斯做了一项可悲的工作，就是把感染过黏液瘤病[①]的兔子放到草原上。我们把这些可怜的小家伙放到草原上，它们便像子弹一样向四面八方奔散，冲到山毛榉下，再去传染它们的宿主。一直虎视眈眈的屁鹰，似乎对没有预知到的死亡抱有热切的盼望。它们有的在我们头上不停地盘旋，有的则伸着长长的脖子从树枝上冲下来。

在怀蒙特的一天下午，我沿着大西洋蔚为壮观的海岸散步了将近一英里，那时候刚退潮，裸露出大陆架。坚硬的泥质海滩上点缀着很多鹅卵石，每一个都被海浪冲刷出不同的形状。有些是圆的，像石轮或者圆柱，边缘有被海水冲刷的痕迹，有些是椭圆的，上面有道道深痕，像散落在海滩上的柱子。这片残破无比的巨大废墟像是曾有巨人居住过。沙滩上生长着各种海藻，有绿色的、红色的、棕色的，包括潜伏在阴影里的巨型昆布，它的“根”紧紧地蟠在地上。这是世界上最大的植物，近两百码长，叶子形似百合花，可以从深至一百英寻的海底探到水面上。

---

① 黏液瘤病，兔群中一种致死的传染病，此举意在控制兔子数量。

光滑的海藻叶上攀着一只小小的、颜色血红的蛤蜊；还有一只白色的蛤蜊、一只蓝色的蜗牛、一只有薄荷叶条纹的蜗牛、两只不同种类的蚌、一只条纹骨螺，以及一只非常光滑的单壳软体动物，体型十分大，是当地人的美味之一。潮汐形成的小水洼里没有看到螃蟹，但是有一些岩鱼和鲶鱼——我不能在礁石上待太久，因为随时可能有迅疾的潮水袭来，所以我没有看得太仔细。海葵在这里应当随处可见，但是我没看到。鸬鹚和南极鸭随着潮汐起起伏伏，不过让我印象最深的是海岸边的蛎鹬，无论从数量上还是从声音上都让我叹为观止。这些鸟会发出一种可爱的、充满渴望的叫声；我试图记住那种叫声，以及它如何伴随着海浪升起和落下，淹没在遥远的海浪声中。

招待我的主人和他的父亲以及叔叔都出生在火地岛的乌斯怀亚——他和蔼可亲的夫人贝茜是个美国人。不过他们从来不在这里过冬，而是去布宜诺斯艾利斯。他们对火地岛都有一种深沉的忠诚，坚持维护这里的声誉。奥利弗·布里奇斯说火地岛的风虽然永无休止，但是受到海边植物的阻挡，已经比巴塔哥尼亚上的风小多了。雨在山区下得凶猛，尤其南边的岛屿，但是怀蒙特和草原上的雨就温柔多了。这里的冬天虽然冷，但是风很小，咸咸的空气能融化冰雪。所以，奥利弗·布里奇斯认为火地岛其实比人们从古老记载中看到的更宜居。

就我个人而言，我偏爱荒凉的地方。我在这里的时候，天气还算不错，而且风断断续续，所以他的观点我可以理解。即使在恶劣的天气中，火地岛仍然是一个生机勃勃、美妙绝伦的岛屿，相对于巴塔哥尼亚靠近温带地区的部分要美丽得多。曾经栖息在这里的奥纳人对这里有着发自本性的热爱，有很多例子可以证明，比如他们离开这里后会迅速死亡。卢卡斯·布里奇斯曾经有这样一段动人的描述：

> 穿过茂密山林，来到绵延四十英里的卡米湖——现在叫作法格纳诺湖——塔里米特和我长久沉默地凝视着动人心魄的日落。我知道他在寻找远到几乎看不到任何痕迹的篝火，寻找他的朋友或敌人。过了一会儿，他放松警惕，挨着我躺了下来，似乎忘记了我的存在。夜晚的阵阵寒意袭来，我正准备跟他说离开这里的时候，他发出了一声长长的叹息，用奥纳人最温柔的语气自言自语道：
>
> “Yakharuin”(“我的土地”)。

飞机没有经过海岸，而是从格兰德河向北飞行：西边是平坦的无树草原和宽阔苍白的湖。三百英里外的东部是福克兰群岛，阿根廷仍然为此争执不下，称其为马尔维纳斯群岛。我们穿越了圣塞巴斯蒂安海湾和海岬长长的沙嘴，向北穿越麦哲伦海峡。

今天的麦哲伦海峡在阳光下是明亮的碧蓝色，像一条彩色的宽阔公路，夹在干燥、贫瘠、高旷的巴塔哥尼亚海岸间。向下看是弗吉尼岬角，矗立在大西洋的入海口，岬角如同一个钩子，里面可能有世界上最辽阔的海滩。

这里的海岸除了砾石一无所有，没有公路。从这里到科罗拉多河的一片土地上都是圆圆的石头，有些地方的斑岩厚达五十英尺。在圣塔科鲁兹河旁，这种石头据说到处都是，一直到科迪勒拉山脉。其间有一些小河，河岸稀稀拉拉地生长着一些植被，河岸后面散落着干枯的池塘，只有一个尚未干涸。更远的地方有动物的痕迹，如同蜘蛛腿一样向四面八方延伸。羊群（如果痕迹是它们留下的）没有出现在视野中，不过有羊群就说明有人类活动。现在，再向下看就是绿色的波光粼粼的格拉戈河，河岸的远处是攀向巴塔哥尼亚北部荒原的峭壁。

巴塔哥尼亚东部的沙漠像是被魔鬼烧焦的地方。硫化的池塘边缘是一圈坚硬的盐，不断加剧的只有荒凉。今天刮着风，天空是破碎的，有阳光的地方，黑色土地上的池塘时不时露出邪恶光芒。云在这里不像云，而是地下的火焰。更远的东边，宝石蓝色的格兰德湾闪闪发光，盐化的沙漠和沙子形成了鲜明的对比。海岸后，里奥奇科河和圣塔克鲁斯河交汇处以南是一片荒原，荒原上沟壑纵横，尽是峡谷和破碎的山峰。但是逐渐向北，土地变成了冰冷的沙漠高原，西边则是高高的山脉。无数的云掠过这片大地，投下了黑色的暗影。圣胡安港已经被人遗弃，蜷缩在废弃的海岸，一瞬间就消失得无影无踪。接下来海拔上升，一系列奇怪和干燥的池塘散落在高原上，就像酸灼烧大地留下的片片痕迹。

现在飞过的是里瓦达维亚海军准将城，然后飞机又一次向海面上飞去——圣乔治湾。大海一片漆黑，在风云之下波涛汹涌。过了一段时间，我们又飞到内陆，飞过数千英里下的荒原……丘布特河和东边的努埃沃湾。我们再次飞到大海上，飞过层层云雾和峭壁。

在圣马提亚斯海湾上方滑翔的时候，飞机在不停变化的土地上投下一片小小的阴影。沿着海岸是矮小茂盛的灌木丛，北边的尼格罗河附近则出现了人类活动的痕迹。这个地方的改善显而易见，不过达尔文是这样描述的："靠近河口的土地尤其恶劣……水源极其稀少，就算发现了水，也都咸涩不堪。植被更是稀疏；即使有很多种灌木，也都浑身长满了刺，像是在警告陌生人不要踏入这片不友好的领土。"无论如何，从这里到科罗拉多，灌溉的现象越来越明显，河岸还有几棵树和孤零零的灌木丛。这里是潘帕斯草原的边缘，是游牧印第安人的领土，包括巴塔哥尼亚的特维尔切人和后来的阿劳卡尼亚人。阿劳卡尼亚人本来只是智利一个有固定居所的部落，由于马的引进，他们变成了草原上凶狠的猎人，在巴塔哥尼亚和潘帕斯草原上肆意驰骋，让殖民者闻风丧胆。（殖民者当然也对此事作出了合理的回应。达尔文说所有超过二十岁的印第安女人都要被立即杀害，并且惊叹道："为什么能做出来这样的事？他们生下来就是这样！"）特维尔切人现在消失了，但是阿劳卡尼亚人跟北美的阿帕切人一样，从来没有被征服过，现在智利的湖区还保留着一定权利和特权。

飞机缓缓地降落在一座泥岛上，像布兰卡港的三角洲。一望无际的潘帕斯草原向四周延伸，举目皆是广阔的牧场，在高温下闪闪发亮，牧场上有孤零零的蓄水池和风车泵。远处的小房子坐落在桉树丛中，像一个个城堡，还有缓慢流淌的、宽阔的河。草原这时候不再多彩——系着领巾和围裙的高乔人已经成为过去，鸵鸟和其他生物也随他们而去了。这是一片文明化的土地，从布兰卡港一直到普拉特河。

第五章
马托格罗索

在广袤的自然中，最痛恨未知的就是绘图师，而在所有地图中最令人发指的未知，除了七大洋之外，就是澳大利亚、西伯利亚以及巴西联邦共和共的领土。一幅上乘的巴西地图应当把巴西所有显而易见的重要的地理位置都标注出来——具有相同地理重要性的地方，比如巴尔的摩和贝鲁特。当然，即使是巴西最出名的城市（玛瑙斯、库亚巴、戈亚尼亚，以及刚刚成为新首都的巴西利亚），如果不是因为人口众多，也是因为城市规模的庞大而具有重要意义，如同康涅狄格州的格林威治，人口数量不是最重要的。[①] 而且仅巴西一个国家的版图就足够广阔，所以巴西的领土也可称作是南美的内陆。

巴西有四个内陆大州，或者如果算上北边和西边的州，就是五个。米纳斯吉拉斯州得名于“遍地矿藏”，拥有广袤的牧场、丰富的矿藏和宝石资源，坐落在两个面积狭小、人口众多的大西洋沿岸两个州的后方。在四个问题迭出的州中（巴西中

① 康涅狄格州的格林威治小镇是美国亿万富豪最集中的地区。

部的帕拉州和戈亚斯州，西边的亚马孙州和马托格罗索州），只有西南方的戈亚斯州可以说较为稳定，虽然这也是近三年才有的事：新的村庄遍地生产，旧的村庄升级为城镇，因为政府决定将国家首都从里约热内卢迁移到戈亚斯贫瘠的高原上。巴西利亚仍然在建设当中，三年前还是空空如也。建设的原因显而易见，很少有人涉足此地——没有优越的地理位置，没有景色。

离巴西利亚最近的城市是戈亚尼亚，两地相距一百千米，连接两地的公路也是新修的，是巴西利亚至贝伦的高速公路的第一段。这条公路穿越一千六百英里的丛林，连接亚马孙河的入海口。（戈亚尼亚在巴西利亚的西南，贝伦却在北边；为什么这条公路在连接巴西利亚和戈亚尼亚之后要拐一个像鱼钩一样的大弯再重新向北，是每一个来到南美的人一定不会问的问题，因为恐怕会被截然不同的答案给弄糊涂。）它从起点开始就有无数的广告牌，第一个就是梅赛德斯奔驰，它们会挡住人们望向这个新城市的视线。接着，它会途经贫瘠的、沟壑纵横的高原。高原上的植被分布不均匀，生长着灌木和稀树，看起来了无生气。这里也没有鸟类或者其他生物，只有少数的红隼和兀鹰在低矮的树顶盘桓。等到远离巴西利亚之后，最让人震撼的景观应该就是不计其数的巨大蚁穴，它们像是红色的不规则圆锥，有些大如油桶。有的矮树上也紧紧攀附着蚁穴；有些树枝被果实压弯了腰。

公路的海拔逐渐下降，快到阿纳波利斯的时候，海拔又急剧上升。斜坡上有许多高地棕榈，蔚为壮观，风铃木开着黄色花朵，还有一种名叫盾籽木的木材树种和蓝花楹木。公路两旁和山谷是一片郁郁葱葱的绿色，垂着耳朵的婆罗门牛在灌木丛中闲逛。接着，在一个山谷中，出现一种烧制而成的屋顶：屋顶上的瓦片由随处可见的红褐色黏土做成，使得南美有许多一片红色的小镇，阿纳波利斯也不例外。

路过阿纳波利斯一小时后就到了戈亚斯州的首府：戈亚尼亚。戈亚斯仍然是巴西的边境大州，戈亚尼亚市中心的广场上有一尊"先驱"的雕像。在相距一百千米的圣利奥波迪纳，乡村公路一直向西北延伸，到达阿拉瓜亚的河岸，再向北就是马托格罗索的北部，这里荒无人烟。

在距离戈亚尼亚东部几小时车程的小村庄奥利桑那，住着新部落教会的克莱顿·坦普尔顿，他也是我在"瓦尼莫"号上认识的。第二天早上，我五点钟就坐上了去奥利桑那的汽车——只有每天早上五点有车。天蒙蒙亮，我们就冲下了满是尘土的公路。在黑银色的天空下，那些我从未见过的树木光秃秃地、突兀地站着。时不时有一棵高大孤独的棕榈树在空中摇摆：在这样的清晨，这种树是我能想象到的最孤独的树了。

到了白天，一切都是那么苍白无趣。公路迤逦穿过沉闷的村庄和毛茸茸的牛群。我们经过许多孤零零的小房子，还有一群奶牛和坐在羊皮牛鞍上的牛仔。他们戴着墨西哥毛毡宽边帽，目光阴沉，穿着短靴和家纺的衣服，蓄着稀疏的、脏脏的胡须，俨然一副土匪的样子，就是少了挂在胸前的弹药袋和脸上恶毒的微笑。我们偶尔穿过一些村庄，司机就会疯狂地按喇叭，但是路上的鸡和年迈的矮脚狗都面无表情，连看都懒得看汽车一眼。南美的行人，不管是人类还是动物，似乎都比司机老练。因为车辆在南美依然是少见的东西，所以司机觉得自己是高高在上的阶层，非常希望别人注意到自己，不管这会对造成多大的生命危险。

从戈亚尼亚出发后，经过四小时的颠簸，汽车停在了维纳波利斯。在这里准备换乘的时候，我遇到了坦普尔顿，他也在这里换乘，不过与我的方向相反。我只好跟他一起返回戈亚尼亚，从那里坐夜班车去阿纳波利斯，第二天晚上再回到奥利桑那。

换了同伴之后，我跟他讲了我在巴西利亚跟一个人发生的激烈辩论，克莱顿问我有没有随身带一把左轮手枪。"如果没有，"他说，"你可能是在乡村除了穷人、老人和克莱顿·坦普尔顿之外唯一不带枪的人。"他接着说，生活在戈亚斯州的这十年里，他从未目睹或听说过一场肉搏：所有的争执，即使是最小的，都是用刀子或者手枪解决的，两者都用的也不算罕见。克莱顿建议我在内陆地区随身带一把，一开始我以为他由于自己的坎坷经历（作为狂热、未开化的天主教区域的清教传教士，克莱顿不止一次受到生命威胁；就在两个星期前，他在大街上被三个男人拦下来，他们用匕首在他肚子上划了三个红色的印记）对我夸大其词，后来很快发现他说的是实话。

在戈亚斯州，如果让别人看到或者意识到你带了武器，你马上会被抓起来，但是如果把武器藏起来，就会被默认为没有攻击性。同理，如果一个巴西人做了一件伤害别人的事，不管他是不是有意的，只要他马上逃离犯罪现场就没事，而如果他站在原地投降，就会被认为是公开挑衅，可能会被无限期拘留或等待审判。另一方面，如果他过了二十四小时再自首，他在审判前都可以获得人身自由。这种制度以及禁止暴露武器的法律，对于巴西内陆的人来说很符合逻辑。每一个人都在衬衫下藏着一把长刀，如果可以的话还会放一把左轮手枪。后坐力小的洋枪在这里需求巨大。最受欢迎的是史密斯威森的点三二，或称“史密奇”(“史密奇”在当地有上乘质量的寓意，有时候也当作一个形容词来使用：一个东西是不是“史密奇”)。这里的法律比较宽容的一点是，人们可以对敌人毫不犹豫地使用刀子或者手枪，尤其在当地自酿酒的影响下，这是一种叫作品加的甘蔗酒（在美国的西班牙语区叫作卡莎萨）。听着克莱顿的这些话，我回想起三个月前在贝伦认识的一个人，他在巴西的内陆地区旅行了很久。“巴西人都很不错，”他说，“大部分时候。但是一旦他们喝了品加酒，快他妈躲远点——他们身上都有刀。”

杀人犯在这里很常见，而且通常不受惩罚，除非受害者拿起法律武器来保护自己，否则，在牢狱里度过几个星期的冷静期后，杀人犯就又被放出来了。如果罪犯家里有点钱的话，他还能在被捕当天回家吃个晚饭；如果他家有很多钱的话，他可能根本就不会被逮捕——当然，假设他不是个吝啬鬼。福西特上校曾经提到过这里的法治现象，如今和他那时候相比没有太大变化。（我不是针对巴西。金钱在整个南美都扮演着重要的角色，程度严重到连一个习惯了重大贪污和受贿新闻的美国人都叹为观止。不管有没有教堂，受到惩罚的永远都是农民。）克莱顿所知唯一受到当地民众惩罚的杀人犯，是第二天晚上我们在阿纳波利斯车站遇到的一个女人的丈夫。这个家伙已经杀了十八个人，在当地小镇委员会的决定下，在树林里被处决了。两个星期前，在靠近奥利桑那的地方，一个男人杀死了杀害他孩子的凶手，被临时关押。克莱顿见过那个男人的尸体，他身上除了四处枪伤外还有十五处刀伤。为克莱顿工作过的一个姑娘现在还躺在阿纳波利斯的医院里，身上也有四处枪伤，是她的丈夫造成的。但是从我个人角度出发，最让我震惊的是一个戈亚尼亚记者的故事。他报道了当地电力系统的一个官员，在电力紧缺的情况下，在他的豪宅里大加照明，因为需要他的牙医给他看牙齿。尽管那篇报道所言不虚，但那个官员仍然觉得记者是在挑衅。于是，记者很快在一个咖啡厅被逮捕，然后被拖到街上枪毙。没有人喜欢被控诉，记者供职的报纸也不认为那条报道具有新闻意义。在这里，人们崇尚美国的荒野西部（我听过专门的形容词“大西部”，意思是“货真价实的西部”，我猜村子里那些戴着宽边帽、一身土匪气的年轻人都想当大西部火枪手），只要有权力，就是法律的化身，警察成了云淡风轻的哲学家。要不是用枪或许会破坏他传播福音的初衷，连克莱顿这样温和的人也会带一把。无论如何，他都希望在自己家里放一把枪。

坦普尔顿一家有四个孩子——第五个正在美国读书。他们住在以前是商店的房子里，其中一个房间用作简单的小教堂。

他们家从某种程度上来说是被包围着的，因为其他宗教信仰的人不断威胁要摧毁他们的小家。他们威胁要破坏屋顶，因为上面两只喇叭会在某些时间段，向天主教村民播放音乐和浸信会的信条；而村民的屋顶是用瓦片和茅草做的，无法阻隔福音。这一轻微的侵权（差点忘了这里的人没有权利可言）也许和异教的信仰一样烦人。但是，很显然，他们并不讨厌音乐，比如“Brilhando，brilhando……”（“阳光，阳光，耶稣希望我像阳光一样……”）这样的歌曲。因为坦普尔顿一家的善良，两年间，尽管有着社会和其他宗教人士的巨大压力，奥利桑那还是有四十八个人入了教会。最初三个月，听克莱顿布道的只有他的家人，后来有一个孤独的妓女也来听他布道（克莱顿说，那是个美丽的女人），但是他不清楚她过来听课的原因，因为一个月后她就自杀了。这样的开始会让大多数人泄气，但是克莱顿坚持下来了，然后人们就一个接一个地来了。一开始，每当克莱顿开始念新教《圣经》，人们就会逃走，而且当地的神父吓唬孩子们一定要绕着坦普尔顿家的房子走，因为那里住着的魔鬼会抓走他们的灵魂，但是这些困难都被克莱顿一一克服了。当我跟克莱顿一起在村子里散步的时候，能看出大部分人都很喜欢他，即使他们对他的身份依然怀有警惕心。

奥利桑那的民居是典型的红土砖房，村子里满是无精打采的狗、骨瘦如柴的鸡、满地打滚的猪和虎视眈眈的秃鹫。这些动物跟人类一起在烈日下辛苦过活，这里的人虽然懒惰，但也不至于一事无成，虽然没有雄心壮志，但也不是毫无希望——

他们只是逆来顺受。这种状况很难改变，一切都以表面价值来衡量。十二头庞大的公牛刺耳地闯到镇上（“刺耳”指的不是它们狂奔的声音，而是木头车轴撞击车床的噪声——人们觉得这种能使头发倒立的噪声可以让狂躁的公牛安静下来），身后拉着一辆极小的装满木头的车。那些家里没有十二头牛的人都被吓呆了，等到下一个周六，他们依然会被吓呆。几个世纪以来，这些人都安于现状，逼仄的房子里，百叶窗总是向内打开，因此当他们打开百叶窗采光的时候，会让房子更加拥挤，下雨的时候，室内也会有雨水。坦普尔顿曾经想改善这样的建筑缺点，但是遭到了最强烈的反对。后来有个人终于尝试了向外打开的百叶窗，并且因此而兴高采烈，还准备把自己家的门也像这样改造。

有一天下午，克莱顿的儿子范斯带我到村外散步，一个叫哈利·克罗夫特的传教士加入了我们。克罗夫特曾经在托坎廷斯河附近跟印第安人一起工作，但是由于自己患上了慢性痢疾就离开了。他是一个安静的、有礼貌的男子，仍然年轻，却有一种糟糕的挫败感。他的头总是低垂着，偶尔探来迷茫、怀疑的目光，好像时时刻刻都在提防有人会害他。他用一种热切、奇怪甚至贪婪的目光盯着一个酩酊大醉的村民，那个人满脸胡须，戴着松松垮垮的帽子，突然从路旁的灌木丛中冲了出来，死命地对一头流着血的阉牛又拽又踢。那头牛的鼻子已经被打穿，鲜血直流，一直不肯向前走。后来那个人从腰间的绿色枪套里拔出一把枪，干净利落地打穿了那头牛的脑袋。过了一会儿，这头牛就被屠夫大卸八块了，尸首摊在路边的野草中，关节和内脏引来了苍蝇、蚂蚁和一群恶犬。

我们接着向前走，来到一条沟壑纵横的路上，就像红土中的一条深沟。路的两旁都是被侵蚀的深深的峡谷，山谷中长着高大的植物，生气蓬勃，就像巨大的芦笋。峡谷的边缘有许多洞穴，里面住着小鹦鹉。我们走近去看，鹦鹉就蹒跚着走出来，飞到深山中去了。走到路最高的尽头，我们可以俯视奥利桑那，它蜷缩在高高的香蕉树下面。环绕着奥利桑那的是一望无际的、绿色的戈亚斯州。

有天晚饭过后，我们在村子里散步，跟农场工人和他的妻子聊天。屋里点着煤油灯，他们一家人并排坐在木屋的门槛上，像一排鸟一样静止而整齐，光着脚踩在清洗得干干净净的地上。他们讲话很害羞，时不时做一些温柔而又模糊的手势。女人看起来岁数比她男人大一倍，这是一个普遍现象。她们的丈夫一天只挣四十分，所以一家人能够吃到的粮食很少，大部分还得让给男人以保持他们的力气。这里的很多女人都有甲状腺肿，明显是因为饮食中缺少碘。只有妓女才可以吃得不错，即便在这个小村庄里，妓女也非常多。贫穷和女性数量过多限制了当地女性对自己工作的选择。

第二天，我们去了另一户人家，一个老婆婆正在梳棉，然后把棉纺成线，这个过程令人的神经无比放松，有种无穷无尽的吸引力。这里有种简单的优雅，孩子们漫无目的地站在门口，年轻的姑娘在给她的孩子哺乳，角落里的老人叠着手放在腿上——他们从来没去过其他地方，未来也不打算去。唯一让他们不够优雅的就是悲伤的时候，或许悲伤本来就无优雅可言。村民挤在一起，呆呆地瞪着粉色棺材里的死婴，它灰紫色的小手指紧紧地蜷缩在一起，还是祈祷的姿势，周围摆满了野花。大家可能已经看过一百次婴儿的尸身了，以后还会看到一百次（今天一下就有两个），还是会挤过来呆呆地瞪着尸体。很难理解一个从未活过的生命是如何逝去的——我带着某种敬畏，悲恸而且不甘，不甘和这一景象本身无关。出于某种原因，我把这个死婴和我之前在村子里看到的男孩联系到了一起。那是在坦普尔顿的《圣经》课上，他穿着旧睡衣裁成的条纹短裤，为了不长寄生虫，头发剃得精光，他的哥哥在他旁边唱诗，一只手放在他的脑袋上。他们正在唱一首关于上帝和火车的歌，中间还有嘟嘟的和声，光头男孩积极地合唱，脑袋几乎要从他哥哥的胳膊下窜出来，但是他的声音总是有一两秒的落后，显得十分伤感。可能我当时的心情有些脆弱，但无论哪种情况下他都让我心碎。每当他唱“嘟嘟”的时候，他那张尖尖的小脸上的大眼睛都会滴溜溜地转，活像一只紧张的鼬鼠，有一次他看到我对着他微笑。我这辈子从没见过那样的笑容——那是一种狂喜。他只知道我喜欢他，仅此而已，从他的反应可以看出他已经很满足。他对于这种喜欢的需求让我难过，让我忍不住把他和那个死婴联系到一起，好像他们都难逃同样的命运。这是令人困惑的一天，我为自己的灵魂和平安祈祷，希望上帝保佑我在奥利桑那的时光——我不断想到阿尔贝·加缪，心中充满了悲悯，也得不出一个结论。

第二部分

第六章
河流之外

泥泞的街道、茅草屋顶、混乱的河滨，以及赤着脚、戴着鼻环、穿着艳丽衣裳的希皮博人，让秘鲁的滨河小镇普卡尔帕既多彩又古怪。绵延数千平方英里的荒原中，普卡尔帕是唯一的贸易地点，聚集了各种各样的货船和小舟，就像一窝苍蝇盘旋在棕色的乌卡亚利河上，把宽阔的河道堵得水泄不通。河对面就是广阔的亚马孙丛林，它安静地蒸腾着水汽，绵延两百五十英里直至大西洋。

普卡尔帕的文化中心是梅赛德斯大酒店的酒吧，从凌晨到半夜都供应咖啡、烈酒和加索斯[①]或软饮料。从门口和窗户望去，外面是一条橘黄色的泥泞大街，猪猡和秃鹫在那里觅食。1960年1月，我在这里认识了瓦格里。他皮肤黝黑，蓄着胡子，是典型的白人和南美人混血。是他第一次跟我讲了玛布雅河边巨大的下颌骨化石。地图上没有玛布雅河，但是可以在地图上看出是因纽亚河的支流，因纽亚河又是乌鲁班巴河的支流。乌

---

① 南美洲的一种饮料。

某些方面来说我可以零距离接触丛林，这对于我而言才是重要的。

不管下颌骨化石是否真的存在，丛林里鲜少发现巨大化石的事实以及我本人知识的匮乏，都让我难以相信这一论点的真实性。与此相似的还有所谓遗迹的传说，被西班牙人打败的印加人撤退到乌鲁班巴山谷，来到马丘比丘，甚至更远的地方：比卡遗址。马丘比丘和比卡遗址之间至少有两百英里，不管怎么说，目前为止安第斯山脉以东的地区，比卡遗址是海拔最低的了。

在利马，我联系了秘鲁的权威考古学家拉斐尔·拉科·海耶尔先生，他也是秘鲁最好的前印加闻名艺术品收藏馆的馆长和所有人。海耶尔先生向我确认，该地未曾发现过任何遗迹，在他看来，以后也不会有。他强烈提醒我，不要相信任何传言，他自己得出了一个结论：任何诚实的人，只要在丛林里待上一个星期，就会变得狂热，以至于变成骗子。这是一个充满善意的言论，而且对于狂热的丛林探险者来说是一个很好的借口。我自己是否感染了这种狂热还有待观察。

与此同时，一个名叫安卓斯·博拉斯·加瑟拉斯的丛林老兵也听说了比卡一带的遗址，1944 年他曾在乌卡亚利工作过。他原本要去比卡探险，然而在出发前，准备带领他前往的船夫被马奇根加人杀死了。

安卓斯·博拉斯是我在利马的朋友阿尔弗雷德·博拉斯的弟弟，阿尔弗雷德对这次旅行抱有很大的兴趣，也给予了很多帮助。事实上，安卓斯决定跟我一起旅行，这让我喜出望外，因为他具备我缺乏的经验，也是一个非常随和的人。冬天我去火地岛和马托格罗索的时候，他和阿尔弗雷德做了详细的探险计划。三月底，我回到利马，四月初和安卓斯一起启程去往库斯科。在群山中，我们的丛林旅程开始了。

我深切地希望有另一个词能够替代“探险”，因为我很少把这个词用在自己的旅行上：戴着遮阳帽，身边跟着瘦弱的白人猎人、神秘的印第安向导和不愿再往前的迷信脚夫，“组织”一场世界闻名的丛林探险。更甚的是，探险由富豪、博物馆和基金会资助——抑或探险家（在这种情况下就是作者）只身或几乎只身上路，随身携带的东西少得可怜，书上的丛林老手都告诉他毫无生还的机会。因为我不是探险家，我不仅想活着回家，而且要健健康康地回家，所以以上的情形都不适用于我这次旅行。

4月8日　库斯科

我们的旅程大概是这样的：从库斯科沿着乌鲁班巴（在上游地区被称为比尔卡诺塔）到马丘比丘，再到基亚班巴。过了基亚班巴就没有公共交通了，但是显然有一条路通到雅塔纳里河的河口。从这里开始，乌鲁班巴河变得易于航行了，我们和塞萨尔·克鲁兹以及他的三个同伴会合，他们会撑一条小船和一条独木舟。我们从乌鲁班巴出发后，路过著名的湍流——梅尼克的蓬戈，最后沿皮查河向西寻找遗址。然后我们返回乌鲁班巴，去阿塔拉亚定居点。在那里，我们带上瓦格里，一起向东去找传说中的下颌骨化石，再回到乌鲁班巴和阿塔拉亚，接下来去乌卡亚利和普卡尔帕。不管能不能找到化石或遗址，我们都将在热带雨林的河流上航行近一千英里。

就像我说的，这只是个简略的行程，详细的计划要和克鲁兹本人讨论过才能定下来。我们和他最后的联系是他从阿塔拉亚发往利马的电报，电报花了四天才到（在美国，电报都是即时的，但是在南美洲，这违反了习俗，这里的低效也是一门受人尊敬的艺术），而且没有提及安卓斯在一个星期前发给他的电报中提到的问题和建议。也就是说，克鲁兹没有收到安卓斯的电报——或者说这提醒了我们过于相信克鲁兹是具有毁灭性的。克鲁兹在电报中说他 4 月 10 日跟我们在河口会合，那样他到乌鲁班巴的时间就非常紧张了，以至于我怀疑他说的是不是靠近阿塔拉亚的坦博乌鲁班巴的河口。但是安卓斯两个星期前在普卡尔帕时已经跟克鲁兹的妻子（克鲁兹本人不在）确认过，“河口”是靠近基亚班巴的那一个，而且他觉得当时的沟通不存在任何误解。

不管怎么说，我和安卓斯会在后天到达河口。至于克鲁兹，只好听天由命了。

由于我们和克鲁兹联系不畅，不知道他的装备情况，所以在库斯科的三天，我们一直在采买装备：蛇药、治疗瘴气的药、肉酱（给猴子的，以及其他可疑的粮食）、弯刀，等等。好在安卓斯带了大部分日常必需品，包括三角帐篷、猎刀、防水包、一把点四四温彻斯特卡宾枪和一只无线收音机。另外，他还借了我一把点三八左轮手枪，因为你永远也不知道从林里会窜出什么样的野兽来。

在库斯科，通过本杰明先生的帮助，我看了几本关于秘鲁探险的书籍，其中英国人斯特拉特福德·乔利写的《南美历险》就是他在乌鲁班巴地区的经历。1929 年，乔利先生来到乌鲁班巴，不过他不是第一个造访的英国人：上一年，六十五岁的传教士、“非常勇敢和坚韧”的伯莎·考克斯女士，在遭受当地人难以想象的刁难后，带着大量行李走进村庄。考克斯女士“向给予她磨难的人们送了几乎所有的鸡，作为回报，他们偷走了她的狗，还在河边的树林里举行了长达几个小时的庆祝会，希望可以对河上的小船接着干一票，把其他货物也拿走”。在这次旅行中，多亏了“这一带至高无上的橡胶商佩雷拉”的帮助，考克斯女士才能安然无恙。在河岸的居民中，佩雷拉的名声非常坏——他是个杀人犯，这一点就连乔利本人也十分费解。不过后来他从橡胶商那里得到消息，他想证明“即使在秘鲁不为人知的深山里，也是有好人的”。事实上，乔利和他的朋友都受到了款待。佩雷拉安排马奇根加人帮助考克斯女士和乔利先生通过了梅尼克的蓬戈——从他的记述来看是个绝美的地方，最终到达乌卡亚利他们的住所。

我看的另一本关于当地的书叫作《东去之河》，作者是美国人莱昂纳德·克拉克。我是在拉巴斯看到这本书的。克拉克先生在一个秘鲁人的陪同下，沿着安第斯河（佩雷内和更东面的坦博），来到阿塔拉亚和普卡尔帕。所以，克拉克先生的路线和我们计划的路线可以说几乎相同。（我必须承认，我希望大部分路线都有人走过。克拉克刚启程不久，他的性命就遭到了威胁，比如一条巨大的响尾蛇、一头距离他只有半英尺的美洲豹，还有威胁要把克拉克的脑袋拧下来的同伴。从这里开始，他就持续暴露在各种攻击之下：印第安人、食人鱼、鳄鱼、吸血蝙蝠和“极其狡猾的”剧毒爬行动物，最惊心动魄的是，一只“巨大的”爬行动物把它的獠牙刺到了作者的咽喉中。因为伤口就在颈静脉旁边，克拉克先生无法放血排出毒液，他冷笑着，平静地跟他的同伴说，他的生命只剩下最后四五分钟了，以前的预言似乎要变成现实。但是一个印第安人冲到丛林中，在有限的时间内采了一些植物，并且弄成了一种在科学上并不知名的药，救了作者一命和他精彩的故事，他的经历由芬克和瓦格纳尔公司出版。）即使有二十多年前考克斯女士和其他先行者的成功经历，克拉克仍然称该地区为“乌鲁班巴禁区”，称占据这里的人为野蛮人。因为一些错误的信息，他显然对这里也有一些误解，举个例子：有报道称近几年里有一个叫作佩雷拉的贸易商，因为想在蓬戈地区划一块地做产业而被马奇根加奴隶杀死了。当然，这块产业在1920年前就已经建立，而且佩雷拉现在还活得好好的。据说他是世界上最有趣的人，我跟安卓斯都非常希望可以见到他。

安卓斯曾在库斯科居住过，我之前也来过这里，所以我们没有好好欣赏这里印加文明的辉煌，或者殖民地教堂里更为质朴的纪念碑。另外，安卓斯在这里有很多亲戚，这些热情的亲戚，尤其是他的嫂子格洛丽亚·埃丝特尔·拉德龙·德·格瓦拉·利昂·德·佩拉尔塔，把我们所有的空闲时间都安排上了吃喝。不过我们还是抽空重新游玩了萨克萨瓦曼的印加堡垒，让赤裸的阳光和高山浸入整个灵魂。但是安卓斯不是很喜欢高海拔地区，高山给他一种压力；他迫不及待想深入丛林。我和他一样，也充满了期待。

4月9日　**基亚班巴**

在库斯科的最后一晚，我们与埃丝特尔·德·利昂·德·佩拉尔塔以及来自利马的朋友塞莱斯特·艾伦一起庆祝到很晚。因为必须在凌晨五点三十分起床才能赶上到马丘比丘的火车，于是我们的探险有了一个相当痛苦的开头。但是山上的日子干净清新，令人惊讶，让我们重新认识了这里，而且乌鲁班巴地区的山谷是我见过的最美丽的山谷，因此这趟旅程是最令人愉快的。

马丘比丘遗址已经被许多作家详细描述过，包括我自己（第三章），但都不甚令人满意。一个人必须看到那个地方才能真正地理解它，的确是这样。和其他所有人一样，我觉得这个地方蔚为壮观、令人难忘。马丘比丘遗址与库斯科及其周边地区相连，加上奥扬泰坦博和其他山地遗址，鲜明的普诺市与清新、鲜花满地的山谷，该遗址是南美洲的主要景点，它本身就让人有足够的理由来到南美大陆。

印加世界的这个区域，从马丘比丘东南部到的的喀喀湖、蒂亚瓦纳科和拉巴斯，都提供高效的服务，更卓越的是，这里的卫生概念强，几乎可以说是绝对的干净。若徒步旅行者离开马丘比丘，很少会朝错误的方向前行——即往北走，向基亚班巴，而不是回到库斯科，因为当他一踏上沿着山谷前进的拥挤火车，就会发现服务的巨大差异。安德烈斯和我在下午晚些时候登上了火车，向塞莱斯特·艾伦和另一位出色的美国人托伊上校挥手告别，他们曾陪同我们一起到马丘比丘。塞莱斯特，一位非常有魅力的女子，是丛林中的老手。凭借几瓶皮斯科的劲儿，我们差点说服她和我们一起走。事实上，她在马丘比丘某处找到了一瓶苏格兰威士忌，我们现在随身携带着这瓶酒。如果找到遗址，我们就在皮查河畔为她喝了这瓶酒，如果我们找到化石，就在玛布雅地区喝完。若两者都失败了，这酒总可以砸在塞萨尔·克鲁兹的头上。当轨道完全消失在山上的大农场或被称为瓦基纳的“高大丛林”时，汽车在弯道周围就看不到了。在这里，我们换成了一条泥路，不可避免地坐上了无盖货车，或叫小型巴士。我们与从车里伸出四肢的人、车上的食物以及愉快的欢呼声相伴，在柔和的暮色中向基亚班巴前行。

我们在马丘比丘上游看到的一些长尾小鹦鹉是大山的第一个迹象，但现在其他迹象也开始出现，比如开红花的气生植物凤梨，以及黑黄相间的河鹂与它们奇特的悬挂巢。这条河仍十分湍急，无法航行，河水的棕色与白色的山溪水形成了鲜明的对比，白色的山溪流在每个沟壑口注入河中。当太阳落山时，薄雾依然飘浮在山谷中，像飞船一样，山谷逐渐变宽。当货车到达基亚班巴时，夜幕已经降临。

4 月 10 日　河口

基亚班巴是孔本西翁省的首府，但它的街道都是泥泞的，而且最好的酒店和餐厅也都很肮脏。不过，酒店的公共厕所有屋顶，且餐厅的工作人员态度友好、手脚敏捷，虽然他们赤着脏脚、衣着随意。晚饭后，为了找到前往河口的车，我们在小镇周围走了很长一段路。在路灯微弱的光线下，可能没法体现出基亚班巴最好的样子。

不幸的是，我们没法看到它最好的样子了，因为早在黎明前，我们就乘坐市场卡车穿过山谷（虽然山脉仍然高耸于我们周围，但是谷底的海拔现在还不到四千英尺）。泥泞的道路，通常就是个岩脊，绕过下面陡峭的河岸。我们无法看到激流，但它在我们正下方咆哮着，令人非常不安。

司机告诉我们，美洲豹和安第斯熊是该地区常见的动物，看到其中任意一种都意味着旅程会有个吉利的开始。于是在黄色的车前灯照耀下，我一直保持警惕。没见着这两种动物，我们却闻到了强烈的臭鼬气味。一种被称为“狐狸”的同科鼬类，偷偷地穿到路边的杂草中，一点也不优雅，走得也不快。这是探险队记录的第一只动物，却不是美洲豹或熊。在马路对面，出现了一只小老鼠或鼩鼱，和第一只出现的动物就相差了几秒。

像丛林地图上的许多地方一样，河口仅标记了地理位置，没有任何类型的定居点。事实上，这条路在一个叫作克约诺的农场就到头了，比图示少了几英里（克约诺在盖丘亚语中意为“黄色的水”，有一条黄色的小溪流经农场，一直延伸到亚纳提利，与乌鲁班巴河一起形成了一个交汇口。亚纳提利也是盖丘亚语，这个名字大致意思是“黑醉河”。虽然它的河水是深灰色，但这是一个好名字，因为这条河以起伏的曲线从山上飞奔而下，在农场的人行桥下以极快的速度俯冲到棕色的乌鲁班巴河中。

到达克约诺农场的时候天刚暗，不久我们便走到了河口。这条陡峭的小路穿过一片可可树林。农场主要种植咖啡和可可树，也有玉米、木薯、茶树和古柯，古柯是盖丘亚麻醉剂和可卡因的来源。小路进入森林，再次突然延伸到河里。有一段路上，一只蓝色蝴蝶伴随着我们，在为我们做向导的盖丘亚男孩前面蹦蹦跳跳。到处都是许多不同种类的蝴蝶，飞舞着翅膀，有些身着可爱的火色。还有不可避免的排着纵队前行的蚂蚁——在马托格罗索学习到了基本的丛林知识后，我快速地穿过蚂蚁队伍。（人们也很快就学会不能随便把手放在树枝上或靠着树干，这种树枝通常会带刺，有时会有很多蚂蚁，甚至更糟。）

河口本身很美，让人想起蒙大拿州的山区河流，河里铺满了碎石，水流迅速，早晨有微风，叶子上有闪耀的水珠。但是，在黑暗厚实的山坡上也有不协调的云海，为南美洲的景观带来了神秘感和模糊感。

克鲁兹不在河口，在一个牧场工作的盖丘亚人也说没有见到他的踪影。

回到山脊上的路径很滑、很陡。虽然还很早，才九点，但这一天非常炎热。我们的向导蹦蹦跳跳地往前走着，安德烈斯和我跟着他。虽然痛苦，但我们没有停下来休息，我逐渐意识到我们沉迷于某种竞争，或者可以说是互相考验，尽管我觉得安德烈斯没有意识到这一点。这场比赛是愚蠢的，安德烈斯的年龄几乎是我的两倍，而且尽管他的身体状况远远好过我，他这样一个六十岁出头的人没必要匆匆忙忙地上这样的斜坡。安德烈斯是一名运动员，并为自己的身体状况感到自豪：他不吸烟，很少喝酒，坚持在太平洋的长波中玩冲浪板，夏威夷风格的那种。然而，人们不总是能接受别人的善意，他的坚持不懈让我有点担心。我一直领先于他，通过假装太疲劳想让他慢下来。要假装疲惫不是很难，因为我很快就筋疲力尽了。当身体状况良好时，我很少出汗，但是现在我全身散发着皮斯科酒和臭气的混合物，这甚至让汗蜂都和我保持一定的距离，并且我现在像亚马孙的巨型鲶鱼一样喘着粗气。但回到比赛：安德烈斯是一位丛林老手，像钉子般坚硬，急于指导新手。而我虽然不是一位丛林老手，也不像钉子一样坚硬，但很固执。所以我想，在我们逐渐磨合之前，我们得像狗一样，互相嗅嗅，习惯对方的味道。

实际上，在一起五天了，我们相处得很好。这是对安德烈斯的赞赏而不是对我自己的，因为我有些不可预测，高兴的时候会滔滔不绝，但其他时间又会喜怒无常。而安德烈斯，我觉得他性格开朗，虽然健谈，声音却非常温和，说话轻声细语的。事实上，他的声音温和，是你会注意到他的第一件事。他是一个“非常有同情心”的人，在西班牙语里那是“非常友好”的意思。

安德烈斯的祖父是1879年至1883年智利战争的民族英雄，也是秘鲁前总统；他的堂兄拉乌尔·波拉斯现任外交部长。安德烈斯和他的妻子都是西班牙和印加贵族的后裔，他为此感到非常自豪。虽然他与每个人相处融洽，并且觉得自己属于自谦的一类人，但他非常注重自己的背景，很快就会向那些可能不认识他的人亮明自己的身份。如果说他很温柔，他也是易怒的。有一天晚上，在库斯科的酒店里，安德烈斯被一名男子推了一下，在交流过程中他宣布了自己的身份。很明显地，另一个人觉得他自己才是冲撞的受害者，对他的身份表示漠不关心。此时安德烈斯就又巧妙地推了他一下。为了防止流血冲突，我不得不从后面抓住我的同伴并将他带走。安德烈斯身材矮小却厚实有力，他是曾经击败过一位秘鲁冠军的前拳击手，也是狂野的丛林州马德雷德迪奥斯的前任州长，喜欢在他办公室的范围内通过卸下他的左轮手枪来强调自己的观点——我现在随身携带的那把左轮手枪。

克鲁兹白天没有出现，看来明天也没有什么希望会来了。在农场中，每个人对这个国家和各种距离有着不一样的概念，没有人冒险去过蓬戈，但所有人都认为，在一年的这个时候，克鲁兹没有给自己留足够的时间在河上航行，更不用说蓬戈了。

农场主亚伯拉罕·马科斯先生好心地把一个露天棚屋借给我们。房间面向用于烘干咖啡豆的石阶。除此之外，在盖丘亚苦工的小屋中，可以看到牛、猪、鸡、狗和鸭子。还有孔雀，其中两只孔雀栖息在石阶角落里一个巨大的木制十字架上。

下午，一阵热带大雨突降而来，印第安人匆匆忙忙地收起晒着的豆子。之后，这个地方沉浸在一股猪屎、鸡粪以及周围热带雨林的甜味当中。安德烈斯仍乐观地认为塞萨尔会在今晚出现，而我一直贪婪地看着隔壁棚屋中的咖啡豆堆：真是我们铺床的好地方。但是格雷戈里奥，马科斯农场里温文尔雅的管理员，已经铺好了两张床板和两张床垫，我们将在这里入睡。六点天已经暗了，而这些河畔农场，即使像这个现代风格的农场，也没有任何基础生活设施，比如电。到了晚上八点便无事可做，只有去睡觉。一只公鸡在外面敷衍了事地打着鸣，空气中弥漫着黑醉河不祥的急流声。

4 月 11 日　卢卡特的农场

克鲁兹仍然没有出现。我们现在决定尽可能地向下游更远处前进，希望能在途中遇见克鲁兹。马科斯可能会在一两天内离开，因为他在西拉奥拉（乌鲁班巴河上的地名，指的不是定居点，因为那里没有定居点，而是指支流的交汇处）有另一处房子，但同时我们会尝试在这条河上游河段的某个小农场里获得一只独木舟或轻木筏。

今天清晨，我们与一群盖丘亚人一起乘坐卡车去往基亚班巴，卡车把我们留在河口上方的一个旱谷，在那里可以坐一种用缆绳拖着的板条箱过河。在河的另一边，还有一条道路通往下游几英里。格雷戈里奥向我们保证，会有卡车把我们带到卢卡特先生的农场。

在河的另一边有两辆卡车，两辆都坏了。我们现在已经在这里待了大约五个小时，和我们一起等的还有一些苦工，他们比我们更有耐心，会在这里等到世界末日而不抱怨。一个大约十岁的小男孩因营养不良而像虱子一样全身肿胀，不能走路。他的家人把他安置在炎热的太阳下，真是令人费解，因为他们自己在阴凉处。男孩有一小杯脏水，他一直用这水往自己肿胀的脚上沾水。他努力将自己从酷热的破衣服里解脱出来，痛苦地抱怨着。一个男子为他的杯子里补充了些水，后来我也这样做，但这家人一点也没注意到我们任何一个人，他们蹲在阴凉处，像石头一样了无生趣，黄色的眼睛里黯淡无光。

中午我们重新跨过河流，在当地一间小屋里吃了一顿不怎么干净的饭菜。在我们等待用餐的那一个小时里——我们的午餐是一种带有油炸大蕉和木薯的炖豆，安德烈斯吃掉了八九只在泥地上堆着的橘子。他不断地伸手去拿更多橘子，不只是出于饥饿，更多的是出于对我们旅程的不耐烦和沮丧。在令人厌烦的环境下，旅伴的饮食习惯可能成为一个人烦恼的重要原因，我尝试过不让他对食物的上瘾烦扰到我，但没有完全成功。

下午三点左右，我们确信没有卡车会出现，并且担心如果克鲁兹出现，或者如果马科斯决定向下游前行，卢卡特不知道我们的行踪，于是我和一个带着鸡的小男孩一起开始步行，安德烈斯留下来守卫设备。

沿着山谷漫步很愉快。长尾小鹦鹉四处飞舞，河岸上满是燕子、犀鹃、河鹂和其他我不知道的小鸟。我们遇到了两条死蛇，一条是绿色的游蛇，非常苍白，叫奇科提洛，另一条是棕色的大蛇，有着亮黄色的腹部，两条蛇都没有毒。男孩知道所有树木的名字，却不能拼写出来。有乐吱乐吱（字面意思是“牛奶牛奶”：我的小伙伴用我的砍刀狠狠地敲了一下，白色的液体就窜出来了）、红色树干的萨卡维恩塔、苍白的奥耶和铁梨木——或者叫圣树，树上茂密的叶子闪闪发光，还有许多咬人的蚂蚁。像往常一样，蚂蚁数量众多且各不相同。我们观察了两种大型地面品种，一种有着宽阔的头部，经常切割叶子，在盖丘亚语中称为库基，意思是“婆婆”；另一种黑色的蚂蚁，排着长队前行，这个男孩称之为查科。他很怕这种蚂蚁，他说：“这种蚂蚁攻击任何东西——任何东西，然后杀死它。”我猜这是有名的军蚁。

我们现在身处河口下游，可以看到远处有三条高大美丽的瀑布，上下交叠。男孩说，瀑布脚下便是卢卡特的农场。我们停下来，在一条漂亮的小溪里喝水，并从路边的树上摘下一些红色咖啡豆吃。据说距离卢卡特农场还有十千米，或者大约七点五英里，但是走到天黑了，我们还是没有到达。过了一段时间，我们经过男孩家的小屋，一个更小的男孩走出来，加入了我们。他给自己的兄弟带来了和自己一样高的大砍刀，极大地提高了我这位小向导的信心。然而，森林里没有光，还有一些幽灵般令人毛骨悚然的声音，包括巨蛙手鼓般的回声和沼泽鸟的尖叫声。年长点的男孩讲到了夜晚的危险生物，包括美洲豹、老虎和大毒蛇。两个男孩都赤着脚，我得说我十分欣赏他们的沉着冷静。这个小男孩会跑到前面，他高昂的声音回荡在我们身边，像鸟儿的叫声一样渴望和规律："看，看，那是什么？……不，没什么……看，看，那是什么？……不，这没什么……"但过了一会儿，他承受不了这种悬念，开始跟在我们后面。到处都有一小团黑色的东西在前方的苍白路径上轻轻地一动，我的脑海中出现了《绿色地狱》中描述的在类似情况下看到的巨大狼蛛。我碰见的第一个黑色小团的东西真是吓了我一跳，但显然我没有遇到书中人物所遭遇的恐怖，我碰见的是一条无毒的死蛇。夜间道路上的这些一团团看起来很可怕的东西其实是无害的青蛙。

当我们走小路穿过树林，终于在农场泥泞的边缘出来时差不多七点了。门廊上燃烧着一盏昏暗的灯。"就是那个农场。"我的向导低声说。还没等我好好地感谢他们，这两个孩子就飞奔回了森林。

门廊上孤零零坐着一位穿着长筒靴的男子，还有一只巨大的野猪——真正的怪物，比一匹小马还要大，它一动不动地站在台阶下，每根鬃毛都反射出光芒。人和猪都没有注意到我。我走近台阶。我已经走了差不多十英里，又渴又累。

“是卢卡特先生吗？”我说。

“不是。”男子说。苍白的光与黯淡的泥土，沉默的男子与巨型猪，这整个场景看起来很戏剧化，充满可怕的预示。过了一会儿，男子礼貌地站起来，邀请我去门廊。我们进行了这些村落普遍都有的礼节，在结束时我大声地问他是否可以租用农场卡车去接安德烈斯。他说，卡车坏了。然后他大声地问我想去河上的哪个地方，当我告诉他时，他的笑并不愉快。他秃顶，脸上光滑，看起来很聪明，他的笑容令人不寒而栗。他告诉我在河流更远的下游有一个属于他自己的农场。“你知道，”他开始说，“即使在旱季，锡里亚罗的急流也不是开玩笑的，更不用说蓬戈了。现在不是旱季，先生，我必须告诉你，你想做的事情非常危险。我今天在骡子小道上穿过了锡里亚罗的湍流，很可怕，太吓人了。”他笑了笑，我没有回以微笑。他耸了耸肩。“无论如何，”他总结道，他觉得整个话题是荒谬的，“你的伙伴克鲁兹永远无法登上那条河。”

卢卡特先生从黑夜中出现。他是一位矮小的男子，困惑怀疑地看着我。他似乎无法理解我从波拉斯·卡塞雷斯先生那里带来的介绍信：要么他不认识这个名字，要么他根本不认字。他不愉快地认同这条河现在非常危险（“非常勇敢，非常讨厌”)，并且在这个季节，水位是最高的。(可能这是真的：今年二月乌鲁班巴流域的洪水冲走了已经存在多年的牧场，几乎摧毁了印第安人在卡米塞阿的印第安传教站。在一个糟糕的夜晚，廷皮亚河水位上升了三十英尺。)他们两人判定这条河无法航行。

虽然我们得到的所有其他信息到目前为止都被证明是有问题或错误的，但这个信息非常令人沮丧。如果人们可以相信所听到的，就可以采取相应的行动。但优质信息的缺乏和由此带来的不确定性，伴随着塞萨尔未能出现这一无可置疑的事实，开始蚕食我的士气。卢卡特的印第安女人出现了，为我们提供了一顿令人沮丧的晚餐——米饭和木薯，装点着一块非常奇怪和肮脏的肉，虽然我很想尝试，但还是无法下肚。对于我的挑食，三人给了我恶意的眼神。无线电嘟嘟地发出声响(在南美洲，人们总是使用无线电，声音开到最响，以充分体现它们的价值)，在陪伴我们吃饭的麝香黄色灯光之外，怪物猪仍然在那个地方，痉挛似的哼了一声。

卢卡特太太很友善地给我了大阁楼里的一张床，还带着另一个笑眯眯的男人，他也是暂住的：在河边的一晚住宿，当然是提供给陌生人的。床上的床单自上次洗过后，又服务过很多客人，但是我没有睡袋，因此很高兴有床单。阁楼的大部分地方晒着古柯，叶子散发出甜美、令人安心的气味，就和苜蓿类似。我的同伴似乎仍然微笑着，他有一只印第安骡子和一个仆人。我想，仆人睡在他主人床脚下的地板上比较合适。

4月12日　下游

今天早上，从旱谷出来的一位苦工说，马科斯打算今天向下游前行。他必须经过这里，因为他的独木舟在卢卡特农场的下方。因此，他得经过安德烈斯所在的地方，我决定在这里等他们，而不是白走十英里。

早些时候，我走在路上，注意到一些不起眼的鸟类——鸽子、河鹂（当地人称为普斯特）、鹦鹉、犀鹃和雀，还有一个可爱的物种，胸部像深红色的天鹅绒。一条铁轨经过由河水溢到河岸上而形成的沼泽，发出的尖叫声像受惊吓的鸡一样。一只鹰从一棵高大的白树顶上尖声叫着。然而，蜘蛛和昆虫是最有趣的，甚至对于像我这样总是尽可能忽视它们的人来说。一只蜘蛛是真正的恶魔，金色的尖头，像多刺的螃蟹一样。薰衣草色的蜻蜓，其颜色几乎完全复制一棵小树的花状叶子。还有蝴蝶，在你所能想象的每一个色彩组合中飞舞摇曳，从微小的紫罗兰蝴蝶、绿橙色蝴蝶到巨大的钴黑色蝴蝶、丰富的蓝色大闪蝶——大体上是马蒂斯色彩组合，差异大，有时在黑色喷墨基底上会有闪烁的错视效果。乌鲁班巴这个上游区域的狭翅螺旋蝴蝶在种类和颜色上比我在南美或其他任何地方看到的更令人惊讶。（H. W. 贝茨在贝伦一小时的步行中观察到了七百种蝴蝶，而在整个欧洲只有三百九十种。）

大约上午九点，安德烈斯出现了，但马科斯没来。我们将设备留在了道路尽头一些苦工的棚屋里，距离卢卡特农场几英里，然后乘坐到旱谷的卡车回来了。我们的想法是回到黑醉河并找出马科斯的计划，因为其他人都不想把我们带到下游更远的地方。我告诉安德烈斯我收到的令人沮丧的消息，但安德烈斯是经历过远在北方的瓦亚加河上急流的老手，他觉得这些人是因无知和恐惧而夸大其词。在旱谷，我们遇到了马科斯、格雷戈里奥和另外四个人，他们从另一个方向过来。我们和他们一起回到道路尽头，准备划独木舟离开。

为了到达独木舟所在地，我们不得不沿一个陡峭的森林斜坡而下，随身还携带着一个三十马力的舷外发动机、汽油、工具、食物、几捆电线、给锡里亚罗农场的一般补给品，以及我们自己的橡胶袋。我们用大砍刀砍出了一条道路，让我感到欣慰的是，在这次行动过程中，我踩着了一条蛇。我说“感到欣慰”，是因为到目前为止，与其他作家相比，我的经历是如此微不足道。由于蛇这一情节可能让我的经历更接近其他作家，我不妨叙述一下所有令人痛心的细节：我踩到了这条蛇，尽管已经有两个人在我之前经过，这条蛇在潮湿的棕色阴影中在一根腐烂的原木上扭动着，我不能否认它吓了我一跳。我身后的印第安人说：“蛇！”前面的印第安人快速转过身来，用砍刀将它一刀劈成了两半。蛇是棕色的，带有黄色条纹，肥大的头是灰色的，事后证明它是无毒的（或者说至少它不是响尾蛇——它可能是一条有后毒牙的无名蛇）。这条蛇至少有十六英寸长。

马科斯的独木舟是河流中典型的那一种，大而深，黑色，由一整条原木凿成；船尾有点不协调的舷外发动机，包括其肮脏的汽油管路和无法在泥泞处航行的特点，也都是典型的。在流速很快的山区河流中，舷外发动机不适合这艘漏水、超负荷的独木舟——除了货物之外，我们还有十个男人和一个男孩。但亚伯拉罕·马科斯是一个充满活力的年轻人，立即将我们交付给了激流。我们向上游移动了几码，到了一个旋涡中，直到独木舟速度加快，我们才在涡流的卷曲中离岸，独木舟猛烈地摆动，然后开始向乌鲁班巴行驶。

在第一个弯道的波浪中，发动机就立即停了下来，大量的水溅入独木舟内。十二岁左右、笑声很有感染力的漂亮男孩阿森松，此时睁大了眼睛，惊恐万状。“你害怕吗?”他问我。我说我还不怕，虽然后面任何一分钟都可能会害怕，他努力微微一笑。

河流的宽度在四十到一百码之间，即使在更广的范围内，湍流的速度也一定超过八节；在急流和弯道的深水漩涡中，流速明显更快。发动机仅用于操控独木舟或试图到达堤岸，当第二条小急流让我们吞下第二口冷水时，我们试图在一分钟后靠岸。由于额外的船员都堆坐在货物顶部，独木舟显然头重脚轻。当我们最终靠岸时，我们把较重的货物存放在岸上，由阿森松守卫。马科斯的另一个苦工正沿着丛林小径将一些骡子带到锡里亚罗，可以带上阿森松和这些装备。

我们再一次下河。现在独木舟航行得更好了，但安德烈斯和我坐在前面的地板上，水几次没到腰间，因此下午大部分的时间我们都在往外舀水。我对此并不满意，因为我们还没有到真正的河道危险点。这条河流速很快，弯道处水流湍急，对于好的独木舟和好的船夫来说，这不该是一个严重的问题。不幸的是，这两者我们都没有。当我们搭好了过夜的营地，马科斯稍后承认了这一点。他被他手下人的缺乏经验逗乐了，他们中的一些人在第一次出现麻烦迹象时站起来，跳来跳去；在发动机频繁罢工的间隙，那些拿船桨的人尽了所能，或者说看起来尽力让独木舟的侧面挡住流水。

我问马科斯这些人中多少人有河上经验。

“没有，”他对这个天大的笑话咧嘴笑着，说道，“一个都没有。”

4 月 13 日　锡里亚罗

昨晚我们在宽阔的灰色沙滩上扎营，边上支流的白色河水咆哮着冲入乌鲁班巴河。我在急流声中睡去，和猎户座之间只有在捕食的蝙蝠的叫声。我们已经到达了荒无人烟的大山，一路上都很顺利。早上，我们将到达科里贝内和一个由多米尼加牧师乔迪亚管理的马奇根加村落。这位牧师很了解这条河，会借给我们一艘配有马奇根加船夫的独木舟或轻木筏，用于前往蓬戈的旅程，或许更远。此外，乔迪亚牧师有一台收音机，可以通知从这儿到阿塔拉亚之间数百英里内的几个传教站，告诉他们我们在往下游前行。他们会通知塞萨尔·克鲁兹来见我们，无论他在哪里。

但是凌晨四点，明亮的星星消失了，开始下雨。五点，我们在一场持续的倾盆大雨中可怜地蜷缩着。苦工们燃起一堆火，我们吃了早餐——柠檬汁，热水混合一种用木薯和豆子制成的细面粉。到了六点，在昏暗的光线下，我们再次上船，河水从各个方向向我们袭来——从空中，从船头到船底。一种沉闷的恐惧混入我肚子里的早餐，因为在这水流中倾覆或沉没可不是开玩笑的，特别是当一个人试图保护相机、双筒望远镜、笔记和旅途中其他易损的必需品时。我再一次发现，河流的问题不如船员的问题严重。他们欢快而嘈杂的无能，随时可能淹没我们这些人，对于像我这样对乘坐小船有一定经验的人来说尤其令人沮丧：我非常想对他们发出指令。

我们经过了那条空旷、下雨的河流，没发生什么事情，然而，在到达科里贝内传教站之前，我们不得不两次靠岸修理船只。一只孤零零的鸬鹚栖息在一棵淹死的树上，这是我看到的唯一生物，尽管其中一名船员瞥见了一只大型舒舒柏，就是我们所知的可怕的巨蝮，位于陡峭的河岸上。就在科里贝内上游的小农场，一群苦工看见我们，显然很惊讶，为我们勇敢精悍的船欢呼，但当我们到达马奇根加人的棚屋时，印第安人站在雨中，就像雕像一样，迎面而来的是凄凉的沉默。

在科里贝内，乔迪亚牧师用咖啡援助我们。他是一个看起来很聪明的男人，头上白发直立。他经常在河上航行，却不知道如何游泳。但是他很确定这条河下游的更远处，特别是蓬戈，在这个季节无法航行，并且即使我们愚蠢地试图向下游前行，克鲁兹也不可能向上游走。此外，他的收音机坏了，所以无法传送任何信息。关于塞萨尔的下落和意图的悬念将继续存在。

我消化这一连串的“好消息”，传教站下面河畔斜坡上的马奇根加人的茅草屋一眼望不到尽头。在雨中，它们似乎是从泥土里长大的。科里贝内的山谷延伸到河对岸的山里，显然很漂亮，但我没有心情去欣赏。

牧师说，有一条穿越丛林的步道，从锡里亚罗到蓬戈需要两天半的时间。或许，传奇人物佩雷拉农场里的马奇根加人可以帮我们穿过蓬戈，然后到廷皮亚的下一个传教站，克鲁兹可能在那里等待。但是从廷皮亚开始就没有他的任何踪迹，而且很可能克鲁兹从来没有来过，或者是来过又走了。我们再次询问能否聘请牧师的一些印第安专家带我们上河，他又说了一次这是不可能的。没有办法，为了解决问题，我们重新加入了马科斯的队伍并向锡里亚罗出发。

不论能否航行，亚伯拉罕·马科斯和他快乐的手下们都已经再次航行在这条河上，这次带来了近乎致命的后果。在其中一个弯道上，粗犷的旋涡激发了船员们一些或普通或精彩的船技，让我气喘吁吁，即便是不屈不挠的马科斯后来也惊呼：“那一下真是可怕，先生们，是吗？”我们把船倾斜，在一片藤丛中着陆，只有一堆可怕的黑色岩石在一条硫磺溪流口翻滚。黑色的岩石形成了河流中第一个真正的危险点，于是在这里，马科斯不再认为四月的河流是可通航的。独木舟被拖入岩石之中，我们把装备扛在我们的肩膀上，涉过黄色的河水，水深齐腰。

这也是一个糟糕的时刻，因为我的膝盖仍然很脆弱，冷得发抖，并且基本控制不了我的双脚，两只脚在滑溜溜的岩石上会猛地打滑。我想一旦做出一个错误的动作，我就会在这黄色波浪下滑倒，被水流冲到蓬戈和其他北面的一些地方。我一下子冻僵了，在这些紧张时刻喋喋不休的安德烈斯察觉到我的惊慌。危险时刻，我倾向于保持沉默。他的保证和鼓励刺激着我前进，像一只蛤蟆一样，最后我终于在河对岸冲出来了。

锡里亚罗的农场是这些小河边房屋的典型代表：一个土坯房、苦工们住的茅草屋、泥土、鸡、猪、一两头驴、在植物群中奋力生长的咖啡树和可可树、泥土、昆虫、即将下雨的湿热、更多的泥土。农场背后的丛林向前逼近，似乎永远都在消除人类对这片绿色狂野漩涡的侵扰。土坯小屋本身已经杂草丛生，在这个黑暗的日子里，它还未建成的框架上散乱地摆着木板和粗麻布，显得特别不吸引人。我们愚钝地站在那儿，全身湿透，沾满泥渍，没有干衣服可以换，而农场经理坚信，通往蓬戈的步道就在锡里亚罗下游几公里处。马科思在经历了河上的行程后疲惫而紧张，已经睡到了经理的床上。剩下安德烈斯和我，注视着昆虫和泥土，现在雨已经停了，泥土正冒着水汽。我们的心态是如此糟糕，以至于如果现在没办法在这里让它重新发生一遍，就很难进行描述。

截至今晚，我们的情况如下：如果向下游前行，还剩不到一天的时间，但沿路径向上游返回需要三天，任何进展只会增加这个时间差。我们面临的选择是至少十天的返回，耗时费钱，途经基亚班巴、库斯科、利马、普卡尔帕到阿塔拉亚，或是在这个据说无法航行的季节孤注一掷地向下游前进。即使可以找到一个能够操控独木舟和轻木筏的船员，我们也没办法获得这些船。步道的范围是大家都不知道且非常有争议的问题，尽管从卢卡特农场的微笑男子到锡里亚罗农场里马科思的手下，每个人都认为这条路非常曲折。即使我们能到达蓬戈并穿过它，也无法确保克鲁兹会在另一边等我们，或在距离我们三十英里的廷皮亚等我们，并且我们也无法建议他这样做。在廷皮亚和阿塔拉亚之间数百英里的荒野中，没有任何东西的踪迹。

明智的做法是返回，但是这个想法刺痛着我们的神经：我们对这次旅程寄予了如此厚望，返回似乎费力又羞辱。今天早上我们讨论了其他选择。当我们把潮湿的装备和浸湿的睡袋铺放在泥泞的岩石和树桩上时，我对安德烈斯说，我们可能不得不撤回。

“我知道，”安德烈斯几乎感激地说道，“我一直在想同样的事情。”

他很感激，当然不是因为可以返回，而是因为我终于表达出了我们共同的疑虑。反过来我也很感激他没有隐瞒自己的疑虑。一个肚量小的人可能会说：哦，你这么认为吗？好像他从未想过折返的可能性一样。无论如何，在表达出疑虑的那一刻，我们的士气再次高涨，折返的想法似乎让人无法忍受——正如我之前说过的，安德烈斯和我自己都很顽固。今天下午，我们穿过丛林到达邻近的农场。在那里，一位名叫罗塞尔的年轻人听我们描述完经历，放纵地笑了：太多人在锡里亚罗瀑布淹死了——哎呀，前一年一位主教死在那里。这些让他知晓这个季节河水的下落速度是多么快。他说，马奇根加人用坚固的轻木筏可能可以成功，所以我们应该沿步道回科里贝内，说服乔迪亚牧师帮助我们。至于小道本身，骡子是无法通行并跨越锡里亚罗河的，我们也找不到能搬运货物的人。

但在晚餐时，马科思觉得我们在科里贝内不会成功，他认为乔迪亚不会在一年中的这个季节冒险动用他的马奇根加人，即便这些印第安人自己愿意。在绝望中我突然想到，如果我说服安德烈斯放弃使用他的一些装备——这样就不再需要骡子，或者可以免去一两个苦工，我们可以尝试快速步行前往蓬戈，希望可以从佩雷拉那里获得帮助，甚至能在途中得到一只轻木筏。令我惊讶的是（毕竟他已经六十多岁了），安德烈斯立即同意了。我们会在早晨的第一缕阳光下摆开我们的装备并彻底削减。我们留下的装备都可以跟着马科斯回到上游，最终被送往库斯科的埃丝特尔·利昂·德·佩拉尔塔那里。我们现在很反感再浪费两天去获得乔迪亚牧师的帮助的想法，这几乎肯定是徒劳无功的。我们现在完全不想折返回去了。我们计划在早上把事情安排好就立即向下游出发。

4 月 14 日　罗德里格斯

昨晚我在一个装可可豆的箱子上睡得很开心，睡前先用手电筒在棚里搜索了一下，看看有没有蛇、狼蛛和蝎子。当我在黎明时分爬下来时，安德烈斯已经开始清理他的装备了，但他只设法减少了五大袋装备中的一袋。他还计划丢下他的睡袋，只保留他的披风和一块帆布。由于牺牲了睡袋，他觉得有理由带上便携式收音机和一夸脱古龙水这样的奢侈品。

安德烈斯很爱他的装备，这些装备陪他经历了许多冒险，但多年来他积累了太多。他的各种探险日期都被写在他的卡宾枪和他那宽前沿帽子的内缘，在这个意义上，通过这些装备，他能紧紧抓住过去。毫无疑问，他是一个有经验和勇气的丛林人，但他是我遇到的唯一愿意给自己增加负担的男人。如果克鲁兹按照计划带着独木舟与我们相遇，那么他的装备会很受欢迎，但现在重要的是要轻装上阵。我将自己的装备减少到一个袋子，三分之二满，还有一个小背包，把它们放在他的那堆装备旁边形成一个对比。然后我尽量克制自己的怒火，温和地建议他，沉重的收音机和一夸脱古龙水带来的提神效果弥补不了丢弃睡袋而失去的睡眠。

安德烈斯是一个不善于防御的人，和我一样不喜欢批评，因此他很快就变得烦躁不安。尽管如此，他还是从他的麻袋中拿出了一些东西，同时马科斯为我们找到了一个盖丘亚人，名叫撒迦利亚，花了二十索尔，加上在路上喝的一瓶价值十二索尔的皮斯科（或者说大约一美元十五美分的总薪水），向下游前行时，他将要背负我们那些很重的装备行李。他的辛苦劳动包括：两个装满重型装备的大型橡胶行李袋，加上一袋罐装食品和其他应急食品——这项任务的艰巨性是人们无法想象的，除非人们记得陡峭、泥泞的小路上充满滑溜溜的岩石，溪流交错，昆虫和紧贴身体的荆棘，开阔沼泽中的酷热，以及跨越重重障碍进行长途跋涉的承诺。

尽管如此，撒迦利亚用他的克皮纳（山地印第安人的布料悬带）将这些大麻袋卷起来，然后我们将它放到他弯曲的背上。撒迦利亚兴高采烈地出发了，皮斯科酒瓶紧贴身边，脸颊上有一团古柯叶，他的杂种狗泰山紧跟在后。在对亚伯拉罕·马科斯的友好与善意表达感谢并说再见后，我们跟着撒迦利亚出发了。安德烈斯看起来真是一条硬汉，他戴着宽大的帽子和生牛皮下巴托，肩膀上挂着他的卡宾枪，背着弯刀和包，腰带上别着他的水壶、饮水杯、太阳眼镜、子弹袋和两把猎刀。如果我没有向他借那第三把刀和左轮手枪，他还会带上这些东西。让安德烈斯恼火的是，我把左轮手枪放在我的背包里，不仅因为在路上它的皮套会勾住荆棘和灌木，而且我觉得带着这把枪让我像个大傻瓜。

到了九点，天已经很热了。在距农场下方的一小段距离处，我们不得不在与乌鲁班巴河交汇的地方跨过锡里亚罗河。撒迦利亚赤脚踩着卵石，穿过急流；安德烈斯和我困难地挣扎着穿过。这些包裹破坏了我们的平衡感，安德烈斯滑倒了，不过在水流冲到他的相机之前他赶紧站了起来。中途我们来到一个岩石岛，周围的水太深，带着装备无法穿越。但是河对面有一间小屋，小屋的主人用他的独木舟打着旋来接我们。

位于蓬戈上方的乌鲁班巴河岸，是一串被山谷分隔的陡峭山脊。沿着河岸没有小路，因为这些山脊太险峻，因此必须爬上山脊，深入山谷，然后立刻往上爬。从第一个山脊的顶部，我们瞥见了锡里亚罗令人敬畏的湍流，它位于河口之下。也许因为我们是步行，而且距离很远，似乎感觉它们也没有什么可害怕的。

按理说，我们正在前往一个名叫罗德里格斯的人的农场，据说他可能对我们有帮助。他应该住在锡里亚罗下游四五英里的地方，并有一些马奇根加人为他干活。但是随着时间的流逝和里程的缓慢移动，我们没有看到罗德里格斯的任何踪迹。为皮斯科疯狂的撒迦利亚前进得越来越远，而安德烈斯慢慢落后。每当我们停下来休息，我都能看出他很痛苦。有一次，有人给他喝盖丘亚的“白色闪电”(一种自制酒)，他欣然接受，这非常不像他。我心里有点过意不去，开始担心。

这一天变得非常炎热，我们背包下面的衣服都被浸湿了。到了正午，安德烈斯不做抵抗了。我解下他的卡宾枪，他的裤子被扯到膝盖上，尽管他没有抱怨，但他的脸是灰色的。不久之后，我们来到罗德里格斯的小屋，这不是我们寻找的那个人。小屋里的一位老妇人给了我们柠檬和水，安德烈斯像一个快渴死的人一样喝了下去。他试图将一些水倒进他的水壶，他的手抖了一下，以至于大部分水洒到了地上。他的自制力不稳定，自从我认识他以来，我第一次觉得他看上去真正符合他的年龄。

这时我非常担心。我感觉很糟糕，因为我带他一起探险是根据他自己对耐力的估计，并且我鼓励他做出勇敢的决定，陪我一起继续旅程。现在他承认心脏感到一阵疼痛，我已经到了必须考虑如果他的心脏衰竭我会做什么的地步。在这样炎热的天气里，我不可能把尸体从山谷带到基亚班巴，他将不得不被埋葬在丛林中。

但是安德烈斯知道我们现在已经走得太远而无法回头；返回将意味着四天的步行，他可不想这么做。他觉得他的麻烦源于他背包上的皮带，加上陡峭的地形，使他的呼吸变得困难。我们决定，走路时他不背任何东西，我们会慢慢前进。老妇人给了我们一些煎鸡蛋和香蕉，他感觉好多了。之后我们在小屋里休息，直到炎热退却了一些。我找到了第二个苦工，他负责背负安德烈斯的装备和我的一部分行李。因为距离正确的那位罗德里格斯只有两个小时行程，我们决定继续前进，在这里我们无法完成任何事情。

黄昏时分，我们出现在罗德里格斯小屋对面的岸边。小屋的主人坐他的独木舟来找我们。在这种快速的水流中，开船的技巧是沿着堤岸引导独木舟往上游开，冲向河的对岸，并尝试尽可能靠近目标点下方靠岸。罗德里格斯和船头的男孩很有技巧，即便如此，他们还是落在了我们的下方，不得不沿着河岸向上游走。

罗德里格斯先生，一个矮小、黝黑的多疑男子，后来被证明非常好客。他激动地否认了对空置的独木舟或轻木筏有任何了解，并表示他觉得自己被误解了。他进一步否认了雇用马奇根加人，也没有打算将我们带到河边的任何地方。和其他人一样，他乐观地谈到他觉得我们再往向下游走几英里还是很有希望的；如果有必要的话，他发誓，我们可以在两天内成功到达陆地上佩雷拉的住所。

我的印象是，我们让这些人感到紧张。像我们这样带着装备而来，执行的任务如此毫无意义，以至于让他们怀疑我们是来做不法之事的。他们用乐观的故事让我们对旅程充满希望，却只是为了摆脱我们。现在看来，这些曾在乌鲁班巴河上进行过短距离冒险的人大多数是山脉人而非丛林人。正如安德烈斯指出的那样，他们害怕这条河，并且对这条河一无所知，甚至连到下一个农场的距离也不知道。在罗德里格兹农场的另一边，有两三个小屋；从最后一个屋子到蓬戈之间是一片由佩雷拉管理的广阔荒野。罗德里格斯只能告诉我们这么多，但他确信在我们到达佩雷拉村落之前我们会获得一只轻木筏。他不是很有说服力，我个人觉得我们可能面临三天或四天的步行，到最后无法指望任何东西。

4 月 15 日　**阿迪莱斯**

昨晚我睡在铺在泥地上的硬藤条垫上，被鸡虱、小苍蝇和蚊子所困扰，睡得不好。安德烈斯没有睡袋，他们给了他一种床垫，我想这是对他之前的无远见的一种讽刺性奖励，但幸运的是，这个奖励刚好在他最需要的时候出现。我今天早上醒来的时候脑子运转得很慢，并且脚踝上有一个被靴子擦伤的愈来愈大的伤口。

我们“忠诚”的撒迦利亚和他勇敢的泰山在早些时候就离开了，后来发现他们还带着大部分我们的紧急物资。感到疲倦的我们很快就带着罗德里格斯借给我们的两个新的脚夫出发了，前往塞萨尔·卢卡特的农场——据说，这个农场和上游的塞萨尔·卢卡特没有任何关系。这位卢卡特住在“慢慢地走，先生们，约三个小时的路程外”。

我们在下午早些时候到达目的地。这段需要行进五六个小时的路径比前一天更曲折。有一次我们停下来，用点四四口径的手枪朝一只野生火鸡或冠雉开火，我们在早上看到了几只，但没有打到。我们的脚快不行了，疲惫不堪地在岸边坐下，而卢卡特的苦工们在对岸上游向我们挥手。他们试图表明他们没有独木舟，而且我们应该在往上游更远些的地方穿越河流，而不是一小时前他们朝我们挥手时我们所在的地方。当然，后面这一点信息是不可能在河水的咆哮中传达到我们这儿的，所以我们只是茫然地瘫倒在那里。出于心理和身体上的原因，我们拒绝在这条可怕的道路上返回。

最后，两名年轻人乘坐轻木筏过河与我们交谈。其中一名叫阿迪莱斯，声称在下游有一只更大的轻木筏。令我们惊讶和愉快的是，他同意把我们带到佩雷拉的住处。他立刻从小路向上游离开，在不到一个小时内带回了一只独木舟，他用独木舟把我们带到了对面卢卡特农场的空地上。我们的一位脚夫，亚历杭德罗随我们一起，他决定逃离罗德里格斯先生。作为对他服务的回报，我们同意确保他最终到达利马。

明天我们再次前进，往常的“四五千米，先生们，仅此而已”，但在这次行走结束时，无论距离多远，至少我们还有一只轻木筏。阿迪莱斯声称他愿意带我们进入蓬戈峡口，而安德烈斯全力支持，他现在心甘情愿地冒着生命危险坐船，而不愿在丛林小径上再走一英里（当然，因为心脏问题，他可能觉得相比蓬戈，走路对他来说更危险。经历昨天之后，我不可能去责怪他）。虽然他今天感觉好些，但他的腿肿胀得很厉害，很快疼痛就会达到有再多勇气也没办法的程度。

我们还有几个小时的白昼，我在河里洗了个澡，洗了两套衣服。我现在坐在泥泞的院子里，被沉默的印第安苦工们围观。围绕着我们的是他们的小屋，具有马奇根加人的特色，在高峰上，造得很紧密，有泥地、茅草屋顶，以及从地板到下巴高度的一种稻草墙。鸡和狗穿过小屋，还有成群的豚鼠。

两边的山脊将我们包围，我们仿佛被困在某种滑道中。当然，我们的确是，因为没有回头路。我们很快就要去面对佩雷拉人和蓬戈，之后是空旷的丛林以及一切的未知。

关于梅尼克的蓬戈，我们只有一些关于它的可怕传闻，而阿迪莱斯本人，尽管他公开表示愿意带我们穿越蓬戈，却兴奋地说着巨大的波浪、瀑布和漩涡。至于佩雷拉家族，在大山里他们和考克斯时代一样，都是传奇，事实是怎样就很难得知了。这可能是事实：族长菲德尔·佩雷拉是葡萄牙奴隶和马基古加女人的混血儿子。他被送到库斯科上大学，是一名才华横溢的学生，并且正在学习成为一名律师。但在此期间，因为争议，他谋杀了他的父亲，由于害怕报复或法律，或两者兼而有之，他逃回乌鲁班巴河上游。在这片不属于他的荒野上，他建立了一个巨大的领域，在蓬戈已经统领了几乎所有马奇根加人，甚至是支流河域的马奇根加人。法律不会跟随佩雷拉进入潘戈亚，因为他的故乡是众所周知的。除了对基亚班巴的一次访问以外，佩雷拉本人近四十年来从没有离开过丛林。他将自己的一些财产分配给三个儿子，以及其他几个被认可的孩子。在乌鲁班巴河上游，据说马奇根加女子为他生的子女数量超过五十，而从库斯科回来之后，他在其族人中又犯下了许多其他谋杀案，但这些传闻的真实性令人怀疑，就像另一个传闻，说他用猴奶制成的秘密药水维持权势一样不太可信。

4 月 16 日　卡西雷尼

鲁迪·阿迪莱斯是一个好看的年轻人，没有门牙，蓄着薄薄的小胡子。在这种情况下，不能说他的胡子为俊俏的外表做出了很多贡献。卢卡特的总管（卢卡特本人不在）不喜欢阿迪莱斯，说他几乎是个骗子，我们绝不会冒着生命危险与他一起穿过蓬戈。虽然在这些地方很难确定到底谁是骗子，但必须说阿迪莱斯的眼睛是狂野而狡猾的。

他出现在上午九点左右，然后我们立即出发前往丛林。正午，我们到达可能成为我们第二个船夫的人的空地上。经过短暂的争论后，这名男子被雇用了。我们以一碗浓缩肉汤冻为此庆祝，浓缩肉汤冻是一种丛林汤水，里面时不时会出现一块鸡肉。在我们面前的院子里，一只大蝴蝶沿着地面向前飞舞，颜色像烧焦的煤渣一样黑，它突然抬起翅膀，下面呈鲜黄色。

几分钟后我们再次离开，阿迪莱斯和新人胡里奥在一条非常陡峭的丛林小径上前行。那天下午，在某个地点，河水就在我们下方一英里多的地方。胡里奥在外观上没有阿迪莱斯那么干净利落，他们扛着我们装备的很大一部分。我试图跟上他们的脚步，这根本是不可能的，这些人的耐力是非人的。然而，我远远领先于安德烈斯和我们忠实的亚历杭德罗，在接下来的两个小时里，除了艰难的攀登和偶尔的扣人心弦，我非常享受这个过程。这是一个阳光明媚的下午，虽然潮湿，但在阴凉处不会感到不舒服，我能够感受到山地丛林的气氛。当我们沿河而下，棕榈树的种类和数量都在增加——据说仅秘鲁丛林中就有超过一百种棕榈树。其中有一棵树，十到十二根多刺的根部合并形成至少离地面十五英尺的树干。还有一棵树，根为深红色，这些根常常暴露于丛林小路的表面。然而，最显著的树种仍然是高大白色的乐吱乐吱（牛奶树）。

丛林中有新的鸟叫声和许多蝴蝶，一只巨大的祖母绿与紫红色相间的蟋蟀，以及我见过的最大的黑蚂蚁——这只一英寸长的野兽看起来能够立即杀死一只动物。遍地的花朵很漂亮，有一种紫罗兰色的花、一种开蓝花的藤蔓和一朵可爱的橙色吊钟花。一些附生植物和寄生植物开始出现，有一种植物上有番茄色浆果簇。在小路的尽头，在俯瞰河流的悬崖上，我看到了一块刻有奇特图案的石头，就像一只摆姿势的蜘蛛，虽然不大，却太沉重了，无法添加到我们的麻袋里，我只能遗憾地把它留在了原地。

这条小路终止于奥拉特先生的木瓜果园，奥拉特先生目前在基亚班巴。他的苦工给我提供了木瓜和柠檬，我贪婪地全吃了。阿迪莱斯和胡里奥，以及一个来自奥拉特农场的男孩正在修理承诺给我们的轻木筏，并已为此砍下了三根新木头。这些木头是巴杉树的树干，这种树在河流上游很常见，儿童的模型飞机和其他玩具的轻木也来自这些树木。他们剥去绿色的树皮，用藤蔓把木头拴在一起。弯刀是这些人用于建造大船的唯一工具。我们的手艺可能稍差一点，有一种不太可靠的感觉。人们会用硬木钉将一级巴杉木一起钉住，这些硬木钉通常是从棕榈的黑色树皮上切下来，但我们的杆子是未钉住的。事实上，胡里奥毫不掩饰他对我们手艺的蔑视，这在我看来是一种相当不健康的态度。

我拍摄了轻木筏的建造过程——这些日子来我拍摄的第一张照片，因为经常遇到溪流、河流交汇口和雨水，在旅途中相机一直被绑在橡胶袋里。准备拍照的过程比背着相机还要麻烦，可能因为我不喜欢举起相机拍照：在我看来，思考光线和角度时，我会错过大量的视觉体验和感受。

摄影工作完成后，我在河里洗了一下，河水激荡又很冷。

然后，我坐在岩石上洗了袜子和衬衫，都已经非常脏了。洗完后，我赤裸着身子，在阳光下吞食了带来的第二个木瓜。我很少有特别喜爱的食物，食物不太能吸引我，但只有像我这样仅靠白色木薯粉维持了一周的人才会觉得这只木瓜好吃。

当衬衫干了，我去看了看轻木筏建造者们。他们还没有完工，因此我们决定推迟到早上出发。我回到农场，爬过大片香蕉园。安德烈斯和亚历杭德罗终于到了，他们俩都瘫倒在地。我想安德烈斯可能在山道上走得很辛苦，对此我感到非常内疚。可怜的安德烈斯期待着乘坐独木舟的平静旅程，被他心爱的装备围绕，事实相反，过去三天他在这些陡峭的丛林山谷中磕磕绊绊，最终能得到什么却不能确定，只有另一片泥地和更多的木薯。他的衣服被撕破，双腿肿胀，心里还藏着对自己心脏问题的恐惧。但他几乎没有抱怨，说实话，我希望当我到他这个年龄的时候，能有他的一半就好了。

我们现在已经从锡里亚罗上方前行到卡西雷尼的下方，河上的距离可以忽略不计，但是在陆路上，由于背负着装备，却是一条艰难的路线。实际上在过去的三天里，不算延误和休息时间的话，我们行走了超过十五个小时，但是如果有任何人愿意在丛林的炎热天气中尝试在这条山羊小路上行走五小时（任何人指的是没有盖丘亚血统的人，不像这些梅斯蒂索混血儿一样配备盖丘亚肺的人），欢迎这样做，送上我的祝福。我只能说，安德烈斯·波拉斯·卡塞雷斯算是一个非常能忍耐的人了，如果让他必须以木瓜为食物，穿越梅尼克的蓬戈，他肯定不会再走一步。

我们徒步的日子似乎终于结束了。我很累，对路线的印象很模糊，大部分时间都是在跋涉、攀爬和向前滑动，盯着地面寻找我的下脚点。一路上有一些美好的时刻，也有痛苦的时刻——我们在白色山间溪流中喝的溪水；神秘的呼喊声和鸟叫声；光秃秃的森林高高耸立在咆哮的河流之上；猩红色的金刚鹦鹉（玻利瓦尔或帕帕加约）喧闹地尖叫着跟随我们；排长队的锉刀蚂蚁随着它们背上的重物摇曳着，像一条无尽的瘦绿蛇；栖息的木蝴蝶，翅膀下面有奇怪的“眼睛”，从丛林阴影中警觉地凝视着外面。比起泥泞的山坡、又干又粗糙的藤丛、棕榈灌木丛和荆棘、严重的潮湿，美好的细节我记得更久。

4 月 17 日　潘戈亚

至于天气，我们在河上运气不好。今天再次下大雨——每天至少下一次大雨。那条棕色河流以及它深色、密集的绿色林墙，都是阴郁的。早上七点左右，我们将木筏推到河流中，七点零二分又危险地被浪拍打着冲回岸边。我们至少还需要两个轻木杆，于是鲁迪和胡里奥进入森林去砍轻木。

九点，我们再次出发驶入大雨中，河水立刻逮住了我们，在被马奇根加人称为“牛溺水点”的危险点无情地给我们带来了第一次紧急情况：我们从浅滩坠入一个强旋涡。阿迪莱斯这艘不会翻的船，在几次可怕的瞬间都以四十五度前行着。在这个过程中，波浪砸在木筏上，冲走了我们最大的麻袋。麻袋漂在河面上，我们到下游更远处才取回来，第一次注意到，除了我的睡袋，麻袋上还有两个大洞。

巴卡尼克是当天最糟糕的一段，但其他几段也有点紧张。如果阳光灿烂，整个旅程都会非常令人兴奋，但是雨水倾泻而下，寒风吹着山谷，刺激到我们的野生动物是一条橙色的蛇，在上涨的河流中肚子朝上淹死了。我们整个早上都疯狂地划船，不仅是为了躲避瀑布、湍流、漩涡，还为了保暖，因为我们几乎都赤身，只穿了内裤，这可以作为一种安全措施。木筏永远充满了水，在平缓的河段，水没到脚踝上方；在急流之中，我们坐着的时候，水没到肚脐上方。中午，雨终于停了下来。不久，一个名为基里莫提尼的危险点或者被称为恶魔之河的地方让我们筋疲力尽，我们将木筏搁浅在砾石岛上休息。在喝了一瓶皮斯科、吃了一点被水浸湿的木薯后，胡里奥为我们提供了一大口古柯，人在吞下古柯汁后会产生一种麻木、愉悦的感觉，把我们从寒冷和饥饿中解脱出来，甚至迷迷糊糊地有一种内心的平静——这就是为什么这种植物被盖丘亚人随身携带，否则，它的存在就毫无根据。我们的亚历杭德罗是一个盖丘亚人，古柯和皮斯科对他产生了很大的影响。我们再次上船时，他负责其中一把船桨，当我们陷入急流时，他没有蹲下，而是无所畏惧地摇晃，直到有人一声喊叫，让他恢复了理智。

在奥拉特农场的下方，我们瞥见了两个小农场。从那时起，我们在佩雷拉人控制的马奇根加乡村里前行，不过没有看到人类居住的迹象。连动物也和我们保持距离，但在雨停止后，鸟儿开始飞动——我们看到了一些鹦鹉、长尾小鹦鹉以及一群金刚鹦鹉。我询问阿迪莱斯有关树木的问题，他指着一种叫桑德马提科的硬木，说它通常用于制作独木舟。胡里奥说，猴子在这些山谷中很常见——事实上，我们昨晚在奥拉特农场吃了一只猴子。我们没有在这里看到过猴子，但到处都能听到白色奇多猴的叫声，听起来像是一种声音洪亮的鸟。

在河上的几个小时，我们走过的路程是过去三天步行距离的两倍。

下午早些时候，菲德尔·佩雷拉的农场进入了我们的视野，高高地坐落在河边弯道处的河岸上。我们想停下来，但阿迪莱斯明显感到不安，一直不停，直到迅速的河流无可挽回地推着我们经过那里。他重复了早先的说法，即老人变得非常难相处，雇了一个武装的马奇根加人作警卫来伏击入侵者，还说如果换作他的一个儿子，他的好朋友埃皮法尼奥，我们的境地会好得多。一些隶属于菲德尔·佩雷拉的印第安人来到河岸，默默地看着我们，直到我们在弯道附近消失。

埃皮法尼奥·佩雷拉，一个圆脸的年轻人，在潘戈亚河畔远远地欢迎我们。他的脸上带着永远不明确的笑容，如此天真的样子，令人感到非常不安。潘戈亚是老人以前牧场的名字，意为与附近山峰上的雾有关的魔猴，现在由埃皮法尼奥管理。农场由一个非常大的高棚组成，四面开放，屋檐下是埃皮法尼奥的小阁楼，摆着他的床。下面有一张粗糙的桌子和一些晒咖啡豆的箱子，边缘是印第安火堆。印第安人的矛、弓箭、手鼓、藤篮、羽毛服装和其他装备都是悬挂在横梁上的，另外还有两座矮小的印第安棕榈叶小屋。两名印第安妇女、一位老人和一个女孩，蹲在一间小屋前的火堆边，另外两名女孩正在一条小溪口的原木槽里洗咖啡豆。就在我们到达之后，四个男人从农场后面的藤丛中出现，站在那儿用印第安人那不变的沉默看着我们。相反，印第安女性不会看着我们，只要有可能就背对着我们。所有印第安人都穿着庞乔斗篷般的库什马，这是一种由野棉编织而成，带有黑色、棕色和红色条纹的粗布。

阿迪莱斯曾表示，埃皮法尼奥的友谊可以通过提供皮斯科来赢得，因为皮斯科很难在丛林中获得。我们给了他半瓶，他马上就喝完了，没有什么明显的反应。我们现在只剩下一瓶了。

太阳在下午三点左右才出来，来不及晾晒任何东西。我那被水浸透的可怜睡袋是我唯一能携带的，我现在也不知道睡觉的时候该把头摆在哪儿了。并不是说在任何情况下我都会睡很多，因为安德烈斯告诉我，我易于受到身体上的伤害。我与阿迪莱斯之间发生了一场愚蠢的争执，最后我告诉他，他是“sin vergüenza”：我不应该这么说，我知道，但我发了脾气。这个短语翻译过来还算温和，意为“没有羞耻心”，或者简单地说“无耻”，但在西班牙语国家，特别是在南美洲较荒凉的地区，通常来说杀一个人比侮辱他更为明智。无论如何，阿迪莱斯感觉受到了极度的侮辱，并公开策划报复。

简而言之，阿迪莱斯感觉到我们的绝望，向我们收取了强盗般的服务费。他的理由是，其中大部分服务费将支付给在危险中工作的两个船夫。如果他们没有收到很高的薪水，他们就不会来。但是其实只有一个船夫，安德烈斯、亚历杭德罗和我做了另一个船夫的工作，实际上，我们需要三个船夫。因此，我向阿迪莱斯提出费用有点高。然而，他要求全额支付，因为现在他主宰了我们的命运，我不得不付钱。我也把我对他的看法告诉了他，站在他身后的安德烈斯感到沮丧。“你现在把事情搞得一团糟。”安德烈斯用英语对我说，我以前从没听到过他骂人。安德烈斯已经抓住了阿迪莱斯的手臂，他正把钱扔到地上。安德烈斯示意我离开，让他来处理，我现在正在桌子边看着他们。在过去的两个小时里，安德烈斯没有放开过阿迪莱斯的手臂。现在他想办法让阿迪莱斯在河边的原木上坐了下来。马奇根加人和埃皮法尼奥（他自己有四分之三的印第安人血统）正以一种谨慎的冷静在观察着整件事，就像警惕的动物一样，埃皮法尼奥仍然在微笑，如果他的表情可以被称为微笑的话。

安德烈斯的英勇努力现在带来了一种不安的休战，尽管安德烈斯自己对目前的状况最为不满。阿迪莱斯有自己的准则和骄傲，可能他如此愤怒的原因是他对自己的立场感到不完全正确。然而，根据安德烈斯的说法，他仍在疯狂地谈论着复仇——非常认真。阿迪莱斯是一个盖丘亚混血儿，他觉得自己一直被白人（gringo）欺骗和侮辱——他坚持用“gringo”这个词是导致我发脾气的一个因素，尽管安德烈斯向我保证这个词语适用于所有皮肤白皙的人，不仅仅是美国人，也没有侮辱的意思。阿迪莱斯急切地要我为他过去在白人那里受过的所有羞辱付出代价。当然，我才不会。安德烈斯警告我今晚把左轮手枪放身边，我想我会接受这个建议，但我相信整个事情都会平息下来。不知何故，安德烈斯已经把钱放入了阿迪莱斯骄傲的口袋里，这是向前迈出的一大步。安德烈斯对阿迪莱斯解释说我不会说西班牙语，根本不知道自己在说什么，事实也是这样；同时，他也为这个事情道了歉。这个道歉既没有被优雅地传递，也没有被慷慨地接受，但理论上，它让阿迪莱斯拥有了他的骄傲和金钱。

安德烈斯如此担心的一个原因是，争执发生在佩雷拉同意用轻木筏帮我们穿越蓬戈之后。现在看来，阿迪莱斯是佩雷拉的姐夫，可能会阻止佩雷拉帮助我们。如果阿迪莱斯挑起一场争斗，那么他的人数远远超过我们。我们指望不上亚历杭德罗，而我们的对手，除了佩雷拉、阿迪莱斯和胡里奥之外，还包括一些马奇根加人，他们的箭，乔利先生称可以“击落一只在四十英尺处的蜂鸟”。但如果佩雷拉拒绝帮助我们，也不会好到哪里去，因为没有他的合作，我们既不能往上游前行，也不能去下游，在这种情况下，即使我们有足够的食物，也不安全。幸运的是，安德烈斯已经向埃皮法尼奥建议，可以利用自己在利马的影响力来帮助埃皮法尼奥获得在潘戈亚的某种合法所有权，虽然埃皮法尼奥已经嗅到了我们日益减少的现金的气味，但至少目前他是我们这边的。我们都很清楚，他和他的印第安人可以用武力拿走我们的枪支、金钱和装备，如果他们选择这样做。可能以后我们在土地所有权上对他有所帮助，这一点阻止了他。无论如何，他和阿迪莱斯一样向我们收取了很高的费用，理由是这违背了他父亲长久以来热情好客的传统，并承认他在库斯科欠了很多钱，以至于他再也不能去那里了。我们正在被迫甚至微笑着接受惩罚，因为正如安德烈斯所说，我们别无选择，这些人都知道。安德烈斯很生气，发誓有一天会让他们还回来。

我们的香蕉汤晚餐足够平静，甚至阿迪莱斯和我也设法互相对话。与此同时，马奇根加人把我的睡袋放在他们的火上烤。这是一个永久性的装置，位于三根大圆木的燃烧端之间，当原木缩小时，就会向前慢慢移动。印第安人放松了一些，其中一些人正嘲笑着我们各种奇异的衣着和行为。他们是一群坦率的人，有着宽大的嘴巴，非常吸引人。传说很久以前他们的上帝夺走了他们的智慧和聪明，因为上帝把孩子托付给他们，却被蓬戈的魔鬼吞噬了。上帝把智慧给予了白人，白人用他们的智慧制作广告牌和氢弹。马奇根加人希望，有一天他们的上帝会大发慈悲，让他们恢复以前的智慧，但是自他们甘愿顺从于无知和愚蠢的那一刻开始，就为佩雷拉和其他奴役他们的主人带来了奇妙的运气。

埃皮法尼奥和我们讲述了一些马奇根加的传说，并向我们展示了他父亲编写的关于部落的笔记。这些笔记的副本显然在基亚班巴的马塔莫拉牧师手中，民族学家一定会非常感兴趣的。

甚至阿迪莱斯也表达出了兴趣，在一张原木长椅上蹲在埃皮法尼奥旁边，但气氛仍然紧张。晚上晚些时候，当我们终于躺下时，安德烈斯将他的卡宾枪和手电筒放在指尖上，我把那把装了子弹的左轮手枪握在手里，枕在头下，尽管我努力不表现出来。在南美洲，有一种流行的观点认为英国人害怕冰冷的钢，在这方面我很容易被误认为是英国人。我认为安德烈斯关于这些困难的想法可能有些夸大了，但我更想要安全，而不想说抱歉。

4 月 18 日　**梅尼克的蓬戈**

夜晚没有发生任何事故，今天早上气氛已经恢复正常，埃皮法尼奥还当向导带我游览了潘戈亚，阿迪莱斯和亚历杭德罗也来了。我们向下游划了一小段距离，将独木舟搁在一个被称为画石的河岸边。在那里，河边光滑的大圆石在每年的这个时候部分被淹在水里，圆石上有一些特殊的象形文字和鲜为人知的起源符号，包括引人注目的“跳舞的青蛙”。①

画石就位于一个传教站的下方，在秘鲁丛林中传教站指的是夏季语言研究中心。正如我前面提到的，这个新教组织专门将许多印第安语言转录成书面文字，并将《圣经》翻译成印第

① 这些图画与理查德·斯普鲁斯在巴西布兰科河口的岩石上发现的图画没有什么不同，理查德·斯普鲁斯是一位植物学家，与 H.W. 贝茨同时期在亚马孙河谷工作过，其文字像贝茨的一样，一个世纪后仍然是标准的参考对象。——原注

安语。根据埃皮法尼奥的说法，潘戈亚站由一个名叫斯内尔的人管理。站点已经被废弃了一段时间，他没有说清楚原因，丛林已经收回了这块空地。这个建筑的茅草屋顶正在倒塌，两个粗糙的十字架仍然凸显于这堆混乱之中，岌岌可危，即将倒塌。

与此同时，在农场里，印第安人正在用一些已经切割并干燥的原木以及今天早上收割的绿色杆子组装一只轻木筏。我们回来得很及时，看到两个勇者在岸边航行，手里紧紧抓着滑溜溜的新鲜木杆，聚集在上游某处。这些竿子很快就被切口、钉住、捆绑在一起，我突然惊觉，正如安德烈斯所说，我们几乎就是“冒着生命危险”，我想不幸的是，我们是在蓬戈。但是，要在冒着生命危险渡河与徒步向上游返回之间选择的话，安德烈斯肯定会选择前者。虽然在这里等待时我的内心充满了恐惧，但我得说我同意他的想法。一个是穿越蓬戈，据说在十五分钟内可以完成，但关于这一点有很多不同观点，以至于我有时怀疑是否真的有人曾经穿越过。阿迪莱斯轻率地讲述着二十英尺高的波浪，佩雷拉声称，在某些方面，在雨季穿越蓬戈比在旱季安全一些，而人们通常会在旱季尝试穿越。他的理论是，雨季一些危险的岩石被河水覆盖。我希望他是对的，但他要是能陪伴我们穿越，我会更加相信他所说的话。

无论事情的真相如何，我们都会在中午离开。我完全不确定我们是否知道应该做什么，如果身边有救生用具我会更高兴。我问埃皮法尼奥我们能否在夜幕降临前到达廷皮亚的传教站。他和阿迪莱斯以我非常不喜欢的方式互相咧嘴笑着，佩雷拉说：

“也许能，如果你直接去。”这听起来很阴险。

我不信任埃皮法尼奥，但他是一个有吸引力的家伙，我对他没有怨恨。当我们小心翼翼地爬上新的轻木筏时，他和蓬头垢面的阿迪莱斯站在岸边，看到我们走了似乎真的很感伤。在这个不祥的时刻为了娱乐自己，我将这只轻木筏命名为“快乐时光”。我们所有的钱都在他俩的口袋里，毫无疑问，他们肯定觉得让我们消失在蓬戈中是在扼杀“下金蛋的鹅”。

“快乐时光”号由四根大的轻木杆组成，每侧有两根较小的轻木杆，货架安装在中央。令我感到震惊的是，再加大约十二根大木杆就会成为一艘真正的大船，但显然有一点，机动性比体积更重要。总而言之，我们的船大约十八英尺长、四英尺半宽，比它的前身大得多，但制作精良。虽然外观粗放，但感觉很稳固，在平静的水面上，它的甲板真正地浮于水面之上。

我们的船夫是三个年轻的马奇根加人，穿着印第安披风和短裤，他们只在河上穿短裤。他们带着坚硬的黑色棕榈弓和长长的藤箭，为了回程时在丛林中使用。他们的布袋中有木薯、大蕉和青柠。这三个人已被赋予基督教名字——托里比奥、劳尔和阿戈斯蒂诺，但他们不讲西班牙语。我们忠实的亚历杭德罗，一个盖丘亚人，不时地设法表达他们的意图，虽然被要求翻译时他只是轻轻地微笑，说：“我不知道。他们的语言不一样。”亚历杭德罗是第四个船夫，在头桨手托里比奥身后笨拙地跪着。他穿着他可怜的内裤，是一个非常丑陋的男孩，他的头只有在令人分心的高原头饰下看起来才自然一些。他的皮肤在寒冷时呈现一种像陈旧瘀伤的无名颜色，带有旧疮的紫色斑点。他的肩膀很窄，关节很结实，脚却又短又厚。他完全没有马奇根加人的优雅，像鱼一样溜进溜出。他的眉毛很低，眼睫毛特别长，盖住了他小小的褪色眼睛，一副耷拉着眼皮的样子，并不警觉。然而，他坚强而忠诚，具有天生的温柔和礼貌。他还有一个小塑料梳子，这是他唯一的所有物。每天早上他都带着梳子去河边，小心翼翼地将他粗糙的黑发梳平。这就是他洗澡的内容，五分钟后他的头发又变歪了，在接下来的二十四小时内都要保持这个发型了。他出生在他所属的库斯科，并希望去利马淘金，而他不属于利马。

我们往下游前进不久，遇到一艘驶入岸边的小独木舟，印第安人把我们的轻木筏也开到了旁边。一言不发，三人都消失在丛林中。有人说印第安人被丛林“吞没”了，这句话说得很好：前一秒他们在那里，一秒钟后他们都不见了。

我们很惊讶，傻傻地坐在原地。在接下来的沉默中，我们听到一只奇多猴和无处不在的河鹂的叫声。安德烈斯公开表示担心，我们可能遭到了“报复”，其中一种形式就是印第安人将我们送到下游，然后突然抛弃我们。轻木筏不能往上游去，还有那条小路，如果它存在的话，不仅难以找到，而且会让我们直接回到潘戈亚那样的困境中。我们的紧急食物几乎都不见了——我们有两罐桃子、一瓶皮斯科和塞莱斯·特艾伦的庆祝酒苏格兰威士忌。在丛林中饿肚子，对于除了本地印第安人以外的任何人，都是一件简单的事。实际上，我们唯一的机会是冒险穿越蓬戈并尝试到达廷皮亚的传教站，但像我们这样人手不够又经验不足，这条路几乎是自杀。

然而，在十分钟内，印第安人回来了。他们带来了一长串粗壮的藤本植物，将它们固定在十字架上，然后又回到了船尾。对亚历杭德罗来说，他们设法传达了这样的想法，即从现在开始，我们可以将这些藤本植物看作是一种安全措施，并应坚持我们所有的价值。

据说蓬戈上的一些危险点比蓬戈本身更可怕。虽然情况并非如此，但至少在雨季它们比任何东西都要糟糕，而且没有哪两个是相似的：亚韦罗河和曼塔罗河的交汇处所创造的旋涡类型非常不同，除此之外还有邦戈尼（土地旁的波浪）、马兰奇亚托（毒蛇谷）、欣托里尼（猪转化为鱼的地方）、帕提里尼（主教帕提里尼被淹死的地方）和马皮隆托尼（许多石头的地方）。这些只是潘戈亚和蓬戈之间的十六个危险点中的七个，可以通过名字去识别。在所有危险点中，在马皮隆托尼，灰色的波浪在狭窄的通道中跳跃并坠落在木筏上，也许是最壮观的，但是还有各种各样的危险——迅速的急流和邪恶的强旋涡，水淹没峡谷表面，以不安的角度将木筏倾斜，在没有突出大圆石的地方有一个个水洞，而有大圆石的地方有飞奔的白色尾波以及不可避免的湍流，每个危险点都浸透了我们。我们只穿着短裤和衬衫，以防万一得游泳，但我不相信在这些危险点游泳会对我们有任何帮助。最终，一切都取决于“快乐时光”号的牢固程度和马奇根加人的驾驶技巧。

这两样似乎都处于良好的状态，尽管危险程度远远超过我们和马科斯、阿迪莱斯一起遇到的任何危险，但实际的紧急情况可能更少。在大多数情况下，印第安人蹲着，灵巧而安静地工作着，没有之前旅程中那样绝望的呐喊和混乱。他们轻轻地互相交谈，像小孩子一样说着“哎呀”，只有在梅甘托尼（他们称之为蓬戈）之前的三四个地方，他们才会惊慌。他们会互相叫喊，以便更努力地划桨——“嘿哟！嘿哟！”当划桨无济于事时，他们会发出一种怪异的号叫，尤其是劳尔，他发出一种恐怖的、感觉精神上很痛苦的声音，让人神经上感到难受。另一方面，在紧张的时刻，这些印第安人自然会有些喧闹，但他们做得非常好。我们在一场暴雨和风中快速前行，突然间在一个转弯处跳过一段浅湍流，在那里，前方两百码的地方，出现了红色花岗岩的陡峭门户，这是蓬戈的入口。

在这里，印第安人再次号叫，拼命挣扎着在左侧陡峭河岸下的一小片黑沙滩上进行紧急登陆。头桨手托里比奥抓着一棵藤本植物跳到河岸上，但是他从我们的视线中沉入了洪流中，然后藤条便松开了——在那一瞬间我还以为这是我们最后一次见到他。但是他蹦起来，嘴巴张得很大。急流仍冲向他，当木筏转过来时他抓住了船尾，将船拖拽到了岸边。时机很神奇，虽然托里比奥不安地笑了笑，印第安人却没有注意到。他们将轻木筏绑在坚硬、粗糙的灌木丛中，这种灌木在这段河岸上很常见。阿戈斯蒂诺和劳尔赤脚沿着锋利的岩石向下游走去，显然是为了仔细看看蓬戈。

在离开潘戈亚之前我们想过，到早上再尝试穿越蓬戈，理论上说，如果发生意外危险，我们就不需要去应对即将到来的黑暗。现在我不确定自己是怎么想的：我很害怕，更因为这个下午黑暗阴沉，下着雨，非常寒冷。我不断问自己当初到底为什么要来做这件事。另一方面，现在没有回头路了，我们已经被困在外面的峡谷中，困于悬崖与洪流之间。我的身体已经冻得僵硬，希望不管怎样都要尽可能快地摆脱这种痛苦。安德烈斯也冷得发抖，几乎不能说话。我想他肯定和我感受一样。至于可怜的亚历杭德罗和托里比奥，他们蹲在岩石上发抖，双臂抱着膝盖，赤身裸体，像两只猩猩一样顺从。

我在衬衫里放了一点古柯叶，是阿迪莱斯给我用于紧急关头的“爱的信物”：我吃了一点，几乎立刻感觉好多了。至少我停止了颤抖，能够走路了。我给了安德烈斯一些，但他拒绝了，说古柯会让他头晕目眩。

现在我们的两名侦察兵回来了，一言不发地迅速解开了木筏。过了一会儿，我们上船进入蓬戈，对我来说这太匆忙了，我对蓬戈有很多重要的问题要问，当然我们的船夫无法回答。我们上了船，开始逼近蓬戈，我们当时完全无法控制木筏，那速度只能被称为疯狂。

蓬戈这个词表示一条山沟或峡谷，河流穿过山脉，而梅尼克的蓬戈对马奇根加人来说是熊的地盘：传说有一只河怪或熊模样的恶魔潜伏在水中，不时地崛起，使一些人溺水。在蓬戈远端的一个危险点被称为通奇尼，或者叫“骨头的地盘”，这可能就是熊怪成功的象征。

“梅尼克的蓬戈，”乔利先生写道，“是河上最糟糕的一条通道……这条路径有着壮观的景象，两侧都是陡峭的岩石，巨大的白色波浪高高地拍打着岩壁……河水雷鸣般咆哮着冲向大圆石，拍溅出大量的泡沫，我估计流速有每小时四十英里。而瀑布的流速大约是每小时五十到六十英尺……”

由于某种紧张的混乱，我对蓬戈的印象不太明确。我只能说，如果蓬戈的情况与乔利先生描述的那样，那么他和他的队伍步行绕过急流，真是正确而又明智。确实，这个路径有着壮观的景象，就像地狱之门一样，入口处荒凉的岩石和高高的波浪给我留下了深刻的印象，但是在那之后我对自己的审美眼光只有微弱的把握，并不是说一切都变得混乱，但即使脑袋没有被水淹没，眼前显然也是一片模糊。

一个人在没有遭受痛苦的时间间隔内，就会忘记痛苦是多么令人不愉快，在这个意义上，恐惧非常像痛苦。我不是研究恐惧方面的权威，也尽可能避免恐惧，但我确实知道，在事情真的发生之前的悬念期间最痛苦。当关键时刻到来时，某种脱离感已经取代了害怕的发抖——一种宿命的感觉，期待着结束悬念，最后是一种沉闷的自我放弃。我们是多么愚蠢，努力地谋划着，最后去送死。不管怎样，我发现自己能够或多或少客观地吸收些经验，而古柯可能对此有所帮助。这是我第二天早上写下来的一些印象。我稍后将与安德烈斯一起检查一下随身物品，他肯定会再减掉一些多余的装备。安德烈斯坚信，在这些微不足道的时刻，我们可能遇到的最糟糕的情况便是像当年在瓦利亚加遇到的激流。

随后，“快乐时光”号冲到入口处，在东边的巨石下打了一个白色旋涡。印第安人尖叫起来，轻木筏摇摇晃晃地进了一个洞，旋转了两圈，然后再次跳出来获得自由。波浪从四面八方向我们打来，其中几个大浪直接拍在脸上。下一刻，令我惊讶的是，我们再次浮出水面，开始在迅速平静的水面上向前移动。我曾预料过从蓬戈的一端到另一端的巨大旋涡（一位所谓的老手告诉我们，一路上波浪会越叠越高，最终变成可怕的波浪高峰），这个喘息的空间令人非常惊喜。不仅如此，它让我有机会环顾四周，虽然首先我得将自己从一种奇怪的精神悬念中解脱出来——也许就是我之前提到过的，从沉闷的自我放弃中解脱出来。

首先，蓬戈肯定是世界上最美丽的峡谷之一。在下雨的黄昏，它也肯定是最黑暗的一个。数百英尺高的陡峭悬崖耸立在狭窄的山谷两侧，而较高的岩壁上长满了丰富的苔藓、蕨类植物以及其他生长在树荫下和隐蔽处的植物。然而，靠近水面的岩石以及众多的洞穴看起来都是黑色的，还有河水本身，在它清澈的地方，就像童话故事里一样黑。河流让我们陷入温柔、缓慢的不祥旋涡中——我们实际上正在快速地移动，将我们从一个漩涡传递到另一个。在峡谷上，风和雨一直横扫在我们身上，前面的峡谷像一条黑暗城垛高耸的悠长大道一样延伸开来。

在木筏上，现在是一片充满敬畏的沉默，可能是对入口处危险点的敬畏，甚至是对这个地方孤独而雄伟的敬畏，这里也许是一个巨人的岩石花园，但大部分是对我们现在无可挽回地身陷其中、无处可停，甚至无法暂停这样一个事实的敬畏。（在旱季，显然人们可以在峡谷中出现的几个小沙滩和山脚下喘口气、拍拍照，但在 1960 年 4 月 18 日不是这样。）我还记得一只黄色的小鸟，像是一只黄莺，快速地从苔藓飞到滴水的枝条上。这只鸟在那个世界里看起来如此轻松自然，而我们不是。

我坐在木筏的前部，托里比奥和亚历杭德罗的后面。然后是小货架，后面坐着的是安德烈斯。我转身看着他，他不假思索地看着我，像河狸一样。我们现在心理上和身体上都在继续坚持。安德烈斯身后的劳尔和阿戈斯蒂诺开始呻吟，我再次面向前方：通道正在缩小，水面变白了。

印第安人在大喊着什么，安德烈斯叫我，他的声音有点紧张。“小心，现在，”他说，“抓牢你能抓的一切东西。”我抓住了藤本植物。亚历杭德罗正盯着波浪，甚至他的后脑勺看上去也很惊讶。波浪起初看起来不高，但这是因为我们只看到了波峰。在雨中，木筏和海浪之间的瀑布并不明显。“亚历杭德罗，”我说，“现在就做好准备。”他迅速点头，半转过头来笑了一下。这就是他仅有的一点时间。马奇根加人正在叫喊、嘟囔着，而劳尔发出了自己特别的声音，这声音从骨盆某处传来，这是一个人在面对死亡来临时可能会发出的声音，后来有人在他肚子上打了一拳。下一刻，他们放弃了船桨，一起号叫起来扑向那些藤本植物，因为他们无能为力。我们似乎在瀑布侧面向下滑动，然后我们从一个洞的底部向上看，水浪从不可能的高度向我们袭来。

我说“不可能的高度”，是因为从木筏上看任何波浪看起来都非常大，而这些波浪在其他任何地方都是一种美景。但是恕我冒昧，阿迪莱斯，它们根本不像六米高，更准的猜测应该是八到十二英尺高。这些波浪几乎没有力量：在某个地方，当一个水浪向我们袭来，我被冲到了木筏的一侧，但我记得自己大声喊着，对于这个大小的波浪，怎么就这点威力。当然它们根本不是真正的波浪，而只是急流向上猛抛或被石头劈开形成的。

然而，当第一个大浪赫然出现在我们头顶时，带着一种被惊吓的愤怒，我非常清楚地对自己说：“哦，来吧！”——好像这个大小的波浪不应该出现在河里，不管是不是在蓬戈。在那之后，在实际上不超过半分钟的无休止的时间里，蓬戈彻底发狂了。木筏经历旋转颠簸，向下倾斜，再次突然出现，它倾斜、跳跃、后退，其表现可能会被《亚马孙二人组》的作者，英国作家约翰·布朗先生描述为古怪。与此同时，我们的木筏表现得很优秀，因为它仍保持完整，并且任何时候都没有达到会倾覆的危险角度，像阿迪莱斯的船在巴卡尼克河里倾覆那样。

在这个水世界里，亚历杭德罗和托里比奥在他们的藤本植物两端像一对鲨鱼一样挣扎着，都被冲回来。我们都像蛆虫一样堆积在一起，在事情得到解决之前，大家粗鲁地互相抓紧。

之后河水消退了，这两人继续回到他们的位置上，阿戈斯蒂诺和歇斯底里的劳尔也是。这也好，因为在这个乌鲁班巴最糟糕的危险点后面，紧接着就是几乎与它一样可怕的河右边一个非常大的旋涡。（此后我被告知，在旱季这种特殊的旋涡并不存在。）印第安人疯狂地划着船，但笨拙的轻木筏在旋涡的外缘上滑了进去，木筏瞬间开始旋转并被吸往旋涡的一个洞内。当船头被拽到河面以下时，发出了可怕的咯咯声。

对我来说，这几乎是最可怕的时刻。亚历杭德罗和托里比奥爬上斜坡，船尾传来了死亡的呼喊。随后木筏突然腾空而出，掉了个头，向后转了一圈。“快乐时光”号再次驶向自由，这一次，在旋涡周围转了一整圈之后，木筏又滑到了边缘。印第安人疯狂的驾驶技术将它推向了开阔的河流。

我记得，就在这个地点的下方，一条美丽的瀑布在东侧的崖壁上飘落。我冷静地对安德烈斯说这条瀑布真优雅。现在回想起来，当时我可能是试图缓解紧张的神经。但安德烈斯只是从货物后面盯着我，好像我是个疯子。他在整个穿越过程中一直保持冷静，但后来，当我问他对旋涡的看法时，他激动地说：“我不喜欢旋涡。”

亚历杭德罗蹲在我面前，无法从刚才的经历中恢复过来。他不停地拧着一只手，眼睛闪闪发光，从未有过的活泼。“哎，真可爱！”他莫名其妙地重复了几次。

我们继续沿着黑色河流前进，不一会儿安德烈斯就叫我上前去。

“我觉得他们在说我们经过了最糟糕的一段。”他说。

“好。”我说。我紧张得快要死了，不能再说了。

我们沉默着继续前进，穿过了一些急流和旋涡，与之前的相比，这些似乎可以忽略不计，几分钟后我们就快到达蓬戈的下门户。这里不如入口那么壮观，但也很宏伟，并且对这个地方的戏剧性场面作出了极大的贡献。朝这一端的岩石是长方形的，就像被强有力的手切开，上面的苔藓、蕨类植物和落在左侧门户崖壁上的一根开着紫红色花朵的藤蔓，给这个地方带来了一种远古景致的浪漫色彩。

我转过身向后看着峡谷。黑暗的崖壁在远处融合在一起，向我们关闭，远处的山脉升起，消失在云雾森林的迷雾中。远处某个地方是潮湿的潘戈亚领域。因为梅尼克的蓬戈是安第斯山脉的入口，它作为入口的方式可能比描述的更为戏剧性：下游的丛林与上面的丛林截然不同，距离仅有几英里。这条河源自狭窄的蓬戈，穿过大约二十码的河口，延伸到一片雨林的河流中，那里有沙砾的河岛。山谷和阴影已经消失，取而代之的是平坦的热带雨林，无限地延伸到受侵蚀的红色河岸后面。快速流入河中的白色小溪也消失了，在它们的位置上是安静的小溪和阴暗的路径。连野生动物也呈现出一番新的景象：在蓬戈一英里的范围内，我们看到了一只马尼罗、一只比野兔大不了多少的矮鹿，还有一对黑鸭或小鹅从河里爬出来，翅膀上有许多白色的斑点。

有几个棘手的地方，其中一个可能是“骨头的地盘”。但我们现在都是经验丰富的老手了，对“快乐时光”号有着完全的信任。我们继续漂流，逐渐意识到这一点，欣喜若狂。

在我身后，终于，我听到了一声叹息。我转身看到一个全新的安德烈斯，咧嘴笑着。“现在我有宾至如归的感觉。”他解释道，“这里不是很漂亮吗？平坦，平坦，平坦！我们离开安第斯山脉了，我很高兴。山脉让我感到沮丧，我恨它们。”他外表的变化非常显著：过去一周他看起来变老了，现在看起来只是累了。

印第安人也笑得很开心，劳尔那黑脸文身和粗糙的发型，托里比奥那紧绷的会放屁的小腹和营养不良的瘦腿，还有在某种程度上很漂亮的阿戈斯蒂诺。而亚历杭德罗，在迟来的紧张中，他正在一个接一个地吞咽着青柠。

我也在笑，至少内心在笑。我们穿越了蓬戈，这是前行中的重要一步。在不远处的廷皮亚，克鲁兹可能正等着我们。在任何情况下，都会有一台收音机可以与他联系。我也受够了山谷、乌云密布、小心谨慎的感觉和紧张的人们。天气晴朗，我的精神也随之放松。我感受到了极大的欢乐和美好的生活，想要唱起歌来。

现在已经很晚了，将近五点，黑夜将至。不一会儿，马奇根加人小心地将轻木筏移到了一条小河的浅水河口。我们想在今晚到达廷皮亚，因为在丛林中有个惯例，人们会等待八天，然后继续出发，今天是克鲁兹计划与我们见面的第八天。安德烈斯指着下游说“廷皮亚”，印第安人点点头微笑着。他们明白我们想继续前进，但是印第安人没有我们的这种时间感，他们也不会把我们的着急当回事。他们累了，可以理解，他们打算在这里露营，就是这样。热带雨林的印第安人出入随意，很少或基本没有责任的概念，并且因为河流的每个河弯都意味着他们需要徒步更长时间，穿过没有小径的野外丛林，所以如果他们没有半夜溜走，我们就很幸运了。

他们把轻木筏拉到小河的河口，我们在一棵开黄花的树下扎营。脱去身上湿透的衣服，我们才意识到有多寒冷。我们六个人大口喝完了最后一瓶皮斯科。那些只有湿披风的印第安人生起了火堆，靠在火堆边上。他们在火堆上搭建了木头烤架，将木薯和大蕉放在上面烤。

安德烈斯筋疲力尽。他用弯刀砍来的树枝快速铺好了床，不想去吃晚饭。六点，当黑夜来临时，他已经上床睡觉了。喝了皮斯科后他放松了一些，怨恨地谈论着我们不得不面对的人。"他们不是丛林人，"他不停地说，"而是从山脉来到丛林的人。在秘鲁有一个古老的说法：'永远不要相信山民。'这些人欺骗了我们，但是走着瞧吧，一切都会有第二次轮回，我要替我们报仇，等着瞧。他们花了我一年的时间，这些人，特别是与你的朋友阿迪莱斯的生意。"他往上看，摇了摇头。"我觉得你没有意识到我们所处的境地有多糟糕。"

这是真的——虽然我仍然不太能接受。我心情很好，去了印第安人的火堆，亚历杭德罗正在那里饥肠辘辘地徘徊着。据安德烈斯说，人们从不去碰丛林印第安人的东西，也不会向他们讨要食物，除非想找麻烦，他们可能会轻视你。但是三人中最文明的阿戈斯蒂诺非常清楚我们没有食物。安德烈斯和我自己都没有感觉像是从埃皮法尼奥那里乞讨，而且除了少数青柠外，埃皮法尼奥也没有给我们任何东西。我们曾指望在廷皮亚获得一些物资。无论是因为我们与他分享了皮斯科，还是因为我们一起穿越了蓬戈（可能两者都不是，因为印第安人并不感情用事），阿戈斯蒂诺突然站起来，塞给我们一些木薯和香蕉，沉默而不苟言笑。

我们在黑夜中吃了晚餐。亚历杭德罗不是个健谈的人，而我的西班牙语又很烂，但我们还是在聊天，因为我们很开心。在溪口对面，一种奇怪的动物叫声响起，响亮而快速，“奥咳，奥咳，奥咳”，然后迅速放慢，“奥咳……奥咳……奥咳”，在几秒钟的沉默之后，是单独的一声“奥咳”。马奇根加人称这种动物为塔拉托，虽然亚历杭德罗认为是一种猴子，但我确信它是一种非凡的青蛙或蟾蜍。我们对此进行了一番讨论，然后——很惭愧地说，这是我第一次问这个不会抱怨的男孩他是否会游泳。他羞怯地笑了笑。“一点点，”他说，“就会一点点，先生。”好像他犯错了似的。

4 月 19 日　廷皮亚

当我去睡觉时，丛林的天空中闪烁着星星——北斗星、织女星和银河系。但是夜间又开始下雨了。我把防水布给了亚历杭德罗，因此我的睡袋很快就被浸透了。凌晨四点，我起身去了火堆边，印第安人在那儿蜷缩着，头也缩到了披风里，就像木乃伊一样躺在余烬中。他们会将一侧烘热并干燥，烘得刚刚好就翻个面，烘干另一面。即使需要弯腰驼背，很不舒服，他们也设法保持了动物的节俭风度——我这样说没有任何的傲慢，只有嫉妒。

距离白天还有两个小时，这似乎是思考我们所在位置的好时机。我们离廷皮亚不远，最多两个小时，但我对塞萨尔·克鲁兹会在那里没有抱太大希望。要去阿塔拉亚我们还有很长的路要走，也许是两百英里，是去普卡尔帕距离的两倍多，而且我们几乎破产了。轻木筏是我们的，但是船夫们一有机会就会离开我们。我们可以在这儿的浅流中驾驶轻木筏，但是蓬戈下游的水流要慢得多，去阿塔拉亚至少要一周时间。此外，蓬戈下游几乎没有农场；因为我们身处荒野，所以根本不用期待遇到上游人民的热情好客。

其他方面，我们缺少床上用品和备用衣服——安德烈斯的第二条裤子在我们从锡里亚罗向下游前进时被撕成了碎片，而我不小心把自己的裤子留在了潘戈亚，晾在农场的屋檐上了。我们的紧急食物不见了，只剩罐装桃子和蒸馏酒。我们有点四四口径的手枪，但这不像克鲁兹应该提供的霰弹枪那样有效，所以也指望不上捕猎动物。最后是安德烈斯的相机，我们依赖他的相机拍摄的彩照来支付探险费用，最终照片存储满了，现在已经失灵。我因为睡眠不足而感到又湿、又冷、又累。黎明时，前一天晚上我感受到的巨大幸福已经消失，留下了一种潮湿的情绪，更加适合覆盖着泥泞河流的恐怖迷雾。

在晨曦中，印第安人从火堆旁站起身，在小溪上默默地漂流而去。他们把武器留下了，应该会回来，但我们急于到达廷皮亚，而悬念令人不愉快。两个小时后他们回来了，但现在他们表示不希望再乘坐木筏往前走了。正如我之前所说，我们现在可以在没有他们的情况下驾驶轻木筏，但我们不熟悉河流的岔口，很容易走错路；此外，速度也很重要。由于无法与他们理论，我们愤怒地指向廷皮亚的方向，佩雷拉承诺把我们送到那里。过了一会儿，相当突然且神秘地——神秘得让安德烈斯心生怀疑，他们决定和我们一起继续前进。我们登上木筏，安德烈斯背对着我坐着，面朝船尾的两个印第安人，他的卡宾枪装满了子弹，别在大腿上。我之前认为并且仍然认为他误解了这些马奇根加人，但可能像他这样提防一手是明智的。可能直到我们离开潘戈亚，以及之前关于复仇的誓言被打破，他才会放松下来。

整个早上一直在下雨，以至于另一段美丽的河流从我们身边流过，差点没得到大家的赏识。有一次，我们惊扰了一只大型动物——可能是一只貘，在河岸的灌木丛里，但能见度很差，我们看不到任何动物。乌鲁班巴河在我们前方蜿蜒而行，绵延不绝，转弯处偶尔有一段小急流。我们终于来到了廷皮亚的河口，传教站隐隐约约出现在大约半英里外的支流岸边的薄雾中。

印第安人将“快乐时光”号拖到廷皮亚三角洲的沙洲上，

我们在那里下了船。因为不想让他们单独和麻袋一起留下，安德烈斯示意他们陪我们去传教站，但被拒绝了。他拿起卡宾枪，明确表示如果他们不走，我们不会离开轻木筏。然后他建议我做个样子，从我的包里取出我的左轮手枪并把皮套打开。我这样做了，但感觉很傻。阿戈斯蒂诺现在站了出来，接着是托里比奥，但劳尔仍然顽固，他在咯咯地笑，在我看来，不像是受了惊吓。最后他也加入了我们，我们沿着廷皮亚的长长的沙洲向上游走去，留下亚历杭德罗和卡宾枪以保护木筏。

牧师们很高兴地接待了我们，并对我们成功穿越蓬戈感到震惊。他们立即派出站点的印第安人乘独木舟去取回我们的装备。其中一个在陡峭的河岸上扛着一个袋子，不小心把它扔到了地上，砸碎了那瓶珍贵的苏格兰威士忌：我把这当作一个非常不幸的预兆。确实，负责管理这个站点的西班牙裔多米尼加人丹尼尔·洛佩慈·罗伯斯牧师没有给我们带来任何好消息。首先，他的无线电发射器出了故障，所以我们无法联系到克鲁兹。其次，克鲁兹从未到过廷皮亚，假设他真的离开过阿塔拉亚。克鲁兹在廷皮亚不受尊重，甚至有人认为他是一个不太值得信赖的人。丹尼尔神父是一个讨人喜欢、慷慨的人，倾向于嘲笑事物，他津津有味地嘲笑克鲁兹关于皮查河遗址的想法；他也听说过这件事并证实没有白人见过它，因为它不存在。他愿意承认的唯一遗址位于马丘比丘下面，是几年前由两名英国人和一名美国人在曼塔罗河的高处发现的。这是曼塔罗河，在一些地图上标注为曼塔洛，它与埃皮法尼奥·佩雷拉农场附近的乌鲁班巴河相连，而不是从万卡约以东的一个地方流入阿普里马克的那条。曼塔罗遗址在野蛮的马奇根加人的一个乡村里，几乎无法进入，迄今为止只有一队人到达那里，但是他们带回来的证据不尽如人意，它的存在仍然被认为是假设的。（此后我读到了朱利安·坦南特写的一个有趣的探险故事，他是参与其中的一个英国年轻人。这本书精彩地描述了蓬戈的下游，坦南特一行人在那里未能往上走，又拒绝折回，可能是因为1935年另一位英国人格雷戈里教授死在了那里。故事中还写了菲德尔·佩雷拉杀害父亲，是因为他将老佩雷拉与菲德尔的妹妹捉奸在床，尽管坦南特没有透露他是如何得知这种耸人听闻的信息的。这本书被称为《帕依提提的任务》，这也表明他没有意识到或者没有认真对待伦纳德·克拉克先生几年前发现帕依提提或黄金城的说法。）

直到这个时候，安德烈斯对塞萨尔·克鲁兹一直评价不错，不仅基于我的印象，还基于他自己在普卡尔帕从克鲁兹身上所看到的，但他现在倾向于同意多米尼加人的想法。他觉得，如果克鲁兹诚信行事，应该已经来到了廷皮亚，即使他后来厌倦了等待又回去了。当然，他可能有其他充分的理由来解释为什么还没有到廷皮亚，但目前证据是针对克鲁兹的，而且每个人都向我保证这会是徒劳无功，现在看来似乎这场探险证明了这一点。丹尼尔牧师已经大声宣布皮查遗址不存在，安德烈斯本人加入了那些认为在雨林中保存大型化石是不可能的人的行列。事实上，他说，现在我们所能做的就是想办法回普卡尔帕，并试着从克鲁兹手中要回我们的预付款。就我而言，这是一种无用的安慰，而另一方面，我看到了丛林中一些不一样的东西，这就是我一直告诉自己的，我最想要的东西。

与此同时，丹尼尔牧师和他的助手弗雷·杰米·阿雅斯塔明天就要开始向下游前进，到他们在塞帕瓦的传教站。他们将带我们越过皮查河的河口，但恐怕不能往回走，我们别无选择。在塞帕瓦有一台收音机，如果能用，我们就能知道自己是否有所进展。塞帕瓦在河下游很远的地方，牧师们有一艘带有舷外发动机的大型独木舟，去往下游的行程将用时一天多，而不是乘坐“快乐时光”号的三到四天。

4月20日　**廷皮亚**

事实证明，我的直觉可能是正确的，我们的马奇根加人是善意的。牧师确信他们不愿离开木筏的原因是佩雷拉灌输给他们的对传教站的恐惧，佩雷拉不想失去教会的奴隶劳动力。但事实也证明，安德烈斯在潘戈亚时对我们人身安全的担忧可能没我想的那样夸张。埃皮法尼奥在佩雷拉的儿子中声名狼藉，丹尼尔牧师以他的个人经历说到，当他负责科里贝内传教站时，埃皮法尼奥曾入侵，骚扰印第安妇女并用枪扫射这个地方。幸运的是，他喝得太醉了，没能伤到任何人，但丹尼尔牧师告诉埃皮法尼奥他不会接受他的忏悔，埃皮法尼奥绝不能再回科里贝内。至于阿迪莱斯，他说曾引导一位白人穿越蓬戈，并抱怨在白人手里遭到虐待，他的说法变得非常可疑。罗伯斯和阿雅斯塔都在这个地区工作了八年，他们证实阿迪莱斯从来没有穿越过蓬戈。事实上，即使在旱季，也没有多少人穿越过蓬戈。我们在乌鲁班巴上游这段运气不佳的航行有个意外的收获，那就是在不知不觉中，我们的探险可能会比我们最初寻求的更有意义。我们当初唯一的想法是往下游去与克鲁兹会合，那时探险就开始了：我们对乌鲁班巴一无所知，那里的居民想要摆脱我们，给予我们的都是谎言和错误信息。我们把在这些危险点和蓬戈的航行看作旅程的一个必要考验，而在这次行程中，阿迪莱斯和佩雷拉这样的老手已经谈判了十几次。

但是，写完这些之后，我将不得不自相矛盾。我们收到了很多警告，我们选择不予理睬，部分原因是返回太痛苦，部分原因是安德烈斯坚信乌鲁班巴人非常害怕他们的这条河，其危险性肯定被夸大了，在任何情况下，它都不能与瓦亚加河或者上马拉尼翁的蓬戈·德麻塞里奇河相提并论。但是卢卡特农场的秃头绅士、科里贝内的乔迪亚牧师和亚伯拉罕·马科斯都知道这条河的一些情况，并且显然都希望我们能有好运。他们告诉我们这条河目前无法航行，马科斯甚至说，如果我们冒险乘坐轻木筏穿越正在发大水的蓬戈，他一定不会赌我们能成功。不仅仅是这些人，在河边农场里，一个苦工安静而谦逊地警告我们，就像告诉我们要提防鲁迪·阿迪莱斯的那位卢卡特总管一样。

我们没有采纳这一建议，固执己见，经历了陡峭、炎热的山谷，得到了阿迪莱斯和佩雷拉轻松的保证。我们在蓬戈中幸存下来，没有过多的紧急情况，这也表明阿迪莱斯和佩雷拉是正确的，而其他人则是错误的。

对一只冲过蓬戈的小木筏来说，蓬戈毫无疑问是一个可怕的奇观。但是，将自己定位为任何形式的权威没有什么意义——可以这么说，给你一只不会在岩石或悬崖上撞碎的优质轻木筏，以及不会恐慌的好船夫，你也可能在一年中的任何时候安全通过蓬戈。即使是构造良好的轻木筏，若超载或管理不善，也会快速破裂，但最严重的危险是倾覆。这很容易发生，即使是很牢固的轻木筏，如果它被挂在岩石或浅水陆架上，而另一端向下滑到波涛汹涌的河水中。我们差点就像这样在瓦卡尼克翻船了。

我之前说过救生用具会是个安慰，当然如果有一个将有益无害。但是在蓬戈，在雨季的急流中，我不再认为救生用具会有什么用。掉进河里的人迟早会陷入一个巨大的旋涡，即使旋涡没有把他拖下去，也会让他在他明亮的救生夹克里欢快地旋转，直到饿死。（安德烈斯曾经乘坐木筏被困在大型旋涡里十六个小时，有一个著名的案例是木筏和船员一起被困在一个旋涡里二十四天。）

无论危险是什么，事实仍然是能通过蓬戈的行程少之又少，在某些年份里一个都没有；而且成功通过的都是在旱季，从六月到十月，这个时段的河水水位低且流速缓慢。尽管埃皮法尼奥微笑着保证四月份的蓬戈旅行会很愉快，但多米尼加人知道在雨季好像只有一次有人通过蓬戈。那次可能是去年同一时期由一位马奇根加人完成的，他从佩雷拉人那里逃离，出现在廷皮亚。

换句话说，如果牧师们没有弄错的话，那么安德烈斯和我是第一批在印第安人称之为“发大水的时节”通过蓬戈的白人。在我们脑海中，这次壮举是最远的一次，因此，我们无意地成为自“飞错的科里根”（道格拉斯·科里根）的航行以来最伟大的英雄。

4月21日　廷皮亚

牧师们还没准备好离开，所以我们将在廷皮亚再逗留一天。自离开库斯科以来，这将是第一个我们睡了一晚以上的地方，我们选择了正确的地方：丹尼尔牧师、阿雅斯塔修士和鲁兹修士一直非常热情好客，鲁兹给了我们十二天来第一顿体面的饭菜，他甚至设法将菜肴弄得好看，把木薯切成薄片并煎炸，我的天呐。

廷皮亚是一个大约有四十个马奇根加人的村庄，高高地俯瞰着廷皮亚河与乌鲁班巴河的交汇口。地面上的印第安小屋由木杆建成，它们实际上源自北方的皮罗印第安人的风格：设计的巧妙构思是让猪、鸡和四只奶牛在中央院子里漫步，又不让它们太过舒坦。印第安人种植木薯和香蕉，狩猎，捕鱼。在这里他们是文明的，而且印第安披风在很大程度上已经被印花布和土布所取代。我们的船夫们穿着披风，加上面部的标记、长发和醒目的武器，就像一堆蔬菜中的野花一样显眼。

三人不安且警惕地在廷皮亚徘徊了一天。他们今天早上离开，由印第安人引导从村庄向上游前进到蓬戈。安德烈斯很高兴看到他们走了。他睡得很好，人看起来好多了。自从离开潘戈亚，他告诉了我两件非常有趣的事情。首先，似乎阿迪莱斯和胡里奥喜欢安德烈斯携带的小弯刀，在使用它建造第一只轻木筏时，他们就表示想要这把刀。安德烈斯把他们的话当做一个玩笑，阿迪莱斯不愉快地问道，如果他们违背他的意愿强行留下这把刀，安德烈斯会怎么做。安德烈斯告诉他们，他还知道如何开枪。显然，这句话使他们不高兴。安德烈斯又匆匆解释说，在丛林中，任何形式的刀都是非常私人的东西，无论是出售还是送给别人，都会给双方带来厄运。阿迪莱斯和胡里奥都是印第安人，对待这种迷信十分认真，于是都不再提这件事了，但这没能让安德烈斯更安心。

另一件事是，埃皮法尼奥自己承认被通缉，不仅在库斯科，他在那里负债累累，而且他在基亚班巴也被通缉，他最近在那里打了一名警察。像他的父亲一样，他在潘戈亚感到非常安全，安德烈斯认为这意味着他可以做任何他喜欢的事情而不受处罚。显然这是真的，于是安德烈斯对身处潘戈亚的担忧在我看来似乎更加自然了。

值得注意的是，安德烈斯这个年纪的人能够如此好地承受穿越大山的行程。我昨晚向他建议，无论最后是不是无用功，我们都经历了一次非同一般的冒险。“冒险！”他说，“我的主！看，我在丛林中度过的这些年里，从未经历过过去十天里发生的这些事情。”

昨天，他仍然处于一种紧张的疲惫状态，一直对我们的印第安人表示怀疑。下午我去河边游泳，不得不带着左轮手枪让安德烈斯开心。事实上，他希望亚历杭德罗陪我去，但我拒绝了，我想独自一人。我们一直都挤在一起，又处于紧张状态，这种时候我最需要独处。我也想看看“快乐时光”号，它被绑在插入沙子的棍子上，除非印第安人去使用它，否则这将是它的最后一个泊位。毕竟，这只木筏让我们安全地通过了蓬戈。而且我想知道那些马奇根加男孩是否也有类似的想法。当我今天再次造访三角洲时，我在沙滩上轻木筏的旁边发现了一个印第安的棕榈芦苇小屋和一个已熄灭的火堆。船夫们从村里走了半英里，到那里过夜。

劳尔、托里比奥和阿戈斯蒂诺在廷皮亚并不开心。第一天早上，当丹尼尔牧师取笑他们粗糙的船桨时，我正看着他们。他们平日里开心的面孔变得高深莫测。在我看来，他们身上的丛林衣着让他们感到不舒服，可能会觉得低人一等。他们静静地站在自己的弓箭旁边，用弓弦整齐地卷起来，而穿着廉价工厂衬衫的传教站的孩子们站在他们身旁，呆呆地看着。

无论如何，我的心向他们敞开，今天在河边我想了很多关于他们的事，我在阳光下赤身裸体地走来走去，感觉无比干净。他们的世界不是传教站的院子，而是白色的树木和快速的河流，是沙滩上小屋附近大型豹猫或小型美洲豹的踪迹，是我在沙滩后面的藤条中发现的他们丢失的箭，箭头是用蓝色和黄色的金刚鹦鹉羽毛制成的。很遗憾我没有去和他们说再见，尽管这是一种他们不会理解的情绪。这三个微笑着的优雅男孩保住了我们的生命，作为建造木筏和冒着生命危险的奖励，他们可能会从埃皮法尼奥那里得到一把便宜的刀或一些便宜的皮斯科，也可能不会。今天，他们赤脚在丛林里打猎，将回到潘戈亚奇怪的世界里。从现在开始走到潘戈亚要三天，或者三十三天，这个时间对他们来说，就像他们的基督徒名字托里比奥、劳尔和阿戈斯蒂诺一样，没什么意义。

4 月 22 日　皮查河

昨天我把关于蓬戈的笔记读给安德烈斯听。他对笔记中的各种现象都表示赞同，并加入了一些自己的印象。一方面，他觉得木筏上他那端的印第安人真的很害怕，恐慌得有些失控；两人都被猛烈地冲向他，都没有回应他安慰的笑容。就他们而言，蓬戈不是笑话，他们没有西方这种上唇僵硬的概念来限制他们尽可能大声地咆哮出自己的沮丧。

安德烈斯也看到了那只明亮的黄色小鸟，但在他看来，是那只鸟没有出现在适当的地方，而不是我们。他度过的最糟糕的时刻是当轻木筏向后滑向巨大旋涡的时候。

当我们发现这次冒险的独特性时已经太晚了，我们都很惊讶，居然一张蓬戈的照片都没有。正如我所说，安德烈斯的相机是上游河流的牺牲品，但我自己的相机仍然可以用，迟钝一点。如果我们早就知道自己要做什么，我们可能会冒险拍照。另一方面，大雨和海浪频繁地撞击在木筏上，使相机在黑暗的蓬戈中无法使用。有一次我有机会与印第安人徒步到达峡谷口，本可以给蓬戈的门户拍一张阴沉的照片。此外，我们本可以在蓬戈下游上岸，再回来拍摄下游：这张照片不会那么令人兴奋，但可以用如“来自地狱口的汹涌”这样的标题加以渲染。

今天早上我们早早离开，在七点之前从廷皮亚的河口出来，沿着乌鲁班巴方向前行。在我们身后的河流交汇处，“快乐时光”号静静地躺在河岸边，船上的藤本植物蔓延到河水里。我们现在的旅行别具风格，乘坐着一只大型的发动机独木舟，同行的还有丹尼尔牧师、弗雷·阿雅斯塔、亚历杭德罗和一个马奇根加摩托车骑行者，他的十字架没有完全消除他的黑色异教徒文身。除了我们自己的装备外，我们还为在皮查河口附近正在建造的多米尼加新传教站带去了一些物资。

独木舟随着水流迅速前进着，但我不相信我们的速度和在蓬戈时没有发动机的轻木筏的速度一样快。河水流速已经大幅变缓，只是我们的时间不多了，才使我们无法继续乘坐“欢乐时光”号前进，因为轻木筏旅行比弦外发动机旅行更有价值，发动机的咆哮声往往扰乱了丛林河流的氛围。

今天早上河上有大雾，太阳在森林的奇怪轮廓后面朦胧地升起。森林里有大奥耶树、池塘和棕榈树，以及无花果科的带有指状大片叶子的白色切提科，这是河岸和岛屿上常见的树种。还有淡紫色叶子的精美榆树、南美假樱桃、带有浓郁黄色花朵的树，以及无数其他的树。你可以问这些树的名字，但是名字随着地点和部落而变化，即使你可以拼写出来，也不一定能得到答案。这个与森林植物群相伴的工作足以引诱人们成为植物学家，但这项工作仍然鲜为人知。

这个河段几乎无人居住，连印第安人也没有。潘戈亚和塞帕瓦的传教站之间的一百多英里河流中，只有几个马奇根加小屋和两三个较小的农场。然而，野生动物，甚至鸟类，似乎非常稀缺。一些小鹰，一种头部为黄色的土耳其秃鹫——我们在沙洲上看到了三只，深蓝与白相间的亚马孙燕子，一些长尾蓝绿色鹦鹉，一只灿烂的蓝金色的金刚鹦鹉，以及一群有着白色的冠和翼斑的大型墨绿色原始猎鸟。最后一种被称为火鸡，但实际上它们是冠雉，类似于我们美国与墨西哥边界的稚冠雉。由于它们不屈不挠的愚蠢，我们打到了其中两只作晚餐。我们乘舷外独木舟静静地在它们的栖息地观察，用轻武器向它们开火，枪声在它们耳朵发出巨响。除了鸟类以外，我们在波光粼粼的瀑布前看到了一只华丽的蓝闪蝶和两条白色鳄鱼——严格来说，亚马孙盆地白色和黑色的鳄鱼是凯门鳄。我们接近时，它们以快速、不愉快的步态跑进了水里。但猴子、貘、水豚、美洲狮、美洲豹和这个地方的其他哺乳动物都在静静的树木后面不发出声音。

乌鲁班巴河在这个季节非常壮观，水位很高，又没有完全被洪水淹没。满是岩石的小悬崖、瀑布、背阴的溪流、山体滑坡后的红色山墙（雷声般的山体滑坡是一年中这个时候河流上常见的）、不断变化的森林、砾石浅滩和沙滩、藤丛和棕榈丛，这些在河流的每个河弯互相改变、融合、熠熠生辉。我们终于迎来了一个晴朗的天气，欢快的阳光燃烧了围绕在平静清澈的水面上的薄雾。

我们在卡米塞阿河的传教站停留，然后在当天最炎热的时候继续前往皮查河口的传教站。我们决定在这里过夜。当然，克鲁兹声称在这条河上存在遗址。在负责定居点的和蔼可亲的修女帮助下，我对这个神秘的地方进行了一些调查。克鲁兹在一月份告诉我，遗址在距离河岸几千米处，也就是位于遥远的人迹罕至之地，河流是进去唯一的道路。人们会想为什么他们建造在那里，尽管这条河可能从那时起就改变了路线，这是瞬变地形中的常见现象。但是一位曾经一路前往皮查河源头并被当作当地圣人的马奇根加老人称，他从未见过任何遗址的迹象。如果皮查遗址非常破旧，那么即使他在丛林里被它绊倒这种不太可能的情况下，这位老人也可能没有认出它。但他很可能听说过这个传说，他否认了这一点。因此，基于这些——克鲁兹不在这里，无法捍卫少数观点，更不用说运送我们，我们将不得不放弃皮查河的遗址。印第安人否认了遗址，说这不是一个可以在森林里随意探索的地方。

今天下午晚些时候，在河里游泳后，我确认了印第安人所说的话。早上遇到两只凯门鳄的记忆削减了游泳的乐趣。它们是小型的白色品种，据称是无害的，所以我冒险快速转弯，在浅水区拼命游。（我不确定是什么时候进入的食人鱼区域，但不久之后这将成为一个考虑因素，并且河里总会有黄貂鱼、电鳗和可怜的牙签鱼。）我从河里跳出来，刚松了一口气，又立即被地面和空中的昆虫袭击，其中一些匆匆飞进我的裤子里。空气变得更加湿热，带有各种柔软、甜美的气味，从现在开始虫子将成为越来越大的威胁。

我放弃了河流，试图进入丛林。根据模糊的印象，我可能会遇到一只或几只难以捉摸的哺乳动物，可能还有一两条蛇。因为我和我的哥哥小时候养过许多蛇，包括铜头蛇，因此比起这些生物，我更怕狼蛛或蝎子，这两者都没有脑子逃跑。这片丛林原来是生长着竹子、藤条和猫爪草的热带旱生林，它们密密麻麻地生长在奥耶树及另一种当地人称为查拉皮拉的大型树种周围，后者的淡红色树干带有白色斑点。我的上方、下方和四周全都被刺围绕，磕磕绊绊，我极度清醒地意识到自己在一片沉寂中发出的喊叫声。由于我把所有东西都放在了数英里外，很快我就放弃并回到了河边。柔和的夜晚吸引了丛林中的鸟类。我看到三种鲜亮的金刚鹦鹉，包括一小群紫青色的品种，还有一只近在咫尺的黄脸秃鹫。我还看见一种白色和橄榄褐色相间的燕子，两种霸鹟与北美洲的西部霸鹟和朱红捕霸鹟非常类似，还有一种我一直有所耳闻，但直到今天才得以一见的大松鸡，它蓝色和灰色相间，头顶为黑色。

在定居点，牧师们在为玛利亚修女建造一个鸡舍。安德烈斯正在听他的收音机，亚历杭德罗正忙着为他巨大的山肺提供氧气，他平时不是在吃饭就是在做这件事。一些马奇根加人闲逛着，其中有一个漂亮的女孩，她最近饿死了自己的一对双胞胎婴儿，如果没有多米尼加人进行调解，她还会饿死另一个孩子。在我们看来，她作为母亲的疏忽、残忍和不自然，在丛林印第安人中很常见。丛林印第安人对这些事情更加实际，特别是当食物短缺或仅仅是不愿意承担这种负担，使得他们不想要孩子时。在她身后，丛林侵占了小小的空地和两个小开放式棚屋，并烧焦了一棵波纳棕榈，在树干的一半位置处有着奇怪的肿胀，在天空的最后一道光线下这棵树呈现黑色。

4 月 23 日　塞帕

今天我们走过了此次旅行中最长的旅程，在河上前行了近一百英里，从皮查到位于塞帕的乌鲁班巴下游的一个地方，就在罪犯流放地的上方。早上我们在安东尼奥·巴萨哥尼亚先生的农场里作短暂停留，他与他的马奇根加人和皮罗印第安人一起住在与米沙瓜河的交汇处附近。米沙瓜从马德雷德迪奥斯河流向东面。巴萨哥尼亚先生是安德烈斯以前在丛林里的老朋友。他非常有礼貌且善良，证实了安德烈斯的感觉，也就是丛林中的主人比山上的人更热情好客。我们吃了一顿美味的猪肉、鸡蛋、木薯和木瓜，由一个小小的、迷人的印第安人为我们提供服务，其名字恰如其分地叫洛丽塔。巴萨哥尼亚先生给我带来了一个古怪的黄蜂巢以及一个由他的皮罗印第安人制作的漂亮手镯。

让安迪特斯感到惊讶的是，巴萨哥尼亚先生是塞萨尔·克鲁兹的朋友，对克鲁兹评价很高。克鲁兹在冬季拜访了巴萨哥尼亚，并提到他将与一些上游的人会面，这表明他是认真对待我们的项目的。巴萨哥尼亚将克鲁兹称为“很认真的人”，并说皮查遗址不仅仅是克鲁兹想象的产物，尽管它也可能是一种多重的幻觉。巴萨哥尼亚承认没有白人见过遗址。他说遗址应该距离皮查约十五天的路程，位于一个沼泽地中，没有印第安人会愿意去那里，据说在那里有一个被用于人类祭祀的巨大水池。

巴萨哥尼亚是不是一个“很认真的人”现在是个问题。安德烈斯认为他是，而且无论如何，他是一个很友好的人。我必须承认我希望克鲁兹能在这里，并准备出发。在这一刻，即便是最弱的说辞，我也愿意相信他。

我们在下午早些时候到达塞帕瓦（就像科里贝内、廷皮亚和皮查，这个多米尼加传教站的总部以其所在的乌鲁班巴支流命名），皮罗人、阿玛华卡人和马奇根加人一起在岸边迎接我们。唉，这些人没有穿着部落服饰，因此或多或少难以区分。这个地方看起来不像印第安村落，而更像一个慈善营地，当然它确实是。我这样说，是希望对曼努埃尔·迪兹牧师和他开朗的兄弟姐妹们表示支持，还有近一个星期来帮助我们维持生计的其他友善的多米尼加人。这些都是善人，做着慈善的工作，尽管对我这样的人来说，这些工作的效果可能会令人反感。这些印第安人的个性在白人的混入后，不管圣洁与否，正迅速地消失。无论这对于填饱肚子和个人救赎是多么有益，都让人非常难过。塞帕瓦的人都已不再是印第安人，而是无知、贫穷的秘鲁人。他们的堂兄弟在内陆的小河流中留着长发和身上的彩绘，外表确实好看很多。在南美洲，根据白人的说法，除了少数例外，允许自己与白人完全接触的部落可能只剩半个世纪就会消失。

巴萨哥尼亚先生美化后的塞萨尔·克鲁兹在一定程度上受到了塞帕瓦人的质疑，他们比丹尼尔牧师更明确地说到他的变幻莫测。他们说，克鲁兹不认为银行里的钱是签署支票的必要条件，也不太遵守诺言。正如他们所说的那样，他是一只鸟，从不在一个地方停留很长时间，在这里被称为“我们的克鲁兹”，意译过来变成“我们必须承受的十字架”。由于塞萨尔现在再次出现在被怀疑对象的名单上，我向曼努埃尔牧师询问了化石专家、巨大颌骨的发现者瓦格里先生。

“我知道他，”曼努埃尔牧师说，“你是指那个在阿塔拉亚附近有农场的人。”

“我觉得就是他。”

“我知道了。”牧师说道。

“你对他有所了解吗？”

“是的，我知道，”牧师说，“他死了。”

曼努埃尔牧师不确定已故的瓦格里是不是我指望的那个人，只知道阿塔拉亚的某个瓦格里一月就去世了。至于他如何死的，牧师不确定，这个问题仍然悬而未决——情节变得多么复杂！

我们已安排今天下午乘坐传教站的独木舟向下游前进，希望明天早上能在他的牧场找到克鲁兹。尽管我希望如此，瓦格里的化石现在看起来却非常遥远。我们的探险旅程还有一个令人尴尬的目标，正如安德雷斯一再向我保证的那样，就是从塞萨尔·克鲁兹那里取回预付金。

廷皮亚的丹尼尔牧师，一个天生的嘲讽者，自豪地把我们展示给大家，安德烈斯·波勒斯·卡塞雷斯阁下和美国工程师马修森先生（为了让我在乌鲁班巴的存在看起来不再奇怪，安德烈斯很久以前想出一个把我当作“工程师”的策略，于是我被所有人称为“工程师”），在“发大水的时节”穿越了蓬戈。曼努埃尔牧师和其他人一样，从来没有听说过在这个季节能成功穿越蓬戈的，尽管他本人也是蓬戈的老手。曼努埃尔牧师，一个高大、长着胡子的男人，看起来像菲德尔·卡斯特罗，但绝没那么吵闹。在我们到达之前很久就知道我们要来。他在安德烈斯担任马德雷德迪奥斯总督期间认识了他，当他通过短波无线电从基亚班巴的马塔马拉牧师那里得知（马塔马拉牧师是从亚伯拉罕·马科斯那里得知的）我们有意沿河而下，他立即通过无线电回复说我们至少应该等待两个月。当然，那个时候我们已经出发了。曼努埃尔牧师的发射器是我们离开黑醉河后第一次与外界接触，安德烈斯用它向他的妻子传达了一个信息，即他仍然活着。

我们在塞帕瓦吃了另一顿饭——来自罗马天主教会的最后

一个慷慨赠予，很快就上路了。我在独木舟上更新了这本日记，因为乌鲁班巴已经拓宽为一条平坦、缓慢的丛林河流。棕榈树变多了，在开花的树木中，有许多红色花朵的豆科植物——刺桐，南美假樱桃也变得普遍。葡萄藤绕成的金字塔让一些较大的树木窒息，巨大的木棉树有着华丽的宽圆顶花冠，是这里景观的主要特征。

鸟类的变化最大。鹦鹉和金刚鹦鹉仍然很多，但鹰类的数量和种类都在增加。有一种乌鸦大小的鸟，前后为黄色，有着棕色的顶部和粉红色的喙。一种小而醒目的田凫。两种巨大的水鸟：一种是象牙白冠的苍鹭，脸部呈明亮的蓝色，之前在亚马孙河我只看到过一次；另一种是喉部呈猩红色的巨大的刀嘴白鹳，叫作图尤尤——它在马托格罗索被称为图伊乌，因此是巴西和南美洲西班牙语地区少数同名的物种之一。最后，在北美也有的五个常见物种：黑秃鹫、白鹭、玫瑰琵鹭、鱼鹰和斑点鹬。尽管琵鹭十分引人注目，鱼鹰和矶鹬对我的影响更大，让我想起了它们在我北大西洋海岸的场景。现在，在这个大陆徘徊了五个月后，我必须开始考虑回家了。

天黑之后，塞帕罪犯流放地的灯光在河边闪闪发光。我们决定在上面一英里处的沙滩上露营，沙滩上有一个由貘的脚印形成的花边，虽然这只大而害羞的貘仍然躲在某处。

蝙蝠和一只奇怪的银色夜鹰紧紧地贴着河水的油腻光芒飞行。这是一个壮观的星星之夜，月亮被围绕着，当我躺在这里，在凉爽舒适的沙滩上，打着手电筒写作，南十字星直接爬上了天空。

4月24日　因纽亚河

粉红的丛林日出透过晨间的薄雾，迎来了连续第二个晴朗的日子。五点四十五分，我们已经在河上，希望能在克鲁兹起飞前赶上他。当我们通过塞帕时，有个守卫命令我们去岸边，他认为我们可能会在克鲁兹的农场找到他，因为三天前有人在阿塔拉亚看到过他。（守卫会检查所有过往的船只，可能是查逃跑的囚犯：在这里逃跑是周期性的，不过如果囚犯仍能找到返回的路，他们几乎都是很高兴地自愿回来。）

大约七点，我们的船摇摆着绕出迷雾，登陆了克鲁兹农场下面的河岸。这个高大的男人被他好奇的苦工们包围着，身穿一套磨损的睡衣，不满地从早餐桌上起身。他黑着脸，看到我们并不高兴，也没有努力表现出高兴，尽管他的脸上闪过一下金色的笑容。

可以预见的是，克鲁兹主张河口是阿塔拉亚附近坦博和乌鲁班巴的交汇处。当然，这不是真的，但真相作为一种可以被无限操纵的事物，在热带雨林从来没有受到高度重视。然而挽回面子至关重要。我们不屑去告诉塞萨尔，他的朋友巴萨哥尼亚不知不觉地背叛了他。我们立即着手重新评估合同，在几分钟内制定了一个大家都同意的新合同。我想，克鲁兹对这个合同不是很满意，因为如果我们当时在蓬戈丧生，他就能带着定金逃脱，但我必须说他大度地接受了他的坏运气。他说三月初在玛布雅乡村的一次木材旅程中，他真的看到了化石。他甚至做了一张粗略的示意图，尽管我从图中看不出什么。发现骨头的是印第安人胡安·巴勃罗，他为克鲁兹的一位朋友维克多·马塞多工作。至于瓦格里，他还活着——是他的父亲已经去世了，但克鲁兹声称瓦格里从来没有见过骨头化石。无论事情的真相如何，看起来瓦格里很明显已经被淘汰出探险队了。

克鲁兹准备立即出发寻找巨型下颌骨，他准备了汽油、食品、药品和皮斯科等满满的物资。设备也都已经准备好并在一个大箱子里等待，我觉得他认真对待这件事了，直到安德烈斯指出（结果完全正确），克鲁兹一定通过丛林里神秘而准确无误的小道消息听说过我们沿河而下的事，于是在最后一刻做好充分的准备。现在，克鲁兹正在疯狂地翻找，查看最后的细节，而我们在视察他的农场。这个地方是这段河流典型的农场，通常有一窝鸡、混血婴儿、树桩、烧火的烟雾、香蕉和木薯，这与一百年前对河边农场的描述完全相符，令人惊讶。农场里有很大的养河鱼的木制鱼缸，他的劳工正在刮除水垢并清洁鱼缸。里面有银色鲻鱼、看起来像一种鳟鱼的海鲢、一条有两颗大牙齿的细细的犬牙鱼、一些小的祖鲁鲶，还有一种据说重量超过四百磅的鲶鱼。他养的牛在更远处河边的一些空地上。

安德烈斯希望 4 月 30 日回到利马过他的结婚三十周年纪念日，因为他不相信骨头的存在，更不信任塞萨尔·克鲁兹，所以此时正考虑离开探险队，从阿塔拉亚回家，阿塔拉亚位于河下游几英里处。但克鲁兹觉得我们可以沿因纽亚河和玛布雅河而上，并及时带回骨头，让安德烈斯乘坐每周的丛林飞机从阿塔拉亚出发前往山区的圣拉蒙。利马距离圣拉蒙不到一天的距离。他离开的话我会感到非常遗憾，所以我也在说服他留下来。我唯一担心的是，如果有特别感兴趣的事情发生，我会讨厌这种被迫的匆忙。此外，塞萨尔提出可以将我们带到因纽亚河上游远处一个非常狂野的阿玛华卡部落，但这将涉及十二天的往返，以及对生命和四肢的巨大风险。安德烈斯觉得目前我们的运气已经够差了，虽然有点不情愿，但我同意他的看法。既然我们局限于只去寻找下颌骨，他现在决定和我们一起。他仍然对我有一种保护性的感觉，并且坚信，如果没有他的存在，我在几分钟内就会陷入致命的困境。

接近中午，我们向东驶入因纽亚河，看到了亚马孙江豚，那是整个亚马孙地区常见的灰黄色江豚，在距离海洋超过三千英里的地方看到这种动物是多么奇怪——尽管有一种理论认为，世界上所有的海豚和鲸鱼原本都是亚马孙盆地的陆地哺乳动物，它们逐渐回归到水生环境中，最后到了海洋。

我们乘坐的是一条长四十英尺的狭长独木舟，尖尖的船头，很轻快，和几乎所有亚马孙河流的独木舟一样，都是用一整根木头挖空而成的——在这个地区，制作木材通常是雪松，楝科的一个红色树种，西班牙雪松或“雪茄盒”雪松也是楝科的。克鲁兹带着他的四个下手，我本来想说四个印第安人，因为至少其中两个和我们迄今为止看到过的印第安人长得一样，但是塞萨尔（他本人比他们更像印第安人）早些时候说过，他那里没有任何印第安人。（塞萨尔不是一个太骄傲而不敢反驳自己的人，此后不久就提到了在那里工作的马奇根加人，那个看到过皮查遗址的人。）人们感觉，像塞萨尔·克鲁兹一样受过教育又聪明的梅斯蒂索混血儿是被迫接受种姓制度的压力，认为只有裸体的野蛮人或者身上涂有浓重色彩的人才会被称为印第安人，其余的人都是秘鲁人。秘鲁人指的是讲西班牙语并穿着衣服的人，所有梅斯蒂索混血儿自然急切地希望，无论他们的直系血统如何，这种区别能得到认可。

从东面流向乌鲁班巴的因纽亚河，是一条棕色而缓慢的雨林河。因纽亚河的动植物与亚马孙河流的动植物相近，其中许多鸟类我都已经非常熟悉：蛇鸟，与北美洲的美洲蛇鹈非常相似；麝雉，一种古老的青铜色的鸟，在兴奋时会发出惊人的怒吼和尖叫声；两种亚马孙燕子；两只亚马孙翠鸟和其他一些鸟类。还有红雀，头部呈红色，上半身为黑色，下半身为白色，是鸟类饲养场里常见的鸟（W. H. 哈德森在他的《普拉塔的鸟类》一书中提到过这个物种，“它的歌声几乎没有变化，但声音非常大，有着令人愉快的嗓音，大多数人都喜欢他们的宠物鸟能有这样的声音，可能是因为它让听众的心中产生了这样的想法：这些小歌手很高兴成为牢笼里的囚犯”），以及各种其他鸣禽、雨燕和霸鹟。鹰类仍然很多，包括一种外表凶恶、带有白色尾带的黑色老鹰，还有一种微型猎鹰。最后，在第一个下午，我瞥见了一只鬼头鬼脑的鸟，看上去好像是秧鸡，有着橙色与浅棕色的下半身、灰色的上半身和长长的脖子。

耀眼的金刚鹦鹉，一对对或者成群结队的（通常是十二只或以上），继续在丛林的上空占主导地位。有时人们会看到它们栖息在一棵奥耶树的巨大枝干上，发出的叫声可以与儿童噪声相较。它们的表兄弟，短尾肥绿鹦鹉，带有红色斑块和黄色尾巴，一小群一小群快速地穿过河流，成群的蓝绿色长尾小鹦鹉也来凑热闹：在某个绝妙的瞬间，长尾小鹦鹉簇拥在刺桐的红色花朵中。但最令我高兴的鸟是巨大的蓝黑巨嘴鸟，它以一种非常滑稽的方式飞行——这是我见过的第一种真正能让我开怀大笑的鸟——它犹豫而又谨慎地徘徊，浸入水里，滑行，伸长脖子，由于它巨大的喙而永远保持在一个致命的俯冲点上。人们会觉得，如果不止一只巨嘴鸟同时在高空冒险飞行，他们会互相碰撞，从而打破鸟类世界的每一条规则。

蝴蝶不像上游那么常见，不过我看到一群极美的绿色蝴蝶和黄色蝴蝶，温柔地在炎热的黏土河岸上扇动着翅膀。显然，这些群体聚集的都是雄性蝴蝶，是黄粉蝶的一种。一只孤独的大闪蝶漫不经心地飞舞着，就像一个笨拙而快乐的孩子在追一只弹跳球。虽然河岸各处都有动物的踪迹，小奇多猴在森林里远远地回应着我们的口哨，但哺乳动物仍然躲着我们。克鲁兹觉得，由于今年这些洪水，森林里到处都是水，所以动物们也不必来河岸边。白色鳄鱼数量众多，被称为塔里卡亚的大型江龟也很多，它们重达四十磅，据说是一种极好的食物。其中一些江龟在河边原木上一个叠一个，但它们很谨慎，在被射击时会沉入河里。

我们停下来，在一棵又矮又宽的希姆比罗树扭曲的老树枝下吃饭，这是一棵被藤蔓缠绕的河树，很像童话插图里的神奇树木。当天晚些时候，一对红喙黑鸟在一棵希姆比罗树上歌唱，我曾经在马托格罗索州见过这种鸟。我觉得它们叫巨嘴鸟，会发出一种非常响亮而清晰的口哨声。

有一次我们在印第安人的一个小营地里停留，位于一个漂亮的背阴的沙滩高处。这些人是旅途中的坎帕人，这是秘鲁的一个伟大的战士部落，勇士们披着印第安披风，脸上涂满了阿乔特浆果的橙色。他们来这个地区割野生藤条，用于制造他们的箭。新制的箭还没有装上羽毛，也没被削尖，正在沙子上以锥形堆栈晒干。从印第安人那里，克鲁兹的手下们用生烟叶换来了一些熟的祖鲁鲶。除了鱼，印第安人正在烹饪一只大巨嘴鸟。他们对我们保持着警惕，虽然并非不友好，但只要我们在，他们就保持沉默。

天黑时，我们来到了属于克鲁兹的姐夫的一个小木材营地。我去了河里游泳，当我穿好衣服时，塞萨尔已经准备好了晚餐。七点，在九指切提科叶子的华盖下，我们已经钻进睡袋，这些树叶就像是粘在闪闪发光的天空上的黑色花朵。

4 月 25 日　玛布雅河

今天早上，为了去更上游的浅滩而减轻独木舟的重量，我们留下了亚历杭德罗和克鲁兹的两个下手，以及一些汽油、绿色香蕉和其他较重的物资，以便加快速度。我迫切地想知道下颌骨化石目前在玛布雅河岸的所在位置与化石的原始位置之间的距离，每当我们让克鲁兹预计到达原始位置所需的时间时，根据他的心情，都会得到一个不同的时间预估，从两小时到两天不等。和大多数这些人一样，他对我们有着孩子般的信任——在安德烈斯看来这是有根据的。根据古老的丛林法则，克鲁兹是靠自己的能力来获取他所能得到的东西；他仍愤懑地认为，在这次旅程结束时他将欠我们钱，而非相反。但与此同时，他一直表现得非常开心，在食物、酒水和礼仪上不遗余力地维持着我们的脂肪和快乐。换句话说，他可能试图欺骗我们，并不意味着他不喜欢我们。从亚马孙到火地岛，我的这种想法愈来愈强烈，甚至觉得他可能欺骗我们并不意味着我不能喜欢他。毫无疑问，克鲁兹是一个土匪，但他是一个令人愉快的人。他不会伤人一根毫毛，除非有人给他的报酬很高。与此同时，他正驾驶着一艘装备完好的独木舟。克鲁兹还是一位顶级的厨师：在吃了两周的木薯和大蕉后，他的菜肴是我能想象的最美味可口的了。

为丰富食物储备，塞萨尔今早在一个当地猎者的独木舟前停了下来，从他那里获得了一只野生火鸡、一些野猪（类似于我们墨西哥边境各州的西貒）和一只大型黑蜘蛛猴。黑蜘蛛猴是用棕榈叶包裹着的，棕榈叶旁飞着一群苍蝇。随后，它在篝火旁经历了刮毛、冲洗，准备被开膛破肚，这些组成了一系列非常可怕的照片，我不确定是否应该公开。

不久，我们来到岸边的一个营地，营地里有三只上午被射杀的野猪。这场猎杀的证据证实了人们给河岸留下的疤迹，但我们自己在这方面一直运气不佳。我们所能看到的就是鳄鱼，安德烈斯用他的点四四口径卡宾枪对着鳄鱼发泄他长久以来的偏见，但这样的发泄不是很有效。我一直极力反对这项运动，因为与曾经在这些河流中常见的、现在在马托格罗索州仍然很容易看到的大型黑色物种不同，白鳄鱼不仅无害，而且毫无价值。我甚至告诉克鲁兹，他应该劝阻人们不要射杀这些鳄鱼，因为他现在有了引导旅行者进入因纽亚河的疯狂想法，而经济萧条的时候，凯门鳄可以弥补这里其他动物的缺失。

但这一天很漫长。我真是个伪君子，最终那只扣扳机的手指开始发痒。它赢了，我用左轮手枪打了几枪。对鳄鱼来说，这是一个可笑的武器——尽管我不是故意让它变得如此荒谬。随后在河岸上出现了一只水豚，或叫水猪。这是世界上最大的啮齿动物，长得像一只肥胖的短腿羊，鼻子上有一张巨大的土拨鼠脸。除了在廷皮亚见到的一只林鼠，这也是自从蓬戈下游的小型鹿之后我们看到的第一只陆地动物，安德烈斯两枪都没打中。在这个站不住脚的借口下，我亲自征用了步枪。另一只水豚出现了，我幸运地击倒了它，子弹穿过脖子。它摇摇晃晃地站了起来，下一秒只听安德烈斯的左轮手枪响起，结束了它的生命。它从岸边滚到水里。每个人都在大声祝贺我，尤其是我自己，与此同时，水豚沉没了。虽然我们在水流中拼命寻找，但它再也没有出现过。

沉醉在胜利的喜悦中，我又迅速地连续砍了两条鳄鱼；用步枪，即使在移动的独木舟上，鳄鱼也不是一个很好捕猎的对象。然后我感觉很糟糕，正如我早知道的那样，在那天剩余的时间里，我都没有对它们扣动扳机。与此同时，安德烈斯正在用他的左轮手枪试运气，结果是意料中的。尽管如此，他在愤怒中开的一枪使一条小鳄鱼一命呜呼，那之前的第一枪偏差了至少十英尺的距离。当然，我们希望能打到一只貘，而安德烈斯小心翼翼地谈论着美洲豹。

那天下午三点左右，我们到达玛布雅河口。在河口上方的泥岸上，曾经有一大片在“黑金”时代繁荣起来的橡胶营。直到去年，还有一支军队驻守在那里，作为对上游更远处阿马瓦卡的检查站，但现在这些小屋慢慢被丛林遮掩住。这些阿马瓦卡人，就像克鲁兹曾提到的，赤身生活在因纽亚河上游，据说非常奸诈。据夏季语言研究中心的人称，因纽亚站目前是他们任务中最危险的。在那里的语言学家有一小群忠诚的印第安人，但其他族群不断地进行突袭，他无疑身处重重危险之中。大约在 1910 年，这些部落通过消灭玛布雅河畔的营地，结束了该地区的橡胶行动。据克鲁兹说，当时有六十多人死亡，只有一名妇女逃脱。这是为印第安人复仇，这些印第安人在秘鲁、巴西和玻利维亚的热带雨林像老鼠一样被射杀。有人估计，在橡胶繁荣的几十年里被屠杀的印第安人的数量超过了第一次世界大战中失去的所有生命。这个数字与成千上万死于奴隶制的人完全不同。直到今天，大多数南美人仍认为内陆河流中的野人民族是次人类的生物，可以当场被射杀——不过应该说，北美人在这个问题上没有什么话语权。

玛布雅河比因纽亚河小得多，但在这个季节它仍然足够深，让我们能取得良好的进展。我们来到维克托·马塞多的木材营地时天已经黑了，营地的其中一名苦工是化石的发现者。下午晚些时候，我们在玛布雅河看到了一对可爱的燕尾鹰。那是最优雅的鹰，在阴暗、缓慢的河流上轻轻地盘旋，这种鸟仍然生存于美国南部的荒野沼泽中。

4 月 26 日　油腻的小溪

直到最后一刻，安德烈斯还对这块巨骨化石的存在表示怀疑。但它就在那儿，沉没在玛布雅河岸的泥土中。它几乎和瓦格里所说的一模一样，是块巨大而沉重的下颌骨，它需要至少四个强壮的人来搬动。它的重量肯定超过两百磅，与其说是它的大小造成的重量，不如说是它的材质——石化黏土的下面附着了一块坚实的石化大理石。

这似乎是一个大型动物的小上颌，不过我没有能力鉴定它的年龄、是哺乳动物还是爬行动物。希望在不久的将来，我们能知道这些信息。经测量，上颚宽二十四英寸（我们人类下巴相应的距离可能是一英寸半），从前牙槽到两侧后牙槽的直线距离是二十八英寸。虽然没有牙齿留下，但总共应该有二十六颗牙齿。牙槽的形状大约是圆的，每个牙齿大小差不多，直径比美元银币大一点。简言之，这是一个令人惧怕的器官。

在化石上方，黏土沉积的下面，似乎至少有一个石化鼻孔。鼻子后面还有一个大洞，好像该生物自己低头冲向一块巨石，结束了自己的生命。

否则我无法形容它，因为它如此多变，没有固定形状。我拍了塞萨尔坐在化石嘴中的照片，想获得更好的灵感。塞萨尔和我庆祝了一番，喝了皮斯科和一种叫甘西亚的秘鲁苦艾酒，我认为两者都很美味。按照丛林准则，我们熬夜到很晚，然后和马塞多营地的苦工一起入睡（马塞多自己也不在），包括骄傲的胡安·巴勃罗，他详细描述了他是如何找到颌骨化石的。塞萨尔穿着一套漂亮的白色睡衣，这肯定是唯一一套进入玛布雅地区的睡衣。真的，他是个有才能的人，一直给我惊喜。

今天早上六点，我和胡安·巴勃罗、另一个叫路易斯的苦工以及我的朋友吉列尔莫·特霍（他是塞萨尔的手下）一起出发去参观下颌骨的原始位置，并确认该动物的其他部位是否可见。安德烈斯已经永远放弃行走了——他的脚踝仍然因为我们在丛林中的跋涉而肿胀。他觉得，无论如何，他只会拖我们后腿。虽然下颌骨化石让他十分惊讶和印象深刻，但他对此没有真正的兴趣。他最想要的是尽快离开这里，以确保他五天后抵达利马。至于塞萨尔，他没有假装表现出他没有的兴趣，而是选择留下来享用他的早餐。

事实证明安德烈斯的决定是正确的，因为我们花了近一个半小时才到达这个地方，这一路上并不容易。前半个小时左右，我们乘坐一条小独木舟在一条小溪上前行——这条小溪没有名字（玛布雅河本身在现有地图上找不到，因为它的区域坐落在通常被称为“未开发的”的丛林的空白处），但由于小溪上漂着来自岸边泥土的光亮亮的浮油，所以它被苦工称为“油腻的小溪”。其实这泥泞的湿滑河岸本身就足以给这个地方起名。我们不得不多次蹚水而过，有时水深齐腰。在离玛布雅大约两英里的地方，胡安·巴勃罗停在河床上的一块岩石边。就在这个地方，他宣称，有一天他发现自己站在一块没入水中的岩石上，碰巧往下看，发现他站在什么东西的嘴里。他向附近的维克托·马塞多大声喊叫，马塞多起初很不耐烦，但最终还是过来看了看。他们一起设法把那东西推到岸上。

这是去年十一月发生的。瓦格里住在阿塔拉亚附近，他肯定很快就听说了这件事，并在一月初来到普卡尔帕告诉了我。这个故事还很新鲜，没有流传开来，因此是为数不多的几个没有偏离事实的亚马孙酒吧传言。自去年十一月以来，胡安·巴勃罗已经声称发现了两处化石遗址，其中一处埋藏在岩石中，包含一只巨大海龟的石化外壳，另一处是各种巨大的骨骼。

今天早上，我们在河床上找到了更多的骨头，但很难说这些骨头是否属于下颌骨的主人。无论如何，这个动物的大部分被埋没或失踪了。由于骨头太重，带不回去，我鼓励他们把这些骨头留在原地，因为理论上，我们的任何一次胡闹，都只会使后面装备精良的探险队的工作变得更困难。我还要求他们采取与其他地点相同的预防措施。

我们还发现了一只现代野猪的头骨。和化石一样，它是石化的，虽然长牙仍然是新鲜、白色的。如果知道这个地区怎样的地质特征能让数百万年前的化石和现在的一样，将是非常有趣的。也许是石油。最终，我们发现了一个活化石，一只沉睡的鳄鱼宝宝，它代表着一个有数百万年历史并逐渐从地球上消失的生物族群。吉列尔莫声称它是危险的黑色物种，它的颜色不像在河边看到的年轻鳄鱼一样是竹青色，而是黑色的。吉列尔莫把它的嘴用棕榈叶捆绑了一下，我们把它当作吉祥物带了回来。

根据胡安·巴勃罗的信息，我能够大致绘制出其他骨头发现点的简图。其余的骨头与第一块下颌骨化石之间有一天多的往返距离。我现在非常后悔鼓励安德烈斯陪我们去玛布雅，因为他最急切地想回来参加他的周年纪念日，以至于我们不能在这里待足够长的时间，哪怕是粗浅地调查这很可能非常重要的古生物学发现。（现在看来，我也非常想造访上游的阿马瓦卡部落。令人遗憾且非常沮丧的是，当我们仍然有机会在阿塔拉亚将安德烈斯放下的时候，我没有更果断。）

我还没有说过我度过了一个美好的早晨。是的，很美好。奇怪的是，这种美好并不在于找到了我们寻找的东西——更多古老的骨头，也就是对这个遗址的某种科学认证，而是存在于这条丛林溪流的纯净之中。只有像胡安·巴勃罗这样在寻找雪松和桃花心树的伐木工人，可能曾经沿这条小溪而上，这里没有任何白人的痕迹。它静止的河岸上覆盖着来自貘、水豚及其他动物星星点点的足迹，清澈的溪水静静地徜徉在沙滩上，闪耀着美丽鲱鱼的光芒。在弯曲处，溪水在石岸下流淌。这是一种纯净的清澈的绿色，是那些高耸的白色树木把叶子的颜色借给了溪流。古怪笨拙的麝雉在较低的树枝上到处乱窜。树上藏着许多不知形状和颜色的小鸟，鸟叫声回应着这一片凉爽的寂静，一切是那么和谐。树蛙大声地鸣叫着。一英里外回响着一种自然界最有力的声音，就像风的呻吟，这是红色吼猴的集体嚎叫。溪流中本身就有各种软体动物的贝壳，包括巨大的腹足类动物，一只大梨的大小，以至于让人很难相信它不是海洋生物。（一个世纪前，路易斯·阿格西兹论述过亚马孙盆地中海豚、鱼类和其他水生动物的海洋特性。）我们停下来吃早餐，吃的是一种坚果，我已经忘了它的印第安名称。我想知道为什么这条小溪比我们在溪中发现的骨头化石更令人兴奋，比那天晚上第一眼见到巨型下颌骨更令人激动。我突然想到，除了它的美丽，这还是一次冒险、一种探索，不管多么胆怯——我一直在寻找的正是丛林这种内在的、神秘的特质，以这条迷失的溪流为代表，我觉得现在终于找到了。

这是在过去几天里我很怀念的一次冒险，而走访阿马瓦卡部落将让我重新感受一次。这些天过得很有趣，甚至令人无比激动。我惊喜地发现我们实际上已经完成了这次探险的最初目标之一。但这些冒险缺乏未知、不可预测的元素，缺乏山河中许许多多的艰苦磨难。我们知道今明会在什么地方，我们将有足够的食物：携带着许多食物。一切都安排好了，一切都处理好了，我回想起旅程的头几天，略有遗憾。正如经常发生的那样，我们没有去理解或评估自己的经历，直到这段旅程结束并永远不再回来。

今天我错过的一件事是早晨明亮的太阳，不是为了拍照，虽然我尽职尽责地带着相机，而是为了欣赏。在让我感动的地方，蓬戈就是一个典型的例子，常常不是太阳被遮蔽，就是雨水让我们无法摄影，就好像这些地方的神秘在人的脑海和内心比在胶片上保存得更好。如果一个人倚赖照片来重新找回对一个地方的感觉，失望是不可避免的。（从非精神层面上讲，当我试图在野外安静地移动，我不喜欢有这样一部易损的机器和它的皮革外套像甲状腺肿似的在脖子上摆动，特别还因为我也总是随身携带双筒望远镜。也许这与儿时梦想像印第安人一样移动有关，或者与我拍摄的糟糕照片有关。）

这些想法记录于我们向玛布雅河下游前行的时候。近十点，我们离开马塞多的营地，和开心的胡安·巴勃罗安顿下来；安德烈斯不耐烦地要离开，克鲁兹也急于在马塞多出现前走，以防他向自己要钱。支付给胡安·巴勃罗的钱是塞萨尔的，这笔钱来自塞萨尔在我们能够得到骨头的前提下所能得到的奖金。克鲁兹对此并不满意，他也想用这笔钱支付给马塞多。考虑到这块骨头有可能不值得花这些钱把它运到矿渣堆，胡安·巴勃罗算是得到了丰厚的奖励——因为我不认为这些骨头值很多钱，甚至对博物馆来说也不值，他得到的五百索尔相当于他六周的微薄工资了。胡安·巴勃罗是一个坚强、谦虚的人，有着迷人的微笑，我祝他开心。

两个小时后，我们接近因纽亚河，克鲁兹显然还很痛，但他展示出了一贯的勇敢。我们向下游移动得很快，就像接下来的四五天一样。太阳照耀在空中，我的肚子里充满了马加兹——一种胖胖的、带条纹的、没有尾巴的刺鼠，昨晚在海滩上被吉列尔莫打中的，还有一颗被吉列尔莫的致命砍刀砍到地上的棕榈芯。这不是制成印第安黑人弓箭和长矛的那种棕榈，只有树顶仍在生长的部分可作食物，虽说破坏这样一棵棕榈是一种浪费，但让它留在那里，任其在荒无人迹的河边腐烂更是一种浪费。

4 月 27 日　**阿塔拉亚**

现在是弦月，在丛林里月亮的变化带来了雨。今天早上，雨一直下得很大，我们悲惨地在独木舟上弯腰避雨，从我们睡过的木材营地到因纽亚的河口，从那儿沿着被风席卷过的乌鲁班巴河到它与坦博河的交汇口：这些河都往北流向乌卡亚利。

在坦博河与乌鲁班巴河的交汇处有一个丛林最大的定居点，位于北部普卡尔帕和遥远东南部马德雷德迪奥斯的马尔多纳多港之间的数百英里河流中。这个有五百人口的村庄叫阿塔拉亚。在这儿，安德烈斯离开了我们的小探险队。他不相信塞萨尔的说法，即舷外独木舟可以在两天半后驶往普卡尔帕，而不是第二次世界大战期间安德烈斯本人在该地区工作时所需的四天，我们在阿塔拉亚收集的所有信息都支持塞萨尔的说法。安德烈斯决定抓住机会，从圣雷蒙乘坐小出租飞机可以在第二天左右进入阿塔拉亚的泥带，而不是冒险错过三十号飞离普卡尔帕的预定航班。

因为我们没钱了，不得不从克鲁兹那里提取他仍欠我们的预付金退款，用以支付安德烈斯的机票。克鲁兹在早上冰冷的雨后喝了一些酒来取暖，他对安德烈斯怀疑自己在规定时间内不能到达普卡尔帕感到恼火。现在他愤怒地大喊，说他在整个行动中失去了衬衫，这种愤怒已经持续发酵了几天。克鲁兹希望，我们能决定走得更远，从因纽亚到阿马瓦卡，或至少在玛布雅待几天，可以让他赚回寻找皮查遗址的预付金。但他不公平地把愤怒集中在安德烈斯身上，他认为安德烈斯的周年纪念日是让他失望的关键。而安德烈斯从一开始就怀疑克鲁兹，他们的相互厌恶在阿塔拉亚得到公开，两人都没有努力站在对方的立场想一想。我也没有起到什么帮助，因为我自己也易怒。但这一决定的错误不是安德烈斯的，而是我自己的，克鲁兹拒绝理解这一点。克鲁兹对我咆哮着整个周年纪念日的荒谬，以及安德烈斯在这个问题上的一根筋。由于我自己的周年纪念日对我来说没有多少或者说根本没有意义，我可能没有办法同情安德烈斯的需求。和克鲁兹一样，我对这次探险的财务问题感到有些不安。我还没有得到在纽约的赞助商对于这次乌鲁班巴之旅经费获批的确认，而且在这一点上我对安德烈斯有点失望。安德烈斯不重视金钱，不管有没有钱，他总是漫不经心地花钱。

虽然从理论上讲，我钦佩这种态度，但现在，为了获得更好的结果，这一点激怒了我。虽然安德烈斯和我避免了公开争执，我们之间的紧张关系正在蔓延，我们探险小队的士气已然达到最低点。

想到我们一起经历的一切，安德烈斯和我分别得太匆忙了。克鲁兹很不耐烦，脾气暴躁，在独木舟的船尾对着空气乱喊指令。我最后一次看到安德烈斯时，他毫无表情地站在雨中的河岸上，他身后是丛林边阿塔拉亚的阴沉小屋。我非常后悔自己的恼怒，并真诚地为他的离开感到遗憾，因为他是一位优秀而又可靠的同伴。他的机智、善意和威严使整个旅程远远比之前更愉快。如果没有他，我可能仍然在潘戈亚，还不一定有良好的工作状态。

然后我们便离开了，沿乌卡亚利河而下，进入喜怒无常的丛林下午。船头摆着一块化石和一只煮熟的猴子，塞萨尔在船尾的瑞典舷外发动机上沉思。顺便说一句，这些瑞典舷外发动机在这里比美国品牌更受欢迎，因为美国牌子复杂、古怪且难以修复。天气、与安德烈斯令人沮丧的分离，以及想到这几天要忍受塞萨尔·克鲁兹的怒气，我自己也有点喜怒无常。我坐在船中间，就像我几天来一样，面对沾满泥土的巨大化石鼻子，思考着这种动物明显缺乏大脑且不冷静，因此它的灭绝是无法避免的，很合理。我之前担心万一我们的船与一根圆木或浅滩碰撞，会撞翻这来之不易的奖品，让它永远落入河中，然而现在取而代之的想法是，这才是它的归属之地。当我受这种哲学思维困扰时，我甚至自问，这个由死亡塑造出来的粗糙东西是否象征着我们所有的目标将无结果。这时，我的注意力被亚历杭德罗忠诚、正直和严格的形象吸引，还有他那石化的印第安面孔。在这一瞬间，他和化石之间似乎有一种奇怪的血缘关系，除了两者都沾着泥土的事实（这不是批评，我自己身上也都是泥）：在这天中某些奇怪的时刻，亚历杭德罗突然成了一块巨石，这石块能呼吸，递一根香蕉就会引发他那僵硬、一成不变的动作。

各种交织的想法伴随着喋喋不休的雨声逐渐平息，暗淡的太阳很快从灰色的阴云中探出脑袋。乌卡亚利河在安第斯山脉的山麓下蜿蜒流淌，一座巨大的平顶山丘在西面隐约可见，下游处可以看到阳光照耀着的地区，偶尔还有一道微弱的光线照亮潮湿的独木舟。河中到处可见张大着嘴的白色大鳄鱼，大鱼盘绕在浅滩的边缘。

黄昏时分，克鲁兹背着一罐罐奶酪和虾、两大瓶味道极佳的皮尔塞纳啤酒，从船尾走过来。他下午打了个盹，掌舵的是他团队中剩下的唯一手下蒂莫，而蒂莫是一个新手。这是我最喜欢克鲁兹的品质之一：他能够积极面对，以朝气蓬勃的方式摆脱失望。在他遭受了可怕的损失大声疾呼后，阿塔拉亚奶酪和虾罐头的不真实价格让他大手笔地采购了很多，他的这一大动作也许是他多重特征中最西班牙的。当我们静静地喝酒交谈时，他指出河岸上有一个科尼博印第安家庭（我们的旅程已经先后经过了马奇根加、皮罗和阿马瓦卡地区，再到坎帕和科尼博），还有一棵特别壮丽的卢普纳树，它高耸的树干没有分支，顶部郁郁葱葱地长满了树叶。

在遥远的西面，乌云间隙中透出阳光，缤纷的颜色随着光线的照射而加深。在灰色乌云下，天空好似一块明亮的赭石。这块赭石下沉到紫色的山丘，山丘边缘围绕着棉花团似的云朵，像很久之前在乌鲁班巴上游看到过的。接着我们可以看到棕榈树的深绿色、藤条发光的流苏和下面闪闪发光的银色河流。下午晚些时候，在这个深邃的自然世界里，几只安静的白色大鸟在空中飞翔——是图尤尤，还能看到有着深色脑袋及弧形喙的林鹳、普通白鹭以及黄嘴河燕鸥，这些鸟类遍布亚马孙，从这儿一直到三千英里外，比贝伦还远的三角洲。

日落时分，灰色的天空迅速变成金黄的一片，金色的天空与其他颜色交相辉映，形成了我在丛林中见过的最令人激动的黄昏。乌卡亚利河的这一河段非常美丽。雨林和广阔的丛林景观最好的部分都在这里。西岸外的下游，山脉与云雾互相环绕，无与伦比。

我内心充满了深深的幸福与平静。随着安德烈斯的离开，我们不再需要匆忙赶路，尽管塞萨尔仍然在喃喃自语着我们将在二十九日晚上到达普卡尔帕——这已经成为他自豪的地方，但这并不紧急。尽管我有手表，有需要的时候可以看自己的手表，但在过去的几天里，安德烈斯每隔一会儿就在看他的手表，并以军队的方式每隔一会儿就宣布时间。在这种情况下，我觉得他在阿塔拉亚下车似乎是一个更快乐的安排，我只希望飞机今天能把他带到圣雷蒙。

另一个不完全令人反感的因素是，我必须在西班牙语方面更加努力了。当安德烈斯和我在一起的时候，我几乎没有说过话，因为他能更好地用西班牙语表达我们的需求和想法。这么一想，自从我们三周前离开马丘比丘以来，我讲过的西班牙语单词好像加起来都不到一百个。但现在，在卡斯蒂利亚诺我必须一直讲西班牙语，已经有了明显进步。

天黑后我们前行了一两个小时，试图到达博洛格尼西的定居点。但是夜晚天空中没有月亮，河水又黑，最后我们撞上了一个浅滩。整个下午，我们经过的河岸都坍塌进洪水中——其中一个地方，我看到一棵大的切提科倾倒。现在我们被迫在黑暗中上岸。在上岸的地方，可以听到从上游和下游都传来可怕的隆隆声、撞击声、裂缝声和飞溅声。当塞萨尔在努力修发动机的时候，我凝视着倾斜在我们头顶的树木，想着是否会有一棵树倒下来。但很快我们又上路了，到了一个离博洛格尼西不远的地方。当我们最后停下来时，大约七点三十分，从河里传来了江豚柔软的喘息声和扑腾声，还有一种甜美的麝香味。我问塞萨尔这些是什么花，他说气味不是花散发出来的，而是以水果为生的大蝙蝠散发出来的。不管这是不是真的，蝙蝠那熟悉的吱吱声回荡在河流的上空。

4 月 28 日　乌卡亚利

在乌卡亚利，热带雨林著名的昆虫出现了。晚上会出现大量的蚊子，包括疟疾蚊子，还有一小片好斗的沙蝇。我相信这里的这种叫“蚊子”的昆虫，相当于巴西臭名昭著的皮厄姆苍蝇，因为它会造成相同的包块。这两种生物中的任何一种都能引发热带高热。昨晚，我们第一次被迫使用蚊帐。塞萨尔、我、亚历杭德罗、蒂莫，在克鲁兹朋友的牧场中共享一个小门廊。我借来的白色小蚊帐沉浸在河边牧场刺鼻的气味中，亚历杭德罗靠着我的手肘睡着了，他身上的味道使得空气更加难闻。这气味并非完全来自汗水，也许和食用木薯有关。不管怎样，最近几天这味道已经渗透到我的帽子里，现在我必须面对身上也带着这股味道的事实。

我们四点起床，因为塞萨尔仍然坚持他的宣言，也就是我们明天晚上会在梅赛德斯大酒店吃饭、刮胡子、洗澡。我认为他做不到，但看他到时候如何挽回面子会很有趣，因为在拉丁美洲，他不得不这样做。

我们在博洛格尼西待了将近一个小时，塞萨尔调查了他的一些木材交易。我们在上午晚些时候又停了下来，与一位住在河岸边一艘船上的朋友交谈。塞萨尔迫切想让我在每一个地方上岸，问我想不想品味当地的色彩。我突然想到他的策略是这样的：如果我们不能在周五晚之前到达普卡尔帕，他就会说他本来可以按时到达的，要不是佩德罗上岸游览博洛格尼西和河上所有其他景点。但我们等着瞧吧，我保证忠实记录下结果。

我们继续向下游前行，今天克鲁兹精神振奋，他把下颌骨化石展示给所有人，并吆喝着花五索尔可以看一眼，花十索尔可以摸一下。上午的大部分时间里，蒂莫开着船，而塞萨尔和我喝着啤酒。他现在告诉我，他曾在六月穿越过蓬戈，他还认识佩雷拉。和多米尼加人一样，塞萨尔对这位老人十分钦佩，没有那些道德偏见。圣人认为要是尊重一个众人皆知的杀人犯和毫不悔改的罪人，肯定会带有道德偏见。我问他埃皮法尼奥是不是一个你信任的人，他的回答有着秘鲁人中不常见的直接："不是。"

塞萨尔想来美国拜访我——事实上，他也没有什么其他可以谈论的事情了，我们似乎已经重拾三个月前在普卡尔帕的友情。出于某种原因，之前当安德烈斯一直做我的发言人时，这似乎是不可能的。塞萨尔可能想养肥我再杀了我，但我真的不这么认为。

下午早些时候，我们在切西河附近的科尼博定居点停了下来。我对相机的厌恶越来越强烈，尤其当我必须把它对着印第安人或其他人的时候。如果科尼博人用石头和箭把我们赶出营地，我一点也不会责怪他们，但这些人不像马奇根加人和坎帕斯人那样羞于拍照，一些人急忙穿上他们最好的仪式服装，让我觉得自己是个游客。

科尼博人是丰富多彩的，复杂的黑色文面，手上的蓝色染画，串有珠子和野生动物牙齿的精致手镯，鼻子上的金属饰品。科尼博的女人下嘴唇上挂着一条长长的金属坠饰。大多数男人都穿着文明社会的衬衫和裤子，但女人都用一条黑色的刺绣短裙包裹着，上身穿着一件遮不住肚脐的亮色衬衫。他们通常脚踝上穿着生牛皮拖鞋，前额留着刘海。科尼博人的这些特色与所谓查马人的其他部落相同，如普卡尔帕周边可以看到的希皮博部落、占领普卡尔帕和廷戈玛丽亚之间山区北面村庄的卡希博部落。其中两个部落给威廉·麦戈文博士留下了深刻的印象，他是一位英国的旅行者，他编撰的《丛林之路与印加遗址》在1928年前后出版。麦戈文博士和我有一种独特的相似之处，我们第一次接触南美洲都是坐一艘小船通过亚马孙流域。

麦戈文博士在书中写道："科尼博印第安人会杀死他们中的老年人和体弱多病者。昂戈尼诺人会给青春期的女孩施以奇怪的无名酷刑。卡希博人或被称为吸血鬼印第安人，他们像讨厌的蝙蝠一样，吸野兽和人的血……"

事实上，以青春期仪式闻名的并非麦戈文博士描述中马奇根加一个不知名的分部落——昂戈尼诺人，而是科尼博人。仪式（被称作皮希塔）为阴蒂的切除，并非一种折磨，而是在女性卫生方面的错误努力。卡希博人并没有被称为吸血鬼印第安人，虽然他们有时被称为蝙蝠族，就像希皮博人被称为猴族、科尼博人被称为鸟族。目前，卡希博部落处于退化状态，可能很快就会消失；与查马人不同，他们未能适应文明。不仅他们的文化正在消失，而且表现出一些衰退迹象，如任意交换配偶、一个妻子有两个丈夫。

现在的查马人圆脸、安静，觉得自己比秘鲁其他丛林部落都要优越，这可能是对的。他们的文化丰富，富有想象力，包括可爱、精巧的陶器。事实上，他们是丛林中唯一真正的工匠。

他们不会为其他任何人工作——尽管他们自己有时也养着坎帕奴隶。与许多其他部落的女人不同，她们最不愿意与白人、梅斯蒂索混血儿，甚至非查玛印第安人睡觉。通常，在河上旅行时，你会看到查马人沿着河岸洗澡，其他印第安人和白人都不是这样。与坎帕人、皮罗人和其他部落群体不同——就像北美持久不衰的霍皮和普韦布洛文明一样，他们作为战士不为人知，并倾向于避免部落间的摩擦，部落间摩擦一直限制了两大洲印第安人的数量和进步。他们也不使用坎帕人和马奇根加人的制度，在这种制度中任何财产都可能在任何时刻被最需要或最想要该财产的人使用。正如所有善良的美国人都会同意，这种共产主义制度只会带来伤害，而这种制度绝不能与基督教伦理混为一谈。

后来我们又来到河岸，在卡科的大型夏季语言研究中心站点，我们看到查马人在烧饭，修补渔网，为他们的箭把藤条晾干，做着印第安人通常会做的事情。一些年轻的女人很漂亮，尽管她们的嘴上涂抹了一种鲜艳的口红，脸上有黑色细网格文面。坎帕和马奇根加女人在不胖的时候往往是弓腿和扁平臀部，与她们不同，这些查马女孩拥有好看、笔直的腿和翘臀。

黑暗中，在另一片银火的天空下，我们把船绑在一个装运巨大雪松圆木的轻木筏上，慢慢地被拖着前行。木材目前是这些地区的主要产业，所有木材中，雪松漂亮且易砍伐，但它的漂浮性是目前人们最需要的。雪松的缺点是，它是独立生长的树木，而非成林成片，要将雪松从森林里砍伐并搬运出来十分费力。我在因纽亚克鲁兹姐夫的营地里看过这一过程。在主要河流的河岸上，雪松几乎都消失了——贝茨提到过一个世纪前人们大范围砍伐雪松木。但这里还有许多其他有价值的树木可以取代雪松，现在桃花心木已经被普遍使用。

我们静静地漂流着，很平静。夜晚是寒冷的，因为我们经常在河上度过。我在蓬戈下游的第一个晚上第一次听到那种名为塔拉托或拉通的动物的叫声，更远处也有相同的叫声传来。原来它既不是青蛙，也不是猴子，而是一种独特的啮齿动物。蒂莫的手电筒照到了漂浮着的鳄鱼那红色的眼睛，蝙蝠到处乱飞。我最终在独木舟的尾部睡着了，这是一个全新的经历。在过去几个星期里，除了河边沙滩上，我还睡过茅草屋的泥地板、多米尼加代表团的木地板、古柯树的阁楼和可可贮藏箱。其中，我只推荐河边沙滩，尽管相比这些地方，我更想要一张像样的床。

4 月 29 日　乌卡亚利

塞萨尔在午夜时分醒来，夜幕依然清晰，南十字星爬上天空，天狼星似乎已经消失了，尽管这可能是我自己没有观察清楚。我们放弃了大木筏，重新出发。天很冷，我回到睡袋里，又和死猴子躺在舱底。凌晨三点，我们来到帕奇提亚河的入口，在河口上游的一个牧场里，我们叫来了克鲁兹雇用的一些苦工。他们为我们烧了几天来的第一顿热饭，我们在烛光下吃了饭。

但我还是很高兴再次离开了河岸，因为那地方是一个充斥着沙蝇和蚊子的虫洞，我无法理解乌卡亚利怎会在这方面与乌鲁班巴有如此大的区别。接着，我们迎来了一个壮丽的黎明，白色的河鸟、早起的鹰、鹦鹉快速飞过的剪影、丛林的气息和海豚轻柔的叫声交织成了一幅美好的画面。我再次感到无比的幸福，我觉得河上的生活配得上大家的每一句赞美。我上个月和传教士一起在巴西的时候戒了烟，但现在我又开始抽烟了，我很享受每一口烟。

塞萨尔向我走来，我们聊了一上午。他在阅读爱因斯坦的传记和加布里埃拉·米斯特拉的作品集，他有一个装满类似惊喜的小手提箱。他漫不经心地说，他认为鲍里斯·帕斯捷尔纳克不应获得诺贝尔奖，至少不该因为《齐瓦戈医生》获奖。我们在另一个查马定居点停留，我在为儿子寻找一只微型雕刻独木舟。在那里，塞萨尔花了一个小时熟练地帮助一位印第安老人处理感染的脚。伤口面积很大，感染已将小脚趾远离其余肿胀的脚，看起来像是把脚从中间分裂开一样。为了让其他印第安人高兴，塞萨尔给了那位老人一剂青霉素注射，然后不大温和地用盐和水清洗了伤口。他习惯性夸张地在整个伤口上倾倒了大量的碘和青霉素粉末。这位老人在如此痛苦的治疗中表现得非常坚忍，即使作为一个旁观者，我都感到头晕。他表现出的这种尊严，是这些营地里其他醉醺醺、懒惰的希皮博男子很少拥有的。在这样一个社会里，女人一直坚守着旧的方式，而男人却没有，这不是巧合。她们独自保留了传统的宁静与优雅。

中午，一股地狱般的热浪朝我们袭来，这股热量来自太阳和它在河上的反射，似乎使整个丛林瘫痪。我们静静地继续前行，只停下来拍了一张化石在独木舟船头的照片，还有一张特具神韵的我的照片，臀部别着左轮手枪。我们一直用左轮手枪来惹恼鳄鱼。昨天下午，塞萨尔、亚历杭德罗和我开了三十发子弹，但丝毫没伤到鳄鱼。在一般情况下，这可能是左轮手枪在这些河流上的唯一功能，但也许正如安德烈斯所说，拥有枪支往往帮助解决其他更重要的问题。下午两点，普卡尔帕的金属屋顶在地狱般的阳光下闪闪发光，到了四点，化石安全上岸，落入了一位好木匠手中，准备用卡车把它运到利马。经过二十八个小时的航行，我们到达了普卡尔帕，比塞萨尔答应安德烈斯的时间还少了两个小时。我为自己没有对克鲁兹提出怀疑而松了一口气，否则我不得不吃了我那刺鼻的帽子。事实上，当我往昔的伙伴安德烈斯出现时，克鲁兹仍然在沉思有关他的事。正如克鲁兹预测的那样，飞往圣雷蒙的飞机没有出现在阿塔拉亚，经历了两天的懊恼之后，一架途经阿塔拉亚的语言研究中心的飞机出现了。如果天气允许，安德烈斯将于第二天早上乘坐到利马的飞机离开，并在晚上准时到达，参加他那著名的周年庆典。

安德烈斯确信我们仍然在遥远的河流上游，当他从梅赛德斯酒店的福斯托·洛佩兹那里得知，我不仅比他早两个小时登记房间，甚至现在正站在街上的木匠商店前时，他很泄气。他是个挺有风度的人，微笑着接受了我们的意见。他羞怯地祝贺克鲁兹，当晚，两人再次成为朋友。当安德烈斯第一次出现时，塞萨尔非常郁闷，突然打破了我们早些时候制定的计划，原本计划是他和他的妻子将在梅赛德斯与我一起喝酒、晚餐。但后来他一个人出现了，我们举办了一个安静的庆祝活动。不管安德烈斯的想法是否正确，我仍然喜欢塞萨尔·克鲁兹。约翰尼·马奇，一个明智的苏格兰人，在普卡尔帕经营一座木材加工厂，他去年一月对我说："塞萨尔挺好的。你在这样的地方能找到他这样一个人已经很不错了。只要别对他置之不理就好了。"顺便说一句，对于我们发现的这块化石，马奇和安德烈斯一样惊讶。事实上，整个城镇的人都想看这块化石。当地的指挥官胡安·巴苏科本来应该和我们一起来的，他到镇上晚了，还没听说我们找到了这块化石，事实把他弄得晕头转向，他兴奋地告诉我在因纽亚听说了一块化石，我们应该一起去找化石。我把他带到街上，给他看了化石。

我计划在这里待几天，以确认一些名字和其他事项，我想看到珍贵的化石在亚历杭德罗的守护下安全乘坐木材卡车离开。我最想与之交谈的人是韦恩·斯内尔，据说他在语言研究中心总部，位于离镇上大约八英里的亚里纳科查湖。

5 月 2 日　普卡尔帕

星期六早上，就在安德烈斯准备登上飞往利马的飞机时，克鲁兹跑了过来。普卡尔帕的警察局长从他在阿塔拉亚的同事那里收到了一封电报。

“请拘留一位名叫塞萨尔·克鲁兹的先生。”上面写着，因为我后来亲自看到了那封电报。我转述其中的一句话：“他似乎在没有咨询老板维克托·马塞多的情况下移走了一块下颌骨化石，这块化石是属于玛布雅河的财产。”

克鲁兹最恐惧的事情真的来了。很明显，马塞多从胡安·巴勃罗那里了解到了发生的事，他沿河跑到阿塔拉亚，提出了（尽管电报中的措辞很委婉）一项盗窃指控。马塞多觉得有权分享战利品，因为在阿塔拉亚有一个快速蔓延且令人不安的谣言，说这块化石值很多钱，现在这个谣言又传到了普卡尔帕。听了胡安·巴勃罗的陈述，我觉得马塞多没有任何索要的权利——尽管马塞多和不幸的瓦格里很可能会辩称，他们至少有和塞萨尔·克鲁兹一样多的索要权利。不管怎样，这块骨头化石现在已经被警方没收，“直到问题得到澄清”。在南美洲，这句话通常可以解释为“直到上缴令人满意的金额，或有影响的大人物来解决此事”。登机前，安德烈斯承诺安排联系利马有影响力的人物，会有一封来自内阁部长的电报，解除当地警方对化石的进一步职责并指示他们将骨头归还给我，但到目前为止还没有任何消息。我原本预定了明天乘飞机去廷戈玛丽亚，但看来我必须留下来了。

昨天，马塞多亲自出现在普卡尔帕。克鲁兹在街上遇到他，他们以秘鲁礼仪互相问候，马塞多就冷冷地走开了，并未提及骨头这件事情。今天下午，我们三人在警察局长办公室开会，马塞多告知局长，毫无戒心的胡安·巴勃罗此前完全喝醉了，可怜的他拿出了一块属于马塞多的价值不菲的石头，换取了约八十美分。要么胡安·巴勃罗编这个故事给马塞多听，以免交出战利品的一份，要么马塞多编这个故事给警方听，以加强自己的索要权利。这不重要，尽管我倾向于相信后者。碰巧，胡安·巴勃罗从我手里拿了五百三十索尔，然后才接过克鲁兹递给他的皮斯科，以庆祝这笔交易。在那之前的四个小时里，他一滴酒都没有碰过，所有这些酒都被我在“油腻的小溪”喝掉了。

但马塞多关于自己是化石所有者的声明得到了证实，三月份被告塞萨尔·克鲁兹给了马塞多一千索尔，直到今天下午克鲁兹才认为有必要告诉我。这是我们立场上一个很大的漏洞，我们的立场是胡安·巴勃罗一直被各方承认为合法所有者，尽管我仍然这么认为。克鲁兹现在声称，他只是将马塞多作为胡安·巴勃罗的雇主来进行交易，而不是作为“下颌骨”的拥有者（尽管很难说这一步会让可怜的胡安·巴勃罗处于怎样的境地），而且无论如何，他已经告知了安德烈斯一千索尔的报价（安德烈斯后来否认了这一点）。塞萨尔被不公正地指控并痛苦地抱怨他的困境，尽管事实上，他是唯一从整个事情中获利的人。马塞多也很痛苦，他告诉我，如果我们那天等他回来，一切都没问题了。但现在他对盗贼克鲁兹是如此愤怒，他表示给多少钱都不会放弃这块化石。他对克鲁兹有很多愤懑之词，克鲁兹说如果不是安德烈斯让我们快点，一切都会很好，他对马塞多也有很多愤懑之词。至于我自己，我将无限期地陷入普卡尔帕的炎热和泥泞中，我对他们两个都有很多愤懑之词。

星期天，在马塞多到达之前，我去了亚里纳科查，把我们未使用的一种很好的抗蛇毒血清留给了基地医生的妻子。我在巴西旅行时获得的这种抗生素是由圣保罗的布坦坦蛇农场提供的，在秘鲁买不到。在俯瞰湖面的悬崖上，医生的房子上方是韦恩·斯内尔的小屋，他的不幸是星期天在家，因为我占用了这个可怜人约四小时的周末时间。斯内尔目前在卡米塞阿经营着语言研究中心站，在皮查，距离多米尼加竞争对手一段距离处还有一个站点。三年来正是他一直在管理着潘戈亚这个命运多舛的站点，我最渴望了解他对我们在潘戈亚和蓬戈经历的感想。

韦恩·斯内尔是一个可靠、讨人喜欢的人，有一位有魅力的妻子，也有孩子。一旦他克制住对作家的公开怀疑（在热带雨林许多诚实的人们都认同，不负责任的作家在丛林骗子中排名第一），我们便相谈甚欢。斯内尔一家很友好，给我提供了午餐。我想在这里说，非常感谢他对某些重要观点的确认，否则这些观点过于假设，便不能保留在这本日志中。

在潘戈亚站时，斯内尔三次穿越梅尼克的蓬戈。这是很少有人可以做到的，可能会让他成为这个峡谷的权威。像埃皮法尼奥·佩雷拉一样，他急于向我保证，四月份穿越相对简单。我从未在旱季穿越过，因此无法反驳他。然而，如果他是正确的，人们不禁想知道为什么马奇根加人自己只在旱季旅行，为什么没有人在“发大水的时节”尝试穿越，也就是“快乐时光”号成功穿越的这个时间，包括伊比法尼奥和斯内尔先生。我认为，原因是印第安人和白人都对春季山洪的速度和力量感到敬畏，虽然理论上说落石等航行危险在夏季会增加，但幸存下来的几率也会变大。

在斯内尔看来，任何进入蓬戈的人，不这样做便是一个傻瓜。他觉得自己的运气已经耗尽：如果可以避免，他将再也不会在蓬戈旅行。他听说多米尼加人也永远放弃了他们偶尔的旅程。

斯内尔同意牧师们的观点，阿迪莱斯可能从来没有穿越过蓬戈。埃皮法尼奥自己也不会在四月冒险，也不会命令他的三个印第安手下去，尽管他会毫不犹豫地鼓励其他人这样做。安德烈斯和我从一开始就想知道埃皮法尼奥是如何让印第安人服从的，我问斯内尔他们对佩雷拉的恐惧是否能解释这一点。在回答之前，斯内尔问这三个人是谁。阿戈斯蒂诺、劳尔和托里比奥，我回答道。在妻子的帮助下，斯内尔在他的脑海中搜索到了他们。他回忆说，阿戈斯蒂诺的父亲曾是蓬戈的划船人，阿戈斯蒂诺本人很可能从船上看到了蓬戈。但他确信，我们的船夫以前从来没有穿越过，因此对埃皮法尼奥命令他们做的事没有真正的概念：他们和我们其他人一样天真。

相较于在南美洲遇到的大多数新教传道者，斯内尔对“罪恶”没那么教条。他们大多数是原教旨主义者，会同时谈论教士和佩雷拉。虽然天主教徒和新教徒之间还是友好的，斯内尔提到了与多米尼加人合作的事例，他觉得在评价菲德尔·佩雷拉的优良品质之前不必去谴责这位老人。根据斯内尔的说法，菲德尔·佩雷拉是一位聪明而富有文化气质的人，在他的照顾下，斯内尔曾对离开他的妻子三周时间去远行非常有信心。虽然佩雷拉先生是一个天主教徒，但他和河上的多米尼加人相处得并不好，他们不仅不支持他，还试图（并非完全失败）把他的马奇根加奴隶带走。（在秘鲁，奴隶制已经被取缔了一个多世纪，现在有一项罚款法律规定，印第安人积累的债务都可用一周的劳动予以偿还，应视为有效。当然，这项法律在潘戈亚不重要，在热带雨林的其他地方也不重要，因为在这些地方法律很难执行。印第安人自己养着奴隶，很高兴把俘虏，甚至自己的孩子卖给白人。一位传教士告诉我，在阿塔拉亚，大约三分之一的人口生活在相当于奴隶的条件下。）无论如何，佩雷拉和教会之间的主要争端在于对马奇根加人的管理权。早在1928年，多米尼加人就试图在潘戈亚建立一个传教站。由于没有佩雷拉的合作，传教站几乎立即失败。近年来，佩雷拉邀请语言研究中心建立了一个站点，但很快就厌倦了孩子们的吵闹声、偶尔飞机的噪声，以及他给自己强加的义务——给予不断的款待。此外，他觉得自己年纪大了，不适合被宗教热情的气氛困扰。他撤回到目前位于河流上游的牧场，埃皮法尼奥的儿子接管了潘戈亚站点，未能充分配合，不让斯内尔继续。斯内尔成功地改变了佩雷拉一个女儿的信仰，自从斯内尔夫妇离开后，埃皮法尼奥开始从宗教的角度去审视自己，偶尔还称自己为一名“福音传道者”。

佩雷拉的三个儿子在河上拥有房屋，但他们非常不同。1929年当乔利经过时，胡斯托十一岁，“温文尔雅，举止优雅，许多欧洲儿童可能会为之骄傲”，现在他认为自己是一个马奇根加人。像其他人一样，他有四分之三的印第安人血统，在生活、饮食、饮料和服装上和印第安人一样。他不会惹麻烦，有点愚钝。阿尔弗雷多住在潘戈亚下面的一条大河边的牧场里，他孤独而喜怒无常，但像他父亲一样是一位绅士。有人说他从来没有碰过他的任何一个马奇根加女人。有一次，在与老父亲发生争执后，他坐着美洲轻木向河下游出发，独自穿越了蓬戈。最小的儿子埃皮法尼奥继承了父亲的才华和暴力，他是一个臭名昭著的酒鬼和麻烦制造者。

韦恩·斯内尔不太情愿地对埃皮法尼奥表示同情，称他为“埃皮”。埃皮法尼奥通常非常令人愉快——当然这是我们的经验。有一次，斯内尔说他非常有前途，但自从一位比他年长得多的秘鲁女人逃离，他犯下了一连串的犯罪行为。他的妹妹告诉斯内尔，在这个女人离开后，埃皮法尼奥暂时变得狂暴。显然，在那段时间里，他入侵了多米尼加在科里贝内的传教团，从那以后，他变得越来越奇怪。在这方面，斯内尔感兴趣的是听到我对埃皮法尼奥的印象，他的微笑奇怪、柔和，他给我们一种感觉，好似他身体里有一部分缺失了：这是他的疾病的新症状。

斯内尔否定了我挥之不去的想法，他认为安德烈斯对我们在潘戈亚的困境没有夸张。作为一个虔诚的人，他相信潘戈亚是魔鬼的所在地，无法救赎，我们从上岸的那一刻起就陷入了麻烦。他讲述了他第一次遇到一个危险部落的故事，一位经验丰富的同伴本能地察觉到他们深处危险之中，可能因此救了他们的命。“在丛林里，”他总结道，“你不能犯很多错误，不然可能会没命。你很幸运，和一个了解丛林的人在一起，他知道自己什么时候该说什么话。一个经验不足的人可能会在争吵中站在你这边，这会让你俩都被杀的。你知道的，那里没有法律，他们会毫不犹豫地把你扔进河里。”

不久前，埃皮法尼奥用砍刀砍死了一名马奇根加女人，阿迪莱斯以某种方式参与了此案。斯内尔知道案件的所有细节，但他宁愿不去调查。这起谋杀案在印第安人中是众所周知的，但到目前为止，佩雷拉的孩子们一直设法不让他知道这件事，这位老父亲为他的这个儿子操心得够多了。至于警察，他们对潘戈亚丛林中发生的事情向来不感兴趣。

在我离开之前，我问斯内尔他是否告诉了我什么不想在书里被重提的事情。“没有，”他说，“我非常小心。我还没有告诉你我所知道的一半呢。”他微微一笑。“至于潘戈亚，你写几乎任何东西都没关系。”

5月6日　普卡尔帕

我现在已经在普卡尔帕度过了一个星期，试图与情绪高亢的民众打交道。骨头化石已经成为镇上的话题，几乎每个居民都来警察局外的院子里盯着它。普卡尔帕电台各种兴奋的报道中堆砌的错误信息使我在街上行走时被一个又一个人认出来，我经常被人拦下，被询问对化石生物物种的看法。真实的答案是我其实不知道是什么生物，但这个答案肯定让人不满意。我现在会对他们说，它似乎是很久前就灭绝的某种食草型哺乳动物。随着这个答案而来的，不是一个空白的凝视，就是一阵愤怒的点头，好像在说：当然，这就是我怀疑的。

经过六天的惴惴不安，安德烈斯终于发来了一份电报，说一切都好，不管这意味着什么。这里的情况并不好，因为警察仍然什么指示也没听到。马塞多既不接受贿赂，也不听解释。所有权的问题在一大堆谎言和指控中无望地消失了，改变这种情况的唯一希望似乎是来自利马的一份电报，指出这块骨头化石既不属于马塞多，也不属于我，而是已经被国家没收。与此同时，在这片充满秃鹫的天空下，这块化石默默地待在板条箱里，对任何人都没有用。

我最初的计划是把这块化石带到纽约的美国自然历史博物馆，因为在秘鲁没人有能力进行准确的鉴定。但是，不需要专家指出，我们这一笨拙的发现肯定也具有相当的科学价值。而且一旦秘鲁政府声称它是他们的，就永远不可能放弃它。这一点尤其如此，因为秘鲁人对从该国拿走的大量印加和前印加文物感到怨恨，对“国家宝藏”更加敏感。关于国宝宝藏的法律不适用于古生物学的发现，但毫无疑问，它可以被诠释为适用于古生物学的发现。

我从各个角度拍摄了这块骨头化石的照片，但在这里似乎没有其他我能做的事情了。我明天将飞往廷戈玛丽亚，只希望事情可以在利马解决，希望渺小。这一周在一种梦中过去了，这是一种只有丛林小镇才能诱发的不现实的瘴气。除了对韦恩·斯内尔的采访，唯一值得注意的经历是，一天晚上，塞萨尔和我吃了一剂由镇上的老印第安人准备的丛林药水。这种苦苦的东西仅在颜色上类似于不透明的苹果酒，被称为阿亚瓦斯卡，这是盖丘亚语，意思是“死人的藤蔓”或 soga de muerte，西班牙语，意为“死亡藤”。它会让人产生幻觉，听到遥远的音乐，感觉到时间的停滞，身处同时存在的几个世界，十分奇妙；也有喝醉后迷迷糊糊头晕的感觉，但没有那种兴奋。到最后，一种明显的病态出现，让人很不舒服。从那时起，我把这种植物确定为死藤水，金虎尾科的一种会开花的藤本植物，由 1853 年理查德·斯普鲁斯首次提出并被整个亚马孙印第安部落用作麻醉剂：这是美国作家威廉·巴勒斯和其他崇拜者所熟知的麻醉剂，被称为雅戈。（在利马，我把死藤水的草图交给了诗人艾伦·金斯堡，他后来也去了普卡尔帕，看到了“奇异的怪物化石”，他热情地写信给我并提到死藤水，他说“难怪它叫 soga de muerte”。）

我曾多次就皮查遗址的问题与塞萨尔交谈。根据在牧场的马奇根加人告诉他的信息，塞萨尔真诚地相信他们是存在的。他的描述与巴萨戈蒂亚的描述一致，但据克鲁兹说，遗址位于上游四天的距离，而不是十五天，还要加上几天的丛林跋涉。他说，去年两个英国人试图去那儿，但他们的向导拒绝继续往前走，因此不得不放弃。

另一个完全相信这些遗址存在的人是韦恩·斯内尔。顺便提一句，斯内尔把他的四个潘戈亚印第安人借给了坦南特探险队，前面提到过坦南特探险队发现了曼塔罗遗址。他说，如果没有菲德尔·佩雷拉将他的批准传达给居住在内部支流的马奇根加野蛮人，这一队人就无法通过。很明显，在卡米塞阿上游也有马奇根加人，会当场杀人。给人们的印象是，文明只触及了这些部落人的外围部分。在秘鲁的许多地区，仍然有狂野的河流，没有旅行者敢去。从乌鲁班巴到曼塔罗遗址，乘坐独木舟加步行大约需要十五天。

和塞萨尔·克鲁兹一样，斯内尔也认识一个声称曾到访过皮查遗址的马奇根加人。还有另一个男孩，一个马奇根加和坎帕混血儿，现在在亚里纳科查，他认为这个男孩可能也去过那里。我在他家的那个下午，斯内尔在和他交谈。他和他的父亲一样，确实去过遗址。他和斯内尔在马奇根加谈了一段时间，并在他已经听到的信息中补充了这一新信息。斯内尔提供的以下描述是到目前为止我获得的最完整的描述。

要去探秘遗址，需在皮查的一条小支流上船行两天，然后步行四天，这或多或少与克鲁兹的手下估计的距离相符。马奇根加人不喜欢陌生人在该地区徘徊，他们自己也不去那里，因为根据他们的传说，这个地方被它的原始酋长诅咒和遗弃了。

斯内尔觉得，就是出于这个原因，在皮查河口，多米尼加传教站的马奇根加人不愿透露这个地方的任何信息。

这个遗址本身不是通常意义上的遗址，而是一个有着巨大洞穴的高悬崖。在过去，一条瀑布从悬崖上落下，穿过洞口，形成了一个几乎坚不可摧的天然堡垒。水路现在改变了，也可以进入洞穴了。整个地方周围都是一堵低矮的墙，今天印第安人称之为山基维林茨。

斯内尔希望在今年夏天到达遗址，如果成功，他将是第一个见过山基维林茨的白人。我祝他好运，但我很遗憾克鲁兹没有在廷皮亚等我们，因为根据我听到的所有证据，包括赞成的和反对的，我现在相信了皮查遗址的存在。

但如果这曾经作为我们进入丛林的借口，那可以再来一次。在这一点上，我遭受了某种挫败感，因为我们不仅错过了找到山基维林茨的机会，而且经过这么多的时间和风险，我们也无法带着骨头化石离开丛林。尽管如此，我还是心甘情愿地离开普卡尔帕，我肯定会再来一次的，因为我已经感染了安德烈斯的这股丛林热，内心有一股强烈的感觉，在这丛林中有一些神秘的东西，即使有了方位，也很可能永远无法找到。

还有亚历杭德罗。亚历杭德罗，一直在鞠躬和拽自己的额发。尽管亚历杭德罗·康多里斯和我们一起离开了罗德里格斯牧场，现在又急于在利马碰碰运气，他在库斯科是受人爱戴的康多里斯人民的儿子，给人的印象是独处的。亚历杭德罗把他微薄工资的大部分花在一双闪亮的黑色鞋子上，因为他来到普卡尔帕时是赤脚的。（他曾有一双粗糙的凉鞋，是从一辆大卡车的废弃轮胎上凿出来的，但在河上的某个地方这双鞋遭遇了不测。）除了他的工资外，他还得到了车费、餐费和一点额外用于消遣的钱，以及安德烈斯在利马给他找一份工作的承诺。他今天下午坐着一辆卡车离开了。

我为亚历杭德罗感到难过，尽管他作为天生忧郁的山脉人已经很高兴了。在乌卡利亚一个非常艰难的时刻，我对亚历杭德罗没能控制好局面表示出了自己的愤怒，我感觉很后悔——当时克鲁兹失去了对绳子的控制，我在独木舟里没稳住，倒向一个陡峭的泥岸，羞耻地掉入河中，连带着我的相机和其他所有东西；我设法将相机举高，但这样做时，那只手狠狠地打在了化石的鼻子上。后来他沉思起来，显得闷闷不乐。我从查马人那儿买了一些新鲜的香蕉（他喜欢香蕉，能躺在一大堆香蕉旁边，静静地吃着这些香蕉，却从来没有看他拿起香蕉来剥皮）并忏悔地拿给他，但他仍然看起来心烦意乱。

亚历杭德罗一直渴望用手枪或步枪，在因纽亚，我建议安德烈斯允许他用一下枪，但都被安德烈斯和塞萨尔驳回了，说从没听说过给这些人用枪，然后就没有更多的话了。然而那天下午在乌卡亚利，我给了他一支手枪，想安慰他一下。他疯狂地向一只鳄鱼开枪，脸色变得苍白，然后把枪还了回来，立马陷入更加难以逾越的阴郁。我一直在想，我们是多么理所当然地把这个缓慢而拖沓的男孩视为一种笨拙的存在，就像一个大傻瓜一样无个性、沉重和耐心。这就是我们顶着自由的借口对待这些苦工的方式，我非常不喜欢自己那么容易地就陷入这种习俗，并开始变得无动于衷。

我不知所措，想和他谈谈。这是个不一定有收获的活儿，特别是由于盖丘亚语口音使得我们之间的语言障碍更加严重。但不管怎么说，我们聊得很平静，回忆起我们一起度过的旅程，他立刻又活跃起来了。我理解错了，这个可怜的家伙没有怨恨我，只是因为激怒了我而感到沮丧，现在他很清楚我们又是朋友了，他几乎控制不住自己，蜷缩在橡胶露营用品上，直到他在我的肩膀上休息。他疯狂一笑，眼睛闪闪发光，开始拧他的一只手，就像他那天下午在梅尼克的蓬戈一样。

他大声喊道："还有蓬戈！你还记得我们一起穿越蓬戈的那次吗，先生，你还记得那有多可怕吗！"

"是的，是的，"我尽可能急切地说，"是的，是的，亚历杭德罗。"但我觉得心情沉重，又很渺小。我想到了安德烈斯和我因在阿瓜岛穿越蓬戈的经历而得到的所有利益和赞扬，而亚历杭德罗·康多里斯和我们在"快乐时光"号上一起经历蓬戈，却没有得到任何赞赏。作为一个苦工，他大概不应该知道自己身上发生了什么事，更不用说给自己摆架子了。

好吧，我们善良而又忠诚的亚历杭德罗要去利马了。我会深深地记住他，祝他一切顺利。

后　记

自返回美国以来，我查阅了许多南美洲探险期刊，试图找到关于乌鲁班巴河和蓬戈的进一步信息。正如我们所看到的，伦纳德·克拉克先生称这条河是“禁河”，尽管情况并非如此，但在丛林文学中显有提及。之前书中已提及的斯特拉特福德·乔利先生和朱利安·坦南特先生，是我所知道的谈论过蓬戈的仅有的两位作家。

1846年夏天，在一位著名的法国博物学家弗朗西斯·德·卡斯特伦努的指导下，一队人成功沿乌鲁班巴河而下。威廉·赫恩登和拉德纳·吉本在1854年出版的《亚马孙山谷》中讲述了它的艰辛。这本书没有提到梅尼克的蓬戈这个名字，但从卡斯泰尔诺期刊中引用的一篇摘录里描述到的，一队人试图跨越河流，并在一个危险的瀑布周围搬运物品但是最终失败的事，很可能就是发生在蓬戈湍流的源头。

> 我们发现了速度极快的水流，第二条湍流在我们下面约一百米处咆哮着。印第安人每时每刻都焦虑地扫视着将他们与危险分隔开的距离……这时，我们听到后面的喊叫

声，一个印第安人用手指指着卡拉斯科先生的独木舟，在距离我们几码远的地方。独木舟正拼命地与水流的暴力作斗争；在一瞬间，我们以为它是安全的，但在下一刻，所有的希望瞬间消失，它正以箭的速度奔向海湾。秘鲁人和印第安人跳进了水里，只有老牧师一个人留在独木舟里，我们可以清楚地听到他在为死亡祈祷，直到他的声音在奔流的咆哮声中消失。我们吓得发抖，急忙赶到岸边，在那里我们遇到了一些从消失的独木舟上成功地挣扎着游上岸的同伴。我们对失去的同伴深感遗憾，他的死就像他的一生一样圣洁。

我把我拍摄的巨型下颌骨化石照片带到了位于纽约的美国自然历史博物馆。博物馆爬行动物化石高级管理局的查尔斯·穆克博士用放大镜检查了这些照片，并初步确定这块颌骨的主人是一只非常大的化石鳄鱼。博物馆的埃德温·科尔伯特博士同意这一观点，他估计这只巨型动物的长度至少达到三十五英尺。据穆克博士说，它在五百万到两千五百万年前的某个时期居住在地球上。他对这一化石的发现非常感兴趣，这是迄今为止他还不知道的一个物种。他说，博物馆非常希望能亲眼看到它，如果我能获得出口许可，博物馆将支付从秘鲁装运的费用。

我曾向秘鲁方面写过一些询问信。在秘鲁，塞萨尔·克鲁兹在他以前的朋友维克托·马塞多提起的诉讼中成为被告，这块骨头化石的所有权被大量的文件和备忘录所掩盖。艾伦·金斯伯格先生在普卡尔帕最后一个已知地点看到过化石，但对于他的书面证词，我几乎可以相信下颌骨化石的整个冒险都是别人警告过我的那种丛林幻觉。“在外部世界和古老南美洲的秘密之间”，正如福塞特上校曾经哀叹的那样，“一层面纱已经落下”，现在看来，这块巨型下颌骨化石将留在这面纱下，在乌卡亚利的河岸中慢慢下沉。